„Die Schwierigkeit liegt nicht in der Ausführung der Tat, sondern in der Beseitigung ihrer Spuren."

Sigmund Freud

Der Mann Moses und die monotheistische Religion

Van Eycken

Marienstraße

Verlag: tredition GmbH, Hamburg

ISBN
Paperback   ISBN 978-3-7345-7910-3
Hardcover   ISBN 978-3-7345-7911-0
e-Book   ISBN 978-3-7345-7912-7

Printed in Germany

I. Strengstens verboten!

Hätte er schon lesen können, die Dinge wären eventuell vollkommen anders verlaufen. Vielleicht aber auch nicht.

So aber, gerade mal vier Jahre, die er zählte - oh ja, fragte jemand ihn nach seinem Alter, vier Jahre seine Antwort, nicht ohne Stolz, vier Jahre und ein paar Monate - streifte sein aufmerksamer Blick diese und wenige Meter weiter zur Linken auch jene auf weißes Blech geprägten Buchstaben, ohne die Schrift zu verstehen. Noch mal zwanzig Meter weiter in Richtung Innenstadt, wo es die Mauerreste zuließen, ein Holzpfosten vielleicht, dort auf gelbem Grund, der ebengleiche Hinweis, schwarz, leicht erhaben geprägt, eindrucksvolle Ausrufezeichen:

LEBENSGEFAHR !!
BETRETEN STRENGSTENS VERBOTEN !!!

Schwarz umrandet die Hinweisschilder, groß wie eine zum Viertel gefaltete Zeitung, ein wenig verbogen, wieder gerichtet, an vielen Zäunen und Hauswänden der Stadt waren ähnliche Blechschilder angebracht. So dass der Vierjährige auch dann achtlos an diesem wie auch den anderen ins Blech geprägten Warnungen oder Aufrufen oder Hinweisen vorüber gegangen wäre, hätte er die für ihn erst fern an seinem Altershorizont angedeutete Fähigkeit des Lesens schon beherrscht.

Überhaupt: Zahllos waren dergleichen Aufrufe und Wegweiser an den sandsteinernen, von Bombensplittern zernarbten Fassaden, da der Luftschutzraum, dort Fließendwasser, hier eine Sammelstelle, alles weiß kalkig, teils schwindend, teils erst jüngst und im Schutze der Nacht hastig mit Schablone gefertigt („DER FÜHRER LEBT"). Vielleicht war es ja besser so, dass der vierjährige Knabe die Fähigkeit - und wie man sieht, hin und wieder Last - des Lesens erst in vier oder auch ein wenig mehr Jahren an den Hinweisen, so es sie dann noch gab, würde anwenden können.

Ein Frühsommertag. Noch stak die frische, feuchte Luft der wolkenlosen Nacht in den Zugangshöfen der vom Krieg nicht verschonten, doch wenigstens stehen gebliebenen Häuser in der oberen Marienstraße. Bis die Sonne so hoch am Himmel stand, dass sie ihre wärmenden Strahlen für eine Stunde zwischen die auf dreieinhalb Etagen hochragenden Gebäude senden würde, war noch viel Zeit. Die Kinder, derer es genügend gab im oberen Abschnitt der Marienstraße, waren noch nicht aufgetaucht. Teils weil sie schon zur Schule mussten („durften", wie die Eltern sagten), teils weil sie eben später aus den Wohnungen kamen, vielleicht Pflichten hatten, daheim helfen mussten.

Unser Knabe jedoch wusste um einen, der, gleich ihm, bereits zu dieser Stunde, es mochte halb neun sein, würde unterwegs sein. Er stellte sich breitbeinig mitten auf den Bürgersteig, Einheimische nannten jenen das Trottoir, hielt seine Hände als Schalltrichter vor den Mund und schrie aus Leibeskräften „Johnniiiie". Und weil es so beeindruckend war (hoffte er im Stillen), nochmals „Johnnniiiie". Dann wartete er. Meistens tauchte Johnny wenige Augenblicke später drunten an der Kreuzung wie aus dem Nichts auf, und man bewegte sich lässig (bloß nicht zu hastig) aufeinander zu, traf sich ungefähr in der Mitte des Weges und plante.

Johnny war ein Exot. Wieso er den Namen hatte, den er hatte, ob er wirklich so hieß oder vielleicht nicht, ob ihn die Mutter so getauft oder ein Vater ihn halt so genannt, er war der Johnny. Und unser Knabe hatte gut gelernt, das „Johnny" ganz breit, gedehnt und am Anfang original mit „Dsch ..." beginnen zu lassen, das „o" eher zum „a" tendierend, alles so, wie er es hin und wieder aus dem glaubwürdigen Mund des im selben Haus wie er lebenden und ganz original amerikanischen Soldaten - Offiziers! wie dessen Söhne betonten, auch wenn sie, wie jeder wusste, gar nicht seine wirklichen Söhne waren - vernommen hatte. „Dschaaniiiie".

Beiläufig warfen die in etwa Gleichaltrigen kleine Steinchen auf die Warntafeln, hatten allerdings dabei den achtsamen Blick auf mögliche Passanten, denn man warf nicht mit Steinen auf solche Schilder. Hatte einer gescholten, der an Krücken ging, weil er nur ein Bein und ein halbes besaß, das überflüssige Hosenbein hochgenäht, und wenn er vorüber war, hoben die Knaben auch ein Bein hoch, winkelten es am Knie ganz an und hielten es fest, hüpften in sicherem Abstand ein paar Meter hinterher, ließen das Bein rasch wieder los, mussten lachen, verstanden ja nicht. Solche mit nur einem Bein waren häufig zu sehen. Am tollsten aber war einer, der gar keine Beine hatte. Der saß, wie sollte man es sonst nennen, drunten in der Innenstadt, immer an der selben Stelle, dort wo die meisten Leute vorbeikamen, wurde, unser Knabe hatte es beobachtet, ganz früh von einer Frau auf einer Art Leiterwagen angekarrt, ließ sich hochheben (wog der nur die Hälfte?) und wurde auf ein dickes Lederpolster gesetzt, man konnte gar nicht so richtig hinschauen. Hielt Garn und Knöpfe, Nadeln und den geheimnisvollen „Einfädler" feil. Und am Spätnachmittag holte ihn die Frau wieder ab, derselbe Leiterwagen, die Leute machten Platz, weg war er. Auch das hatte unser Knabe beobachtet. Nur, den konnte man leider nicht nachmachen. Wie denn auch. Und richtig lustig war es eigentlich auch nicht, und außerdem, was, wenn der mal Pipi musste?

II. Drei, vier gebückte Schritte

Die Steinchen prallten vom Blech und fielen zu Boden. Am Rand der Trümmergrundstücke wuchsen Blumen. Löwenzahn. Man ließ sie an Ort und Stelle, denn das Pflücken bescherte klebrige und braune Finger. Doch wenn schöne dünne Stöckchen zur Hand waren, ließen die gelben Blüten sich wunderbar köpfen.

An diesem Morgen waren keine zur Hand.

Wo Johnnies Eltern sich aufhielten, kam nie zur Sprache. Gerüchte gab es allerdings. Die Eltern unseres Knaben waren im Büro seines Vaters beschäftigt; der hatte seinen Arbeitsplatz zu Hause. Irgendetwas mit Zeitungen, die stapelten sich im Bürozimmer. Die Mutter saß viel an der Schreibmaschine, einem komplizierten Wunder, dessen Berührung dem Knaben streng untersagt war.

So, wie das Betreten der Trümmergrundstücke, an deren Rändern in dieser Jahreszeit der Löwenzahn wuchs und gedieh. Eindringlich die Ermahnungen an unseren Vierjährigen und die anderen Kinder der Marienstraße, mindestens zwanzig waren es, geschätzt. Schlimm die Strafen bei Zuwiderhandlung, nicht nur die, welche von den Vätern oder den Müttern angedroht waren, sogar „die Polizei" wäre unvermeidlich mit ihren noch viel schlimmeren Strafen. „Zuwiderhandlung", für sich schon ein bedrohliches Wort.

Ein kurzer Blick nur, ausgetauscht zwischen unserem Knaben und Johnny, ein längerer Kontrollblick nach rechts und nach links, drei, vier gebückte Schritte zwischen den mal einen, hier aber zwei und dort hinten gewiss drei Meter hoch ragenden Sandsteinmauern, den kläglichen Überbleibseln jener einst ansehnlichen Bürgerhäuser aus der Gründerzeit, die klaffenden Lücken mit Holz- oder Eisenstangen versperrt, die blechernen Warntafeln daran fest gemacht.

Nur noch drei solcher nahezu herrschaftlicher Bürgerhäuser rechterhand und drei zur Linken der oberen Marienstraße waren stehen geblieben, sieht man einmal von dem Gebäude nahe der drunten gelegenen Kreuzung ab, das noch zu retten war und wo Handwerker im Begriff waren, die Fassade und dahinter wieder Wohnraum herzurichten. Einst waren diese imposanten Mehrfamilienhäuser mit dem für Stuttgart so typischen Werkstein, also dem rötlichen Schilfsandstein, errichtet worden, eine Reminiszenz an die italienischen Palazzi der Hochrenaissance, mit üppigen Gärten, die einen Grüngürtel bis fast ins Stadtzentrum bildeten. In diesen Tagen fiel es schwer, sich des altehrwürdigen Straßenensembles zu entsinnen.

Die Marienstraße.
Kerzengerade vom oberen Ende, an der Einmündung zur Silberburgstraße (welch romantischer Name), etwa 300 Meter leicht hangabwärts, dann die Paulinenstraße kreuzend, bis sie nach noch mal 300 Metern am unteren Ende, dort, wo das Haus Nummer Eins steht, am Wilhelmsbau den Anfang nimmt.
Stuttgart im Jahr 1950.
Recht rasch war die Einwohnerzahl, während des unsäglichen Krieges zu Zeiten nahezu halbiert, aus vie-

lerlei Gründen, wie man sich leicht vorstellen mag, wieder fast auf den Stand der Jahre vor Kriegsbeginn angewachsen, und sie würde noch weiter ansteigen, denn ungeachtet der schlimmen Zerstörungen strömte Tag für Tag ein nicht enden wollender Tross von Flüchtlingen, Aussiedlern, Heimkehrern, Vertriebenen, Heimatlosen, Ziellosen in die Stadt am Fluss mit Namen Neckar.

Selbstverständlich könnte unsere Erzählung ganz leicht auch in einer anderen Stadt spielen, wobei spielen nicht der passende Ausdruck ist. In einer der vielen Großstädte, die in gleichem oder gar noch bedeutend schlimmerem Maße während der Bombennächte und -tage zerstört worden waren, Hamburg etwa, Dresden, Berlin natürlich. Außer - diese Einschränkung muss gemacht werden - der Tatsache, dass diese Stadt hier seit Kriegsende unter der Hoheit amerikanischer Besatzungstruppen stand. Doch halt, nicht seit Kriegsende, es gab da ein Zwischenspiel, das kaum ein paar Wochen währte: Entgegen den Verabredungen unter den so genannten Siegermächten, zu welchen sich unerwartet auch das französische Volk rechnete, Absprachen, wonach die Stadt Stuttgart unter die Gewalt der Amerikaner zu fallen hatte, zogen eilig französische Truppen ein und machten keine Anstalten, in die ihnen eigentlich zugedachten Gebiete weiter vorzurücken. Bei den Alteingesessenen waren die Erinnerungen an jene Wochen nicht von der angenehmen Art. Erst auf entsprechenden Druck der Siegermächte übernahmen dann im Sommer 1945 amerikanische Truppen das Regiment am Neckar, in Stuttgart.

Und nun lebte unser Knabe also in jener Stadt, daran ist nichts zu ändern, in welcher er auch geboren wurde – halt, zur Welt kam er mangels vorhandener Entbindungsstationen im in das nahe Stetten ausgelagerten Bethesdakrankenhaus - und dort sehen wir ihn mit seinem Freund Johnny an jenem Vormittag, während die Sonne sich langsam anschickte, die morgendliche Kühle aus den Gassen, den Höfen und den rückwärtigen Gärten der Marienstraße zu vertreiben. Sehen dabei zu, wie die beiden sich versicherten, damit keiner ihnen zuschauen konnte, wie sie sich unter den Absperrungen duckten, die Warnschilder, die beide so oder so nicht lesen konnten, gleichermaßen missachtend wie die regelmäßigen Ermahnungen der Erwachsenen, hindurch krabbelten und sich an die starken Sandsteinmauern der Trümmerreste drückten, heftig atmend.

Man ahnt, sie taten dies alles nicht zum ersten Mal. Nur, bislang hatten die beiden (und die anderen, es waren derer nicht wenige) sich damit begnügt, die Oberflächen der Bombengrundstücke als Abenteuerspielplatz in Beschlag zu nehmen, die Reste halber Mauerwerke, jene vier von einst zwölf Stufen, die jetzt ins Nichts führten, zu erklimmen, waghalsige Sprünge hinzulegen, Verstecken zu spielen; wo sonst, bitteschön, gab es derlei unwahrscheinlich gut geeignete Verstecke? Oder Wandfliesen früherer Bäder und Küchen, welche vollends abzuschlagen und lustvoll zu zerschmettern eine Freude war? Verbogene, angeschmolzene Türklinken gleich Trophäen zu schwingen? Alles, wie schon gesagt, alles an der Oberfläche der Ruinengrundstücke. Gewiss, da und dort war ein Trichter, eine eingebrochene Kellerdecke, ein verschütteter Treppenabgang, eher zu erahnen, als deutlich auszumachen. Soweit bekannt aber, war noch keines der anderen Kinder der Marienstraße irgendwie weiter hinunter, unter die Oberfläche, den Erdboden der Ruinen gelangt. Hatte den Mut gehabt, die Traute, alle Warnungen in den Wind zu schlagen. Oder gar der Vernunft zu gehorchen. Mochte allerdings sein, dass der oder jener schon „unten" gewesen war, doch dies ganz für sich behalten hatte. Mit Gewissheit aber kannte man niemanden. Von den Mädchen in der Marienstraße andererseits garantiert keines, die plapperten doch, das war bekannt, alles gleich aus, auch zu Hause bei den Eltern. Logisch daher, dass zumindest von den Mädchen, sechs vielleicht waren es, noch keines „da unten" gewesen war. Mädchen waren ängstlich und hatten Puppen.

Nun steht andererseits jedoch auch fest, dass unser Knabe, vier Jahre zählend, den Entschluss fasste hinunterzusteigen. Mag es daran gelegen haben, dass sein Johnny, der zwar ebenso alt sein mochte, vielleicht sogar ein wenig älter, von Natur aus ein Kleiner war, dessen Vater sie in der Marienstraße nicht kannten, vielleicht aber auch daran, dass an jenem nun nicht mehr ganz so frühen Vormittag, wo die Sonne die Freifläche des Trümmergrundstückes bereits ein wenig aufgewärmt hatte, wo sich einzelne, kecke Strahlen durch gewisse kleine Lücken in der Oberfläche bis hinunter in die geheimnisvolle Tiefe geschummelt hatten, dass unser Knabe also den Entschluss fasste hinunter zu steigen.

Das hörte sich einfach an. Es hieß aber, erst einmal einen Zugang, ein nur zur Hälfte verschüttetes Kellerfenster zu finden. Oder gar den Kohlenschacht, in welchen die rußschwarzen Männer mit den rußschwarzen Oberkörpern die schweren Kohlensäcke leerten, hinab in den Kohlenkeller, lichtlos bis auf den Schacht, staubig die Männer, staubig ihre Last, so wie sie es vor dem Krieg gemacht und wie sie es auch in der Zeit danach bei den verbliebenen Häusern wieder taten. Ein älterer Freund unseres Knaben, einer aus dem Nachbarhaus, ein Mutiger, hatte es einmal gewagt, die gusseiserne Kohlenklappe im Hof des intakten und somit bewohnten elterlichen Hauses 37 zu öffnen, war auf dem Hosenboden und mit den Füßen voraus auf die Rutsche gerobbt, hatte losgelassen und war unter bangem Beifall der Umstehenden, Erwachsene waren selbstredend keine dabei, im Dunkel verschwunden, den Aufprall auf dem Kohlehaufen konnte man gut hören. Der Freund, noch ganz andere Stücke gab es von dem zu erzählen, war wenig später im Triumph durch die Haustür ans Licht zurückgekehrt; weil kein Spiegel zur Hand war, blieb ihm der Anblick seines äußeren Zustandes so lange verwehrt (oder erspart), bis er zum Abendessen hochbeordert wurde. Es hat ihm diese Heldentat keiner aus der Marienstraße nachgemacht.

Es war nun jedoch nicht ein Kohlenschacht, sondern das glaslose Fenster zur früheren Waschküche, das den beiden, voran unserm Knaben, den Einstieg in die Unterwelt vom Haus 35 möglich machte. Trümmerstücke, nachgerutschte Steine und der Rest der Decke, die zur Hälfte niedergestürzt war, dazu jede Menge Dreck und Erdreich, alles zusammen hatte die Waschküche schräg ansteigend und bis fast hoch zum glaslosen Fenster aufgefüllt. Es galt daher nur noch, sich durchzuzwängen, die leichte Neigung der Verfüllung zu nutzen und zu verhindern, dass man seine Kleidung sich irgendwo aufriss. An die Rückkehr, wo und wie sie wieder durch dasselbe Fenster zurück zur Oberfläche gelangen könnten, daran verschwendeten weder unser Knabe, noch der Johnny einen Gedanken. Vielmehr hielten sie einen Augenblick inne, um sich angesichts des drunten nurmehr gedämpften Tageslichtes erst einmal zurecht zu finden.

Johnny indes war bald von Angst erfüllt. Der modrige, dumpfe Raum, der viele Schutt, urplötzlich begann er zu zittern, schob's anfangs auf die Kälte da unten, vermochte den wahren Grund bald nicht mehr zu verbergen, ließ sich auch nicht von den Aussichten auf Entdeckungen, aufregende Funde und anderweitige Abenteuer beruhigen, im Gegenteil, es wurde immer schlimmer und bald flossen Rotz und Tränen übers Gesicht, au weh, da floss auch noch Anderes. Mit reichlich Schmutz und Staub vermengt und unter heftigem Schluchzen suchte Johnny einen Ausgang. Den gab es naturgemäß nicht, nicht geradeaus durch die nächste Tür, nicht rücklings, wo es ins absolute Dunkel führte, nirgends.

Die Schräge aus Schutt und Dreck wieder empor zu gelangen, kostete unseren Knaben und seinen zagenden Freund deutlich mehr Zeit als der Einstieg. Kleider und Schuhwerk, das war rasch klar, würden später bei den Eltern zu höchst unangenehmen Fragen führen.

Johnny war es, dem in seiner Not der glänzende Einfall kam, alles unter reichlich Wasser zu reinigen, daheim wäre eine durchweichte Kleidung mit Sicherheit das geringere Übel.

Dass es eine der gusseisernen, uralten Wasserzapfstellen, die das Nass mittels eines schweren und stets quietschenden Pumpenschwengels reichlich förderten, zum Glück ganz nahebei gab, erleichterte die Reinigungsarbeit ungemein. Nur, dass beide sich zur Verwunderung Vorbeikommender bis auf die Unterwäsche entblößen mussten, war ihnen ungeheuer peinlich, doch immer noch erträglicher als das sichere Donnerwetter daheim.

Unserem Knaben fiel dabei ins Auge, dass die Unterwäsche des Freundes recht erbärmlich ausschaute. Rissig das Unterhemdlein, durchscheinend die viel zu große Unterhose, die fast an den Knien baumelte, besonders nun, wo sie ganz durchnässt war.

Unser Knabe, ach, nennen wir ihn endlich beim Namen, Paul also, wurde darob ziemlich verlegen, der Johnny aber, der wurde es nicht, sah keinen Anlass, weil er daran gewöhnt war. Aber, wie schon gesagt, man kannte ja seinen Vater gar nicht. Daran musste das liegen.

Trotz der den Paul ein klein wenig nach der „Wäsche" wärmenden Sonnenstrahlen dauerte es nicht mehr lange: Zuerst ein Halsweh am folgenden Tag, Fieber am Tag darauf, fünf Tage Bettruhe, aber wenigstens nicht mehr diese vorwurfsvollen Blicke der Mutter, der Vater ließ sich in der Zeit am Bett gar nicht blicken, so erzürnt war er. Doch eisernes Schweigen über den eigentlichen Anlass jener erfundenen Wasserschlacht in der nahegelegenen Tübinger Straße, dort wo sie sich mit der Silberburgstraße kreuzt.

Das Verbot, aus der Wohnung zu treten, galt für drei Tage, wohlgemerkt ab dem Abklingen der Erkältung. Und das im Frühsommer!

Der Knabe mit dem Namen Paul, ein unverfänglicher Vorname, seit Kriegsende gab man den Kindern solch unverfängliche Vornamen, hatte auch eine rund drei Jahre ältere Schwester. Geboren in einer Zeit, als es angeraten schien, den Kindern gerne solche Vornamen mit ordentlich nordischem Klang anzutaufen, auch als die Zeiten langsam sich eher unheroisch zu entwickeln begannen, manchenteils dann erst recht nordisch, aus Trotz sozusagen, man bewies Durchhaltewillen. Blond war sie natürlich, besaß auch die zugehörigen blauen Augen. Und eben drei Jahre älter als Paul, was ihm manch derben Knuff und manch fantasievolle Plagen verschaffte.

Diese Schwester beschäftigte sich, wer will's ihr verdenken, eher mit den älteren Kindern der Marienstraße, Abenteuer, ob über oder unter der Erde, waren nicht ihre Sache. Mehr wohl das Voranschieben von Puppenwagen und die Doktorspiele droben auf dem Trockenboden, der „Bühne", wo winters die Wäsche aufgehängt war, die sommers hinter dem Haus im Freien auf Wäscheleinen, gleich neben der Teppichstange, das Ballspielen hinderte, weshalb sommers kaum je ein Erwachsener auf die Bühne stieg.

Es war völlig ausgeschlossen, der Schwester vom jüngst entdeckten unterirdischen Reich zu berichten; ihrer Art entsprechend hätten die Eltern sogleich von allem erfahren. Und daher bestand für den Paul keine Gelegenheit, jemanden anderen einzuweihen, nicht die Schwester, aber leider auch nicht die übrigen Kinder der Marienstraße. Das Risiko, eines davon könnte sich verplappern, war der Lust, das Geheimnis zu teilen, weit überlegen.

Johnny tauchte nach dem dritten Tag, Pauls Rekonvaleszenz war von Erfolg gekrönt, der Stubenarrest abgesessen, nicht auf. Auch nicht am vierten. Das „Dschaanniiiiie!" verhallte ungehört zwischen den Häusern und Ruinen. Auch nicht am fünften und auch danach nicht. Johnny war verschwunden, vom Erdboden verschluckt, obgleich der mit Sicherheit sich nicht nochmal nach „da unten" getraut hatte. Schon gar nicht allein. Paul hatte keine Ahnung, in welchem Haus genau Johnny wohnte, es hatte immer so ausgeschaut, als habe der schon auf der Gasse gewartet. Und dem war auch so, die Mutter hatte das Kind regelmäßig gleich morgens wegen ihrer Besucher aus der Wohnung schicken müssen, und einen Vater gab es nicht, wie alle wussten; Paul aber kannte auch Johnnys Nachnamen nicht, und wenn, er hätte das Klingelschild nicht lesen können. So machten Nachforschungen keinen Sinn.

Beim „Nolt", dem kleinen Lebensmittelgeschäft an der Ecke zur Paulinenstraße, war gleichwohl zu hören, dass Johnnys Mutter wohl mit einem weiteren Kind niedergekommen sei, von dem der Vater wieder nicht bekannt war. Die Mutter sei darob der Sorge um ihren Nachwuchs enthoben und in ein Heim für gestrauchelte Frauen (oder für gefallene Mädchen, es kam aufs selbe hinaus) geschickt worden. Johnny kam angeblich in ein anderes Heim, sein Geschwisterchen vielleicht, wenn's gut lief, in Adoption, gleich hundert anderen, denen es in jener Zeit und oft bei Schaden fürs ganze Leben ähnlich ergangen war.

Paul erfuhr von den Ereignissen nichts, mit Kindern wurde über derartige Dinge nicht gesprochen. Kinder ging dies und manch anderes nichts an. Was allerdings Gerüchte anlangte, so war an denen kein Mangel. Hier eine abgelauschte Andeutung, dort ein „geh mal voraus, wir haben noch was zu besprechen, das nichts für deine Ohren ist", wenn die Mütter sich anschickten, ihre Einkäufe in der Stadt zu erledigen. Da kam vieles zusammen, wurde dreimal kräftig durchgerührt, vor den Größeren war man schon etwas weniger zurückhaltend, und so kam es, dass am Ende garstige Spekulationen unter den Kindern der Marienstraße die Runde machten.

Geraubt worden sei der Johnny. Von der MP würde er als Sklave festgehalten oder gleich nach Amerika verkauft. Der MP war nämlich viel zuzutrauen. Schließlich befand sich das Headquarter (noch so ein geheimnisvolles Wort) der Amerikaner unweit der Marienstraße, und von dem ging eine schier magische Anziehungskraft nicht nur auf Kinder aus. Man stelle sich nämlich vor: Hinter hoher Hecke, fast versteckt eine unbeschadet aus dem Krieg hervorgegangene herrschaftliche Villa, ein riesiges schmiedeeisernes Tor, breit genug um gewaltige chromblitzende Dienstfahrzeuge aufzunehmen, mitsamt ihren Weißwandreifen, vor allem aber jene Jeeps, die rund um die Uhr aus- und einfuhren. Man stelle sich weiter vor: das Militärpersonal in Uniform. Und nun das Aufregendste, Faszinierendste, wenigstens für die Kinder: Neger. „Neger", aus Kindersicht ein in keinster Weise negativ befrachteter Begriff. Aber eben nur aus Kindersicht.

Wie diese Stiefel, die keck geschnürt bis zu den Waden reichten, glänzten, als seien sie aus Metall. Wie die Bügelfalten der Uniformhosen messerscharf anzuschauen waren, für sich schon gefährlich. Und die Lederkoppel, diese eng anliegenden, exakt bis zum Lederzeug reichenden Jacken. Und der blitzblank polierte schwarze Helm erst, sicher aus wertvollem Material, so glänzte der, in weißen Buchstaben darauf das M und das P. All das aber nichts gegen die Neger, die in den Uniformen steckten, als wären sie darin geboren.

Am Tor hielten stets zwei von ihnen Wache. Einer rechts, einer links. Da wagte man sich schon aus dem

Grund nicht näher heran, als es der Rand des breiten Trottoirs zuließ, besser, man blieb gleich auf der anderen Straßenseite, auch wenn man von dort viel zu wenig Blick hatte auf die Villa und die ganzen Geheimnisse hinter der Hecke. Nur die ganz Frechen, die ganz Mutigen, die schlenderten, als wäre nichts dabei, am Tor und an den Schwarzen von der MP vorüber, ließen sich scheinbar nichtmal von der Pistole im Holster und auch nicht vom Gewehr über der Schulter beeindrucken; nur, wenn sie mit steifem Rücken vorbei gegangen waren, keinen Blick durchs Tor hatten sie geworfen, dann merkte man schon, dass sich ihre Schritte beschleunigten, bis sie schließlich außer Reichweite waren. Und die musste groß sein.

Ganz schlimm war es, richtig spannend, wenn einen der eine oder der andere MP mit seinem Blick streifte. Man bekam dann auf der Stelle ein schlechtes Gewissen, einfach weil man da war.

Selbst die Frechen und die Mutigen aber griffen nur zu gerne die Gerüchte um Johnny auf. Was mochte der angestellt haben, dass er hinter den Mauern des Headquarters schmachtete. Oder hatte seine Mutter, einen Vater kannte man ja nicht, einen der Neger zum Mann genommen? Oder war Johnny mitsamt Mutter in Wirklichkeit schon längst in Amerika? Nicht auszudenken, bei all dem Kaugummi dort und den Cowboys. Zwischen welchen beiden Begriffen es übrigens einen hörbaren und durchaus einleuchtenden Zusammenhang gab. Denn es war geschehen, dass hin und wieder vom patrouillierenden Jeep der MP (um das Geheimnis zu lüften: MP stand für „Military Police") einer der echten, unverwechselbaren Kaugummis, Wrigleys Spearmint, in dem grünen Papierchen mit dem idealisierten Speer darauf hin vor eine Gruppe von Kindern aus der Marienstraße geworfen wurde. Da lachten die MPs, wenn die Kinder sich balgten, und wenn es Schwarze waren, konnte man deren blitzweiße Zähne gut sehen, was am Tor zum Headquarter nie der Fall war. Dort nämlich verzogen die keine Miene, nicht morgens und auch nicht abends. Zur Nachtzeit ging so oder so keines der Kinder der Marienstraße am Tor der Villa vorüber.

III. Was wohl mit Johnny war?

Mit dem zur Neige gehenden Sommer, als die Schulkinder an den Vormittagen wieder weg von der Straße waren und sich bei den Zurückgebliebenen so etwas wie Langeweile breit zu machen drohte, sprach schon niemand mehr vom Johnny.

Es war Obstzeit, daran mag es gelegen haben. In den Hausgärten vor allem, denn die wurden gepflegt und gehegt, reiften Äpfel und Birnen, Zwetschgen und Aprikosen, letztere sehr geschätzt, auch Quitten, mit denen war nichts anzufangen, Träuble (Johannisbeeren also), besonders die ekligen schwarzen, bereits geerntet, auch schon die Dirlitzen. Eltern, die aus anderen Gegenden stammten, nannten sie Kornelkirschen, aber Dirlitzen klang einfach besser, so schmeckten sie nämlich auch. Ach, es gab viel zu tun in jenen Wochen für die Kinder in der Marienstraße. Überall hieß es vorsichtig zu Werke zu gehen, die Erwachsenen schienen viel aufmerksamer über die Gärten zu wachen. Und man durfte auf keinen Fall Wasser trinken, wenn man womöglich nicht ganz reife Zwetschgen gegessen hatte, die waren so schön sauer, denn dann, so die glaubwürdige Warnung, dann platze einem der Bauch - ganz sicher. Qualvoll.

Immer früher wurde es dunkel; um den trotz der Früchteklauerei unterm Strich eintönig dahinplätschernden Tagen ein wenig mehr Würze zu verleihen, machte sich der Knabe Paul ein ums andere Mal Gedanken über jenen Vormittag, als er mit Johnny - was mit dem wohl war? - den Abstieg in die geheimnisumwitterte Unterwelt, die gleich nebenan, zwei Hausnummern weiter, sich auftat, gewagt hatte. Nur weil der sich wohl vor Angst nass gemacht hatte, was später jedoch nicht mehr aufgefallen war, hatten die beiden so rasch ans Licht zurück klettern müssen.
Nicht, dass es Paul sehr viel besser gegangen wäre, aber, großes ABER, ihm war das nicht passiert. Nur ein einziges Mal, da war er ganz sicher, bei vollkommen anderer Gelegenheit war „es" ihm passiert (lassen wir die Zeit der Windeln außen vor, an die konnte Paul sich natürlich nicht erinnern), ausgerechnet an

seinem vierten Geburtstag, ausgerechnet, Schande über ihn, obschon das über ein halbes Jahr zurück lag. Immer noch trieb es ihm die Schamesröte ins Gesicht. Es war Kindergeburtstag, die Tante hatte ihr Kasperltheater aufgebaut, sie spielte selber alle Rollen und Paul war's zum Lachen, immer mehr, rot lief sein Gesichtchen an, er war aufgesprungen, an die eigentliche Geschichte entsann er sich nicht mehr, aufgesprungen, lachte und lachte, und spürte die feuchte Wärme in der Unterhose und an den Kniestrümpfen und da war es ums Lachen geschehen.

Bestimmt zehn Nachbarkinder als Zeugen, er wäre zu gerne im Erdboden versunken, doch das ging nicht, die Wohnung lag in der Beletage und hatte überdies Parkettböden.

Danach musste er sich umziehen lassen, weg mit dem feuchten blauen Kosakenrock, den ihm die Mutter extra genäht hatte, statt dessen tauchte er (auf dem eigenen Geburtstag!) mit der so ungeliebten, labberigen Bleylehose, graue Wirkware, wieder bei den Freunden auf. Nach drunten zum Spielen durfte er mit der auch nicht, die war viel zu empfindlich. Ein schöner Kindergeburtstag das.

Aber an diesem Tag trug er wieder jene speckigen, schön patinierten kurzen Lederhosen samt Kniestrümpfen, die gestrickten und grauseligen langen Strümpfe drohten erst wieder im Winter. Weit und voluminös die Hosentaschen, in denen Reste eines Kaugummis aushärteten, ein richtiges Messerfach seitlich, unbestückt natürlich, aber immerhin. Es zog ihn dieses Fenster zur Waschküche des Hauses 35 unwiderstehlich an, und er mochte sich dem auch nicht entziehen. Lieber wäre es ihm schon gewesen, wenn einer dabei gewesen wäre, doch es hatte sich niemand von den anderen blicken lassen.

Wie er dann drunten war, musste er sich dieses Mal nicht erst lange umsehen und orientieren.

Der Dreckhaufen, über den er hinabgerutscht war, interessierte ihn vorerst kaum. Hinter der ersten linken Tür gab es auch nichts zu entdecken. Deren Holzblatt moderte in seinen Angeln, die weiße Farbe blätterte. Der Raum dahinter hatte ursprünglich auch ein Fenster besessen, das jedoch vom Bombenschutt zugemauert war, Licht kam keines durch. In Dunkelheit gehüllt der Raum dahinter, feucht die Luft und richtig eklig all der Schimmel, an Wänden, auf dem lehmigen Boden, aber dort rechts, da schien es sich zu lohnen. Ein richtiger Tisch stand dort, groß wie der in der Waschküche zu Hause, fast wie neu. Wenn nicht überall diese dicke Staubschicht gewesen wäre. Die Schublade klemmte, ließ sich mit ein wenig Kraft, und die besaß er schließlich, aufziehen. Tastend durchsuchte Paul sie, sicher hatte jemand darin etwas vergessen, etwas von Wert. Es waren dann nur zwei einsame Wäscheklammern aus Holz, angerostet die Federn, unbrauchbar also. Der Spreißel, den er sich zuzog und gleich wieder herauszog, tat weh, das Blut war rasch weggelutscht, und weiter ging Pauls Suche, zu lange durfte (wollte?) er nicht drunten bleiben, und der sandige Haufen hinten im nächsten Raum musste auf jeden Fall noch durchsucht sein.

Es lohnte sich.

Hervor kam eine Gabel, aus Metall, ganz sicher sehr wertvoll, zu Hause hatte man auch ein Silberbesteck, das von der Großmutter aus Pommern irgendwie gerettet und nur bei besonderem Anlass aufgelegt wurde, mit diesen viel zu großen Messern und Gabeln, so dass Paul in der Regel nur den Teelöffel in die Hände bekam (den kleinen Kinderschieber lehnte er inzwischen ab). Solch eine Gabel also. Die Zinken gerade zu biegen ging hier drunten nicht, das musste warten und brauchte passendes Werkzeug. Aber am Wert änderte es nichts. Paul würde das Fundstück gut hinter dem Bollerofen im Kinderzimmer zu verstecken wissen.

Leider ergab die hastige, doch nicht minder gründliche Suche nach weiterem Fundmaterial nichts. Und leider wurde des Pauls Finderstolz dadurch geschmälert, dass er den Eltern und vor allem auch der Schwester auf gar keinen Fall diese Gabel zeigen durfte. Allenfalls dem einen älteren Freund, dem mutigen. Der wusste so manches Geheimnis zu wahren, davon besaß der zur Genüge.

Nur noch dies letzte Zimmer, diesen hintersten Kellerraum, weiter ging es gar nicht mehr, das war zu erkennen.

Zu dunkel, zu gefährlich, denn an eine Taschenlampe war nicht zu denken. So etwas besaß Paul nicht, so etwas war viel zu erwachsen.

Als er durch die ausgehängte Tür trat, wurde ihm der andere Geruch erstmals richtig bewusst. Überall dort unten roch es modrig und irgendwie alt und abgestanden. Hier jedoch mischte sich ein Geruch dazu, den er nicht so mochte und der sich auf seine Zunge legte. Ein Geruch, wie ... wie ... wie er vom Anhänger des Metzgers Daimold ausging, wenn der ihn wieder einmal im Hof vom Haus 39 abgestellt hatte. Daimold fuhr einen dunkelroten Daimler mit schwarzen Kotflügeln, deshalb hieß er wahrscheinlich auch so wie er hieß, und übrigens auch seine beiden Kinder, wenigstens mit Nachnamen, sie wohnten im zweiten Stockwerk, waren eher uninteressant und mit denen spielte man nur zur Not. Eine zweite Tochter, hieß es, war da auch noch. Über die wurde nicht geredet, außer dass sie „verhindert" war.

Vom Anhänger des Metzgers Daimold ging also jedes Mal, wenn er im Hof stand, ein ganz ähnlicher Geruch aus, nur dass da auch noch Heu mit roch. Und manchmal Blutstropfen zu sehen waren, wenn der Anhänger wieder fort war.

Und so, aber ohne das Heu, roch es auch in diesem hintersten Kellerraum des Hauses Nummer 35 in der Marienstraße, von dem zu ebener Erde nur noch Reste der Sandsteinmauern, von dem aber darunter immer noch diese halb zerfallenen und halb zerbombten Räume existierten, in denen Paul seinen wertvollen Fund gemacht und in deren hinterstem Paul einen ihm schwach bekannten Geruch wahrgenommen hatte.

„Lebensgefahr! Betreten strengstens verboten!!"
Paul, hättest du doch lesen können. Aber selbst dann, man ahnt es...

IV. Stadteinwärts

Wenn man vier Jahre alt ist (viereinhalb!) und in der Marienstraße wohnt, nicht zur Schule gehen muss (oder darf), dann beginnt man, Woche für Woche die Schritte ein wenig weiter zu lenken.

Die Älteren waren, es ist angesprochen worden, den Vormittag über, auch an manchen Nachmittagen, in der Schule. Auch Pauls Schwester, die musste (durfte) in die Römerschule, vielleicht zehn Gehminuten, hinunter zur Tübinger Straße, an der Wasserpumpe vorbei, auch am Dinkelacker vorbei, alle paar Wochen stank das ganze Viertel, wenn in der Brauerei gemälzt wurde, dann links über die Hauptstätterstraße und noch ein Stück den Berg hoch, gleich daneben die Hilfsschule, das geschah den Mädchen recht.

Pauls Schritte führten ihn zum Beispiel stadteinwärts. An der Ecke unten der „Nolt", ein flacher kleiner Behelfsbau, wo man mit vier Jahren schon die Milch mit der Blechkanne holen durfte, zwei Liter täglich, abgefüllt vom Nolt persönlich, denn er arbeitete immer allein, mit dieser unheimlich langen Schöpfkelle, ohne dass ein Spritzer daneben ging. Und der manchmal Bananen anbot, stückweise. Und eigentlich auch sonst alles, soweit ein Knabe von vier Jahren dies abschätzen konnte.

Weiter drunten in der Marienstraße die Ladengeschäfte eher langweilig, das Blumengeschäft Hartmann rechts, die Radiohandlung Grüner, Herrenbekleidung bei Schmitt, Buchhandlung Steinkopf, alles wenig oder überhaupt nicht interessant – einzig der Zoo-Schreiter zwang nicht nur den Paul, sondern wohl alle Kinder der Marienstraße zum Verweilen vor den mit bunten Vögeln, weißen Mäusen und anderem Getier voll gestellten Ladenfenstern. Es sei denn, man durfte mit den Eltern unterwegs sein, dann ging es bis zum Wilhelmsbau, gleich rechts der „Riccio", da fanden sich ab dem Vormittag die italienischen Männer ein und tranken Espresso aus der Ehrfurcht gebietenden Maschine. Wenn Paul auftauchte, musste er für die anwesenden Männer, die unheimlich freundlich waren, unbedingt bis zehn zählen, auf italienisch, und dann gab's einen Bonbon, beim „Riccio".

Wenn der Einkaufsbummel aber am Nachmittag stattfand, so gegen fünf, ging's ab und an bei Wilhelmsbau
auch links ab, in Richtung Alter Postplatz, denn da
stand die Wurstbude. Paul liebte Schweinsbratwurst
mit Brötchen und gut Senf, eine halbe konnte er locker
verdrücken, der Vater nahm sich des Restes und der
eigenen noch dazu gerne an. Nun war eines Tages
aber Schluss mit den Besuchen der Wurstbude. Einer,
der neben dem Vater und von Paul gut beobachtet aß,
hatte beim Abbeißen von seiner Schweinsbratwurst in
deren Brät nämlich eine schön gegarte, fette Spinne
ausfindig gemacht und seinen Fund jedem der anwesenden Wurstesser triumphierend, nur war das kein
rechter Triumph, vor die Nase gehalten. Auch Paul
mochte Spinnen nicht, schon gar nicht in der
Schweinsbratwurst, und so war die Zeit der nachmit-
täglichen Schweinsbratwürste vorbei.

Pauls Schritte führten ihn aber auch stadtauswärts.
Zum Beispiel bis in die Silberburganlagen mit den
steilen Böschungen und dem dichten Gebüsch, das
winters, wenn Schnee lag, beim Schlittenfahren im

Weg stand. Dies Gebüsch müssen wir später, in anderem Zusammenhang, noch einmal besuchen, mit Paul natürlich. Man konnte, und das geschah an sonnigen Sonntagen hin und wieder, die Silberburganlagen bergauf entlang der Serpentinen durchqueren, es war dies ein bei Pauls Eltern geschätzter Spaziergang, und dann gelangte man droben auf der Karlshöhe an. Die war gar nicht so interessant, daher fiel es Paul leicht, die Mahnungen der Eltern zu beherzigen, ja nicht allein bis dort droben zu gehen. Einen Grund hierfür hatten die Eltern nicht erwähnt, es war aber egal und langweilig obendrein.

Das Headquarter zur Linken der Silberburganlagen hatten wir schon gestreift, mit seinen Geheimnissen und seinen Sensationen, en passant sozusagen, darauf müssen wir, so schaut's aus, gleichfalls nochmal zurückkommen. Viel weiter lenkten Pauls Schritte ihn nur selten, und wenn, dann in Begleitung des Kindermädchens. So eines hatten seine Eltern, da beide berufstätig, für die Werktage eingestellt, eine rechte Schwäbin mit Namen Doris, ein junges Ding von vielleicht achtzehn Jahren mit bodenständigem Dekolleté.

Sie kochte schwäbisch den Ofenschlupfer, welchen Paul schätzte, speziell wenn das Weißbrot oben drauf so schön knusprig geworden war, schwäbisch die Dampfnudeln, von denen Paul besonders ihre „Füßle" liebte, jene karamellisierten Krusten, die nur mit Mühe vom Topfboden weg zu bekommen waren, Grießbrei gab's auch, und eine geheimnisvolle Angelegenheit war der Milchreis, der, einmal auf dem Herd aufgekocht, im gedeckelten Topf in Zeitungspapier eingewickelt und gleich darauf im Kinderbett unter die Daunendecke geschoben wurde, wo er so lange weiter köchelte, bis er gar war. Ganz ohne Feuer. Also, in Begleitung der Doris, die jeden Morgen von Kornwestheim mit der Bahn herfahren musste, und die auch den Auftrag hatte, Paul ordentlich an die frische Luft zu bringen (als hätte er das nicht allein geschafft), ging es hin und wieder bis zur Hohenstauffenstraße, so eine knappe halbe gebummelte Stunde, sie mussten ja nicht eilen. Man verharrte an einem bestimmten alten schmiedeeisernen Gatterzaun, wartete ein Weilchen, und dann erschien der Hansi um die mitgebrachten Äpfel und Zuckerstückchen entgegen zu nehmen. Hansi war ein Hirsch und ob er Hansi hieß oder nur von der Doris eben so genannt wurde, dem war's gleich, dem ging es nur um die Mitbringsel. Und dann war es auch schon wieder Zeit, umzukehren, denn die Doris musste um halb sechs zum Zug nach Kornwestheim.

Alles in allem aber waren Pauls Alleingänge wesentlich interessanter.

Die verwilderten Hausgärten, deren Häuser großflächig zu Ruinen gebombt waren, zum Beispiel. Hangabwärts bis es richtig steil wurde, bis hinunter zum Furtbachkrankenhaus, wo keiner hinunterkam, die Stützmauern waren viel zu hoch. Ein mächtiger Backsteinbau aus früheren Tagen mit flachem Dach, ganz in der Mitte aber befand sich ein gläserner Aufbau, man hatte von den Hausgärten einen freien Blick darauf. Regelmäßig waren hinter den Glasscheiben die Ärzte und Schwestern zu beobachten, wenn sie sich um die Kranken auf dem Operationstisch scharten, leider war alles viel zu weit weg, um Details erkennen zu können. Und auch zu weit weg, außerhalb jeder Reichweite, um mit Steinchen auf das Dach zu treffen, denn das wäre schon spannend gewesen, wenn man die Leute darunter hätte erschrecken können. Aber versuchen musste es jeder einmal. Auch der Paul mit den kurzen Armen eines Vierjährigen.

Ein- oder zweimal war der Knabe auch statt nach links zum Headquarter nach rechts die Silberburgstraße entlang abgebogen und gleich wieder links die erste Querstraße hochgelaufen. Das war ein rechtes Stück Wegs gewesen und dann gab es da, in der Reinsburgstraße, auch nichts besonderes zu sehen außer alten mehrgeschossigen Gebäuden, die vergleichsweise intakt nebeneinander gereiht da standen. Nur die Eltern gaben sich erschrocken, als er des Abends beim Ofenschlupfer, oder waren es Spaghetti gewesen, der Vater kochte sie manchmal, er war nicht der ausgewiesene Freund der schwäbischen Küche, als er da berichtet hatte, wie weit er am Vormittag gekommen war. Angeschaut hatte die Eltern zuerst sich, dann den Paul, und dann war ein striktes Verbot, je wieder bis in die Reinsburgstraße zu gehen ausgesprochen. Auf gar keinen Fall!

Warum? Frag' nicht, auf keinen Fall mehr, verstanden?

Verstanden. Doch nicht wirklich, weil das keine Erklärung war.

Zum Glück war es sowieso uninteressant gewesen in der Reinsburgstraße. Die verlassen wir daher ebenfalls vorläufig und wenden uns wieder unserem Knaben zu, dem drunten unter dem ehemaligen Erdgeschoss des Hauses Nummer 35 in der Marienstraße jener unbestimmte, unangenehme Daimoldsche Geruch in die Nase gestochen hatte. Was Wunder, dass Paul nachschauen musste, was es mit diesem Geruch auf sich hatte, der vom hintersten, so gerade noch von schwächelnden Lichtstrahlen ertasteten Raum auszugehen schien.

Ob für Paul dort hinten Lebensgefahr bestand, wie die Warntafeln droben beschworen, sei dahingestellt. Vieles sprach dafür. Fest stand jedoch, dass für den Mann, von dem der besondere Geruch ausging, Metzgergeruch, gewiss keine Lebensgefahr bestand. Der war nämlich bereits tot, dessen Leben war mitsamt seinem vielen Blut, das aus der durchtrennten Kehle in den feuchten Lehm des Kellerraumes geronnen war, buchstäblich versickert.

V. Käfig um Käfig

Alle Wochen geschah es, da rangierte, ganz edel weinrot, die Kotflügel schwarz, welche seinerzeit noch Sinn machten, weil da, wo er zu tun hatte, oft noch Kot auf den Wegen zu durchfahren war, der Daimler des Metzgers Daimold rückwärts in den Hof des Gebäudes 39. Viehhälften waren an diesen Tagen keine auf dem Hänger geladen, statt dessen zwei, drei Lagen Drahtkäfige, darin dicht an dicht lebendige Hühner. Weiße, braune und gescheckte Hühner, deren panisches Gegacker grässlich schallte.

Wie der Blitz sprach sich die Ankunft bei den Kindern der Marienstraße herum. Und alsbald bildete sich ein rechtes Gedränge vor dem knapp über dem Boden gelegenen Fensterchen zum hell erleuchteten Schlachtraum im Souterrain des Hauses. Denn als solcher diente der ansonsten für das Waschen von Wäsche gedachte Raum, an die 20 Quadratmeter messend, bis Deckenhöhe weiß gefliest.

Käfig um Käfig landete binnen kurzer Zeit da drunten, dann ging es schon los: Daimold und eine Helferin, beide in weißem Schurz, er die unvermeidliche Schiebermütze, sie ein blau-weiß kariertes Tuch auf dem Kopf, packten das erste Flattertier an den Beinen und am Hals. Kaum war der auf den hüfthohen Holzstamm hergerichtet, kam des Daimolds Hackebeil dergestalt zum Einsatz, dass nämlich das Huhn durch raschen Schlag vom Kopf befreit war. Das allein war den am Fenster gebannt zusehenden Kindern schon grauslig genug, doch es wurde richtig toll, als die beiden Schlächter das Huhn losließen, denn das begann erneut zu flattern, hüpfte auf und ab, schlug sinnlos mit seinen Flügeln um sich, das Blut spritzte nur so, machte auch nicht vor der Kleidung Halt, hinterließ rote Schmierer auf Boden und Wänden. So ging es, zog sich hin, draußen die Kinder hielten ihren Atem an, bis das arme Vieh endlich ausgeblutet und still da lag.

Stücker zwei Dutzend Kadaver sammelten sich bald in der Ecke. Daimold wischte seine Hände am Schurz ab, griff in seine Jackentasche und entzündete den obligatorischen Stumpen, während die Helferin anhub, jedes Huhn einzeln an den gelben Füßen zu greifen und, Hals voran, in den im Eck auf einem Holzfeuer mit siedendem Wasser bereit stehenden Kessel zu versenken - was bei einzelnen der Opfer zu nochmaligen, letztmaligen Zuckungen führte.

Am Ende dann hockte das Weib sich auf einen Holzstuhl, legte Huhn für Huhn auf den Schoß und rupfte das Federkleid mit derbem Reißen ab.

Die nunmehr nackten Viecher landeten in einem Korb neben ihr, die Federn wurden in einen Sack gestopft, getan war die Arbeit, nachdem mittels eines Gartenschlauches Wände und Boden freigespritzt waren und Daimold den Korb samt den leblosen Hühnern nach vielleicht zwei Stunden wieder auf seinen Hänger gepackt hatte.

Da aber waren die Kinder schon weiter gezogen, das Interessanteste hatten sie ja mitbekommen.

Als der Metzger weggefahren war, trieb der leichte Wind noch Stunden danach verlorene Unterfedern und jenen Geruch im Hof vor sich her.

VI. Eine kleine Metallkiste

Unser Paul indessen, wir kehren rasch zu ihm zurück, stand erstarrt im Halbdunkel, es war eher finster, ganz nahe bei dem Mann, der reglos und hingestreckt in der Ecke ruhte. Da er die Sache mit den Hühnern ja bereits das eine und andere Mal miterlebt hatte, suchte Paul seine Gedanken in der Weise zu ordnen, dass er annahm, der Tote sei auf vergleichbare Weise seines Hauptes verlustig gegangen, nur, dass dieses noch am Rumpf hing, also nicht zur Gänze abgetrennt, wie dies bei den Hühnern der Fall war.

Und weil der Paul, dessen Erstarrung sich langsam zu lösen begann, weiter kombinierte, sich überlegte, wie der Tote ausgerechnet dort unten hingelangt sei, kam er zum Schluss, das Geschehen müsse sich im Grunde genommen auch in der Weise abgespielt haben, wie dies bei den Hühnern Daimolds der Fall war.

Ihn schauderte, Einzelheiten mochte Paul überhaupt nicht an sich heran lassen.

Er trat den Rückzug an. Stolperte über etwas, das zur Hälfte unter dem Holztisch verborgen lag, dessen Schublade nur diese Wäscheklammern hergegeben hatte. Für einen kurzen Augenblick war Paul versucht, nach der Sache zu schauen, metallisch hatte es sich angehört, als er dagegen getreten war, und Metall war ganz bestimmt interessant. Das konnte alles Mögliche bedeuten, Messer, Geldstücke, solche Dinge. Doch nicht jetzt, das war nur zu verständlich. Mit dem rechten Fuß schob Paul den Gegenstand ein wenig vor, näher zum Ausstieg hin, ein klein wenig vom Dreck und Sand rutschte langsam von oben herab, deckte die kleine Metallkiste, wie er aus dem Augenwinkel bemerkte, teilweise zu, egal, nach droben musste unser Paul, weg von dort drunten. Während er die rutschige Schräge hoch zum glaslosen Fenster kraxelte um endlich an der frischen Luft zu stehen, würgte er ein wenig, doch kräftiges Durchatmen verhinderte Schlimmeres. Vom Dreck und Sand rutschte gleich nochmal eine ordentliche Ladung abwärts. Und jetzt erst fanden seine Gedanken Zeit, sich bewusst zu werden, worauf er da unten gestoßen war. Die wirbelnden Erinnerungen machten ihn schwindlig. Das Blut rauschte in seinen Ohren. Ihm war nach Heulen, aber das ging nicht, jemand wäre, so wie er da an der zernarbten Hauswand lehnte, auf ihn aufmerksam geworden und hätte ihn nach Hause zu den Eltern gebracht, die im Büro des Vaters arbeiteten. Dann aber wäre ihm letzten Endes nichts anderes übrig geblieben, als mit der Sprache, mit der Wahrheit herauszurücken, besser gesagt, die wäre von ganz alleine herausgerückt. Da war er sich sicher. Dies nun wollte Paul auf jeden Fall vermeiden. Wenn er schon damals, wegen der „Wasserschlacht" mit dem Johnny, zu drei Tagen Stubenarrest verurteilt worden war, dann konnte er sich allzu gut ausmalen, wie der Spruch der Eltern dieses Mal lauten würde. Mindestens einen Monat, wenn nicht mehr. Oder sie würden ihn in ein Heim stecken, ganz weit weg von der Marienstraße. Er wäre vergessen, so wie der Johnny.

Da musste er dann doch ein wenig weinen. Und prompt nahte die Frau Ersing, die alte Haushälterin der Vermieter, die immer in Schwarz gekleidet war, ihr geflochtenes Haar zu einem Kranz hochgesteckt, und auf alles, was im Haus 39 geschah, ein sehr aufmerksames Auge hatte.

„Der kleine Paul, ja, was macht dir denn solchen Kummer?", strich über Pauls Haar und beugte sich zu ihm hinab. Paul wandte sich weg um weiteren Tröstungsversuchen zu entgehen, da nahm die Frau Ersing eine der Birnen aus dem Korb am Arm und reichte sie dem Paul. Der blickte nun zu Boden, wischte den Rotzfaden von der Oberlippe, ergriff die Birne, schaute weiter zu Boden und hörte das Aufatmen der Alten.

„Na also, ist doch gar nicht so schlimm."

Dann ging sie zur Erleichterung des Knaben ihrer Wege. Nach einer Birne stand dessen Sinn gerade nicht, das sei ihm nachgesehen, als er sich der Frucht entledigte, er warf sie soweit er konnte in die Ruinen hinter sich. Eilends begab er sich einige Schritte weiter, suchte die Stufen, die einst zur Eingangstür des

Hauses 35 geführt hatten, die nun, ihres Zweckes beraubt, wenigstens eine bequeme Sitzmöglichkeit boten, die von den Kindern zu Zeiten viel genutzt wurde. Da er einerseits nur allzu gerne das Erlebnis mit jemandem geteilt hätte, sich mit so jemandem besprochen hätte, was zu unternehmen sei, andererseits nicht so sicher war, ob dies letztlich doch zu den Folgen führen würde, die es tunlichst zu vermeiden galt, verschob er eine Entscheidung vorläufig einfach. Also hatte er endlich die Muße, seine Gedanken noch einmal richtig zu ordnen.

Dass der Mann tot war, stand fest.

Dass er eine Uniform trug, wie er sie von den Soldaten, die zum Stadtbild gehörten, kannte, ebenfalls. Keinen Helm, doch solch ein Schiffchen, das die Amerikaner meistens aufhatten, wenn sie keinen Helm trugen. Das Schiffchen hatte genau neben dem ganz schief abstehenden Kopf des Mannes gelegen, war beim Hinlegen zur Seite gerutscht. Dass er kein MP war, das war Paul gleich aufgefallen. Dass er kein Neger war, das konnte man auch im schwachen Licht da unten sehen, denn die Kopfhaut unter dem nur Millimeter kurzen Haar war viel zu hell gewesen, genau wie die Haut an den Händen, die, jetzt fiel es ihm wieder ein, ihre Finger vergebens in den lehmigen Boden gekrallt hatten.

Ebenfalls entsann sich Paul, dass die Hosenbeine, die Schuhe, die Jacke schwer verschmutzt waren, verschmiert, feucht. So schmutzig konnte keiner vom Hinabsteigen in das Untergeschoss des Ruinenhauses werden, da kannte Paul sich schließlich aus. So verdreckt wurde man woanders. Das war völlig klar. Der Mann war folglich schon dermaßen dreckig drunten angekommen.

Solche Gedanken waren es, die sich der Knabe Paul mit seinen gut vier Jahren machte, während er auf der dritten und letzten Stufe der ehemaligen Eingangstreppe zum Haus 35 saß.

Er erhob sich nun, es hatte keinen Zweck, sich weiter in Gedanken mit dem Toten herumzuplagen, wichtig war nur, dass es ihm zuverlässig gelang, niemandem, aber auch ja keinem davon zu erzählen. Und wenn es noch so schwer fiel.

Als Paul zum Mittagessen am Tisch saß, Leber mit Zwiebeln hatte die Doris bereitet, Bratkartoffeln gab's dazu und einen grünen Salat, musste er gleich nochmal aufstehen und seine Hände waschen. Das Waschbecken befand sich im Kinderzimmer, welches er sich mit der Schwester teilte. Die Waschgelegenheit war durch einen Vorhang abgetrennt, diente auch den Eltern, eine Badewanne gab es auch, die stand aber in der großen Küche und war von einer entsprechend großen Holzplatte abgedeckt. Abdeckung und Arbeitsplatte zugleich, wurde die ein-, allenfalls zweimal in der Woche weggeschafft, damit die Wanne für die Kinder aufgefüllt und ein Fichtennadelschaumbad untergemischt werden konnte. Solange die Geschwister den Eltern noch klein genug schienen, teilten sie sich auch den Platz in der Wanne und hatten ihren Spaß mit Schaum und Seife. In der letzten Zeit aber zierte die Schwester sich und ab da gab es Streit, wer vor wem an der Reihe war. Es wurde gelost um der Streiterei ein Ende zu bereiten.

Gebratene Leber war ein Graus für Paul, der Geschmack, die Konsistenz, auch die Flachse und Adern darin; als die drei anderen, Doris pflegte geschwind allein in der Küche zu essen, schon lange fertig waren, saß Paul immer noch vor seinem Teller und kaute und kaute, bis die Leberstücke als trockener Klumpen im Mund steckten und sich weigerten, geschluckt zu werden.

VII. Komm, Herr Jesus

An diesem Tag lag es nicht nur an der Leber. Es ging einfach nicht. Eltern und Schwester hatten sich längst vom Tisch erhoben, Hausaufgaben und Büroarbeit riefen, Paul musste sitzen bleiben. Irgendwann bekam die Doris Mitleid und nahm den noch halb vollen Teller mit in die Küche, streifte Paul mit verschwörerischem Blick und entsorgte die Reste im Mülleimer. Da wäre ihm fast die Geschichte von den Lippen gegangen, aber eben nur fast, denn schließlich war die Doris bei den Eltern angestellt und hätte den Mund nicht gehalten.

Am Nachmittag begann es zu regnen. Zerstreut blätterte Paul in seinen Bilderbüchern, malte lustlos ein wenig auf den dafür vorgesehenen Flächen, griff zur Knetmasse, die in einer Schachtel vor dem Austrocknen verwahrt war, die einzelnen Farben waren kaum mehr zu unterscheiden, alles machte ihm keine rechte Freude. In Gedanken stand Paul immer wieder dort drunten im Halbdunkel, roch immer wieder den Metzgergeruch.

Der Mann hatte dreingeschaut, als würde er lächeln, die Lippen leicht geschürzt, die Augen weit geöffnet.

Er hätte ganz gewiss erst einmal Kleidung und Schuhe gründlich mit Wasser gereinigt, bevor er sich niedergelegt hatte. Auch sein Haar. Wie damals Johnny und Paul, in der Tübinger Straße an der Pumpe.

Der Johnny. Ein ganz klein wenig weh wurde Paul ums Herz. Wenigstens verabschieden können hätte er sich doch.

Beim Erinnern hielt Paul unwillkürlich die Luft an, so wie vorhin, am Vormittag. Um den Mann nicht zu wecken, vielleicht schlief der nur, trotz des Halses und des Blutes. Rückwärts war Paul gewichen, hatte die Arme nach hinten ausgestreckt, bis er die Wand ertastet, hatte sich beobachtet gefühlt von den offenen Augen bis er durch das Fenster ins Freie gelangt war.

Mit der Mutter am Bettrand war allabendlich ein Nachtgebet zu sprechen, das kam sonst fehlerfrei über seine Lippen: „Komm, Herr Jesus, sieh mir zu, schließ' nun beide Äuglein zu", doch bei den Äuglein musste Paul tief Luft holen, es ging nicht mehr weiter, trotz der Mahnungen der Mutter.

In der Nacht war Paul derart unruhig, dass es der Schwester zu viel wurde und die Mutter nach ihm schauen musste. Ganz verschwitzt war er. „Wirst doch aber keine Erkältung kriegen?" Was mehr als Vorwurf denn als Sorge sich anließ.

Nein, eine Erkältung wurde es zum Glück nicht, und so war Paul schon am nächsten Vormittag wieder auf den Beinen.

Musste einen warmen Pulli überziehen und feste Strümpfe, so, als ob dies dem Paul Erleichterung verschaffen könnte.

Eigentlich hatte er nicht vor, an diese Sache „da drunten" zu denken. Hoffte, das würde vorüber gehen, sich irgendwie von selber regeln. Andererseits nagte es am Paul, tief drinnen. Und wenn der Mann wieder aufgestanden, seines Wegs gegangen und seine schmutzigen Sachen gewaschen hätte? Alles wieder gut. War gar nichts gewesen. Heim ins Headquarter zu seinen Soldaten und der MP. Nicht wahr?

Und schon schlupfte Paul erneut unter den Absperrungen durch, keiner hat's bemerkt, rutschte die Schräge hinab, nahm erneut eine Menge Dreck und Sand dabei mit, diesmal führte der Weg direkt ganz nach hinten, wo das Licht nur schwer hin kam, er hatte sich dann aber doch im Raum geirrt, ging, schlich vielmehr ins andere Zimmer, das mit dem großen Tisch, war sich jedoch sicher, dass der Mann dort nicht gelegen, wieder zurück, alles nochmal, der war also doch weggegangen. Wie das mit dem Hals und dem Kopf funktioniert hatte, dem Paul machte das keine Sorgen, es war irgendwie auch so gelungen, denn er war ganz sicher weg. Fortgelaufen um endlich die Kleider sauber zu machen. Wasser gab's im Headquarter bestimmt reichlich.

Schon morgen wäre der Mann wieder mit dem Jeep unterwegs, Kaugummi im Mund, alles wieder in Ordnung. Wegen der nur teilweise im Lehmboden versickerten Blutlache brauchte Paul sich keine Gedanken mehr zu machen. So genau hatte er dieses Mal lieber nicht hingeschaut. Und der Geruch war ja auch kaum noch zu spüren gewesen, nicht wahr, Paul? Vergessen dabei zugleich diese Metallkiste, man konnte sie aber auch nicht mehr erkennen, unter dem ganzen Dreck und dem Sand.

VIII. Das Bier für den Vater

Am Tag darauf waren Arbeiter mit einem riesigen Teerkocher auf Rädern zu Gange, da musste Paul sich unbedingt in der Marienstraße aufhalten und ganz genau zuschauen. Noch nie hatte er so etwas gesehen, noch nie mit seinen schon deutlich mehr als nur vier Jahren. Obwohl es September war, stieg die Temperatur bereits am Vormittag hinauf in hochsommerliche Bereiche. Die Marienstraße war für den Verkehr gesperrt, weil das Kopfsteinpflaster zu erneuern war. Mutmaßlich lag es am stetig zunehmenden Autoverkehr, der zusammen mit der seit der Währungsreform ungeahnt rasch anwachsenden Wirtschaft dazu geführt hatte, dass nicht nur Limousinen, von denen es auch schon wieder eine beträchtliche Zahl gab, sondern vor allem Lastkraftwagen waren, die dem alten Pflaster enorm zusetzten. Und natürlich jene Militärfahrzeuge, zuerst die der Deutschen, immerhin lag die riesige Rotebühlkaserne ganz in der Nähe, seit Kriegsende aber auch die der Siegermächte, will sagen, der Amerikaner, nachdem Franzosen nur ein kurzes Zwischenspiel gegeben hatten.

Pferdefuhrwerke spielten schon keine wirkliche Rolle mehr, nur die Brauereien, die Getränkelieferer nutzten sie noch, vereinzelte Kohleverkäufer, Altmetallhändler vielleicht auch. Ach ja, die Lieferanten der Eisstangen, Pauls Eltern besaßen solch einen Eisschrank, er stand im Kinderzimmer neben der Küchentür, hinter dem Vorhang. Die Männer brachten das Eis ein- oder zweimal die Woche hoch in die Beletage, schleppten die schweren Stangen, die so lang wie Paul groß waren, auf den Schultern, gegen das Schmelzwasser durch einen Lederumhang geschützt. Immer zwei solcher Stangen passten in den Behälter auf der Rückseite des Eisschrankes, sie reichten aus, um für ein paar Tage die Lebensmittel frisch zu halten. Die Milch, das Gemüse, Fleisch, solche Dinge eben. Das Bier für den Vater.

Die Arbeiter aber drunten auf der Marienstraße, die hätten sich gewiss ebenfalls für ein wenig Abkühlung bedankt. Paul sah ihnen zu, wie sie Kopfstein für Kopfstein in die dicke Sandschicht drückten, es bildete sich schönes halbrundes Muster dabei, um sie hernach mit schwerem Gummihammer vollends fest zu klopfen. Dann aber kam der schönste Teil der Arbeit, aus Pauls Sicht wenigstens. Auf dem Trottoir nämlich stand das Ungetüm von Teerkocher, der große Kessel holzbefeuert, Rauch kräuselte sich aus dem Abzugsschlot.

Ein Teil der Arbeiter, derbe Beinkleider unten, der Oberkörper ganz nackt ob der Hitze, schleppte die zwei am Schulterjoch hängenden Eimer, zuvor am Kocher randvoll aufgefüllt mit der heißen Masse, wie Honig rann sie aus dem Zapfhahn, ließen die Eimer sich abnehmen, kehrten zum Kocher zurück, wieder und wieder. Während ihre Kollegen den Inhalt der Eimer über schmale Ausgusstüllen exakt in die Fugen zwischen den Kopfsteinen gossen, saubere, gleichmäßige Bewegungen. Unser Paul konnte sich nicht satt sehen. Und nicht genug bekommen vom süßlich-harzigen Geruch des heißen Teeres.

Der nun brauchte seine Zeit, bis er aushärtete, die ganze Nacht durch, und es war keinesfalls ratsam, in dieser Zeit darüber zu laufen, denn keiner bekam das klebrige Zeugs wieder von den Sohlen.

Wieso jedoch, lange nachdem die Arbeiter ihr Tagwerk beendet hatten und mitsamt dem Teerkocher und dem Werkzeug die Marienstraße geräumt hatten, nicht ohne die Absperrbänder bis zum nächsten oder übernächsten Tag an Ort und Stelle zu belassen, in der Dämmerung plötzlich Motorenlärm den Paul aufhorchen ließ, erschloss sich unserem Vierjährigen nicht. Besser gesagt, erst in den Tagen darauf.

Paul hatte mit der Schwester zu Abend gegessen, belegte Brote, die gab's fast jeden Abend, die Eltern waren noch unterwegs, die Großmutter, die auf die Kinder aufpassen sollte, ein wenig verspätet, sie musste die Straßenbahn benutzen, weil sie am Wilhelmsplatz wohnte, würde aber jeden Moment an der Tür schellen. Paul nun wartete am Fenster des Kinderzimmers, welches zur Straße reichte, auf sie; und vom Fenster aus konnte man gut bis zur Silberburgstraße hinübersehen, wo sich eine Haltestelle befand. Die Großmutter verfügte über reichliche Kaugummivorräte, sie gab Englischstunden für Deutsche und Deutschstunden für Amerikaner, dies der Grund. Die Straßenbahn war noch nicht zu sehen, dafür aber bog erst einer, dann immer weitere Jeeps der MP in die Marienstraße ein. Sie scherten sich nicht um die dünnen Absperrbänder, heraus sprangen hier zwei, da zwei, weiter unten nochmal zwei weitere der Insassen, hielten Waffen in Händen, scherten sich auch nicht um den Teer zwischen dem Pflaster und begannen, beidseits der Straße in die Höfe zwischen den Häusern und über die Trümmergrundstücke zu gehen. Paul konnte nur die

Dinge beobachten, die in seinem Blickfeld geschahen. Sich weiter hinaus zu beugen, riskierte er lieber nicht, denn erstens war ihm vor kurzer Zeit seine Schildkröte, Thomas mit Namen, vom Sims hinunter gefallen, hatte sich bis auf einen Sprung im Panzer aber wohl nichts getan, zweitens kam gerade in diesem Augenblick die Großmutter von der Haltestelle und die hätte ihm was erzählt, wenn sie ihn beim Hinausbeugen gesehen hätte. Pauls Schwester war ebenfalls aufmerksam geworden und drängte den kleinen Bruder vom Fenster fort, doch sie konnte auch nichts anderes sehen.

„Sagt bloß, was ist denn bei euch auf der Straße los? Lauter Soldaten." Die Großmutter, sie war des Vaters Mutter, schien immer noch leicht irritiert vom Geschehen, stellte dann aber ihren Beutel mit Strickzeug ab und gab den Enkeln einen Begrüßungskuss. Der bereitete Paul keine Probleme, er mochte sie von Herzen. Nicht nur wegen der Kaugummis, sie konnte schöne Geschichten erzählen und war eine ganz Liebe. Anders lag das mit dem Küssen bei der Patentante, der älteren Schwester seiner Mutter. Die tauchte nahezu jeden Sonntag zur Essenszeit auf, und wenn Paul das Pech hatte, ihr auf der Straße zu begegnen, stürzte sie sich geradezu auf ihn, um ihm, egal ob Freunde zuschauten, einen und wenn's sich ergab, gleich noch einen Kuss auf Backe oder Stirn zu drängen, so kam das Paul eben vor. Nicht immer gelang es ihm, sich geschickt oder mit starr ausgestrecktem Arm und abgewendeten Kopf zu entziehen.

Seine an die Großmutter gerichtete Frage, ob er nicht vielleicht, bestimmt nur ganz kurz, hinunter gehen und nach den MPs sehen dürfe, was die da so machten, stieß auf strikte Ablehnung.

„Hast du denn nicht die Gewehre und Pistolen gesehen? Kommt gar nicht in Frage!"

Das Fenster gab gar nichts mehr her, und gerade diese Waffen wären doch Grund genug gewesen, sich unauffällig auf der Straße zu tummeln. Den - erfundenen - Vorhalt, dass „die ganzen anderen Kinder" bestimmt zuschauen durften, nur er nicht, wischte die Großmutter wortlos beiseite. Und die Schwester, klar, setzte noch ein altkluges „Das geht dich alles nichts an" obendrauf.

Bis nach Einbruch der Dunkelheit aber konnte Paul deutlich die Tritte der schweren Stiefel und die Kommandos durch das angelehnte Fenster vernehmen, es war ein ziemlicher Auflauf in der Marienstraße. Vor dem Einschlafen musste Paul dann noch an den ganzen Teer denken, der die Sohlen der Stiefel der Männer drunten verklebte.

Kein Gedanke, seien wir froh darum, kam dem Paul, dass der Auflauf in der Marienstraße und sein gruseliger Fund da unten vor wenigen Tagen vielleicht miteinander zu tun hatten. Wie auch, war der Mann ja schließlich wieder aufgestanden und fort gegangen. Hatte sein Schiffchen über die Haare gezogen und irgendwie, vermutlich auch durch das Fenster, hinaus gefunden. Der hatte bestimmt großen Ärger gekriegt, so wie die Uniform versaut war.

IX. Im Gebüsch

Der Tag darauf, es war ein Sonntag, war insofern anders, als Pauls Schwester, und somit auch die älteren Kinder aus der Marienstraße, nicht zur Schule gehen mussten (durften). Also traten die ersten, will heißen diejenigen, denen der Kirchgang erspart blieb, bereits am frühen Vormittag aus den Eingangstüren um sich ganz unverbindlich umzutun. Mädchen, es wurde schon erwähnt, befanden sich deutlich in der Unterzahl. Geheimem biologischem Ratschluss folgend war schließlich auszugleichen, was der Krieg unter den Millionen elender Soldaten an Opfern gefordert und erhalten hatte. So kamen jene Kinder also zusammen, welche in einem der Höfe nach dem Ball treten wollten. Und die, denen es eher danach war, ein wenig umher zu ziehen. Das waren im Schnitt die älteren, sie hatten ihren Spaß daran, Mädchen zu ärgern, zu foppen, wie es hieß. Nicht die mit ihren Puppenwagen, da machte das Foppen keinen rechten Spaß. Aber es gab auch zwei unter den Mädchen, denen das ziellose Umherziehen mit den Puppenwagen schon zu albern vorkam. Wenigstens taten sie so, wer wusste schon, ob sie daheim nicht doch noch fleißig mit ihren Puppen spielten.

Die eine war die Astrid, die andere eines der vier Kinder aus der Familie Fickel vom Haus 39, vom vierten Stockwerk, zwei über Pauls. Letztere trug schwer an ihrem Nachnamen. Nimmermüde machten sich solche, denen man als Erwachsener die Nähe zum Heranwachsen ansehen konnte, ihren Spaß daraus, mit dem in der Tat unglücklichen Nachnamen der Familie gewisse Wortspiele zu treiben. Lachen taten dann aber nicht nur die Älteren, besonders kräftig lachten die Kleinen, die, welchen ganz bestimmt die Wortspiele nichts sagten. Zu denen, die so ganz besonders laut lachten, zugegeben, zählte auch der Paul. Dem war das vom Nachnamen der geplagten Familie aus dem vierten Stockwerk abgeleitete Tunwort bereits in anderem Zusammenhang zu Ohren gekommen. Da war es um die Astrid gegangen und um den ältesten Jüngling aus der Marienstraße, wenigstens von denen, die sich regelmäßig unter die übrigen mischten. Es war um den Fridolin gegangen und um die Büsche im untersten Bereich der Silberburganlagen. Die standen, man weiß es, beim Schlittenfahren dumm im Weg. Eines Tages nun ging unter den Kindern, aber auch unter den fast Heranwachsenden, ein ungemein interessantes, weil geheimnisvolles Gerücht um: jemand hatte die Astrid und den Fridolin dabei beobachtet, wie sie sich dort im Gebüsch aufgehalten und getan hatten, was wiederum mit dem Nachnamen der Familie aus dem vierten Stock zusammenhing. Der Fridolin und die Astrid seien im Gebüsch auf dem Boden gelegen und hätten gefickt. Das war wie ein Lauffeuer herum gegangen und die Mutigsten hatten sich auf der Stelle zum angegebenen Tatort aufgemacht, um Zeugen des unerhörten Geschehens sein zu können. Als Paul, den das Gerücht ebenfalls erreicht hatte, endlich auch hinzu kam, war nichts oder vielleicht nichts mehr zu sehen. Schade, denn Paul hätte doch zu gerne mitgeredet. Nicht, dass er um die Bedeutung des Tunwortes, das die Runde machte, gewusst hätte, bewahre! Aber so kam es, dass alle, die nicht mit eigenen Augen gesehen hatten, was sich im Gebüsch abgespielt, und das waren am Ende alle, ausnahmslos alle, noch lange mit gesenkter Stimme und bedeutungsvollen Blicken vom ab da berüchtigtsten Gebüsch der ganzen Silberburganlagen zu erzählen wussten. Den Fridolin sah man später kaum mehr auf der Straße, der war schließlich auch zu alt dafür, doch die arme Astrid war alsbald so etwas wie eine Ausgestoßene, Ausgegrenzte unter den Kindern und den bald Heranwachsenden. Ihr geriet nicht der Nachname, den kannte keiner, ihr geriet ihr Vorname zum Gegenstand des Spottes, bei dem im einen und anderen Fall auch eine Portion Neid mitschwang.

Statt Astrid wurde dem Mädchen „Arschtritt" hinterher gerufen, bis sie eines Tages nicht mehr in der Marienstraße auftauchte.

Gegenüber seinen Eltern hat Paul weder jenes Tunwort, noch den Spottnamen erwähnt. Auch seine Schwester nicht. Ein stillschweigendes Abkommen um Zurechtweisungen zu entgehen.

Genug davon.

Es fanden also an diesem Tag sich die entsprechenden Interessengruppen, um die Zeit tot zu schlagen. Dann war Essenszeit. Wie recht oft hatte Pauls Vater die

Küche in Beschlag genommen und hernach das Ungarische Paprikahuhn aufgetischt. Eines der Lieblingsgerichte des Kleinen, besonders am Hals und am Sterz zuzelte er voll Hochgenuss. Und dann kam der Nachmittag. Nun musste sich über die Stunden hinweg herumgesprochen haben, was am Vorabend in der Marienstraße geschehen war, also, dass es ein richtiges Aufgebot an MP und Jeeps gegeben hatte. Dass die Amerikaner in Gruppen die Hausgärten abgesucht hatten, sogar die Ruinen. Nur nach unten, so richtig in den Untergrund, da habe sich keiner hinab gewagt. Das wussten die, deren Fenster einen Überblick gewährten. Erst mit dem Einbruch völliger Dunkelheit seien die MPs mit den Jeeps wieder abgezogen, wahrscheinlich ins Headquarter, wo sie sämtlich stationiert sein dürften. Niemand hatte Genaues erkennen können, nicht wonach die gesucht und auch nicht, ob sie es gefunden hatten.

Eigentlich waren unseres Pauls Gedanken immer noch mit den teerverklebten Schuhsohlen befasst, als auch ihn die Geschichte erreichte. Wenig später wurde es dem Knaben mal heiß, mal kalt. Und dann musste es unbedingt aus ihm heraus, bloß bei wem?

Da gab es den großen Klaus, Sohn der Vermieter der elterlichen Wohnung, zu Hause auf derselben Etage. Man muss dazu wissen, dass in jenen Jahren der Stuttgarter Restbestand an Wohnraum zwangsbewirtschaftet wurde, werden musste. Und so kam es, dass die Beletage des Hauses 39 mit ihren rund 300 Quadratmetern Fläche in zwei Wohnbereiche aufgeteilt wurde. Den schöneren, weil von der großen Terrasse mit Blick über die Stadt gesegneten, behielt der Vermieter für sich, den anderen, der Straße zugewandten, auch kleineren, bekamen Pauls Eltern mit den zwei Kindern zugeschlagen, nachdem sie fast ein Jahr in einem Kellerzimmer in der Kernerstraße hatten hausen und arbeiten müssen.

Der große Klaus, so nannten ihn die Kinder drunten, war an die acht Jahre älter als Paul. Dennoch war es nicht selten, dass Klaus sich mit dem Knirps zum Spielen beschäftigte, es ergab sich einfach, auch wenn es aus Pauls Sicht ein fast onkelhaftes Verhältnis war. Klaus hatte eine noch ältere Schwester, Sybille mit

Namen, und so gab die sich auch, schien über den gemeinen Dingen, welche sich um sie herum abspielten, zu schweben, spielte häufig auf dem Klavier und war einfach anders. Wenn man sie zu sehen bekam, was nicht häufig der Fall war, spielte ein, wie soll man es beschreiben, entrücktes Lächeln auf ihren Lippen. Das hatte sie vom Vater geerbt, einem Richter in höherer Instanz. Dessen Lächeln kam von noch weiter her, blass im Gesicht, stets leicht nach hinten geneigt der Oberkörper, ein Bein nachziehend, eine Kinderlähmung hatte ihn wenige Jahre zuvor ereilt. Ganz anders seine Frau. Hochgewachsen, darob möglicherweise den Oberkörper immer leicht vorgeneigt, leicht dunkler Teint, gelocktes, schwarzbraunes Haar, resolut im Auftreten. Den Teint hatte sie dem Sohn, nicht aber der Tochter vererbt, ersterem auch die vollen geschwungenen Lippen und den Wuchs. Der große Klaus. „Paulus" benannte er unseren Kleinen hin und wieder, besuchte er doch schon das humanistische Karls-Gymnasium, an welchem der Sprachunterricht höherer Fügung folgend mit Latein begann.

Es gab dann auch den kleinen Klaus. So nannten ihn die Kinder, wenn es galt, beim Spiel eine Unterscheidung zu finden. Der lebte im Haus 37 und war recht häufig auf der Straße zu finden. Nur rund vier Jahre älter als Paul, geschah es, dass, kaum war Paul in das Alter gekommen, in dem er an manchen Spielen und Aktivitäten teilnehmen konnte (durfte), auch der kleine Klaus seiner gewahr wurde. Pauls Schwester, im nahezu selben Alter wie jener, war dem kleinen Klaus wohl schon früher aufgefallen, doch die Kontakte beim Spiel gestalteten sich eher selten. Weil Mädchen mit Puppen spielten.

Mit der Zeit hatten Paul und der Klaus aus dem Haus 37 eine richtiggehende Freundschaft zueinander geschlossen, was natürlich deutlich mehr vom Älteren ausging, aber immerhin. Viel Zeit verbrachten die beiden Freunde schon in jungen Jahren miteinander. Hatten ein „Lägerle", das bestand aus einem besonders großen Arbeitstisch im „Holzstall", drunten im Souterrain samt darüber gebreiteten Tüchern und Decken. Hatten darunter Sitzkissen und sogar einen Esbitkocher mit Trockenspiritus, kochen war damit ein Kinderspiel. Nur durften die Großmutter und die Eltern vom Klaus das nicht mitbekommen, es hätte wegen der Feuergefahr gewisslich Schwierigkeiten gebracht.

Paul war auch einer der ganz wenigen, die von einem besonderen Geheimnis des kleinen Klaus wussten. Zu den wenigen eingeweihten Kindern gehörten Paul und seine Schwester, aber auch einer der Schwarz-Söhne vom Haus 39, deren Vater amerikanischer Offizier war, auch wenn er gar nicht der wirkliche Vater sein konnte; denn Sprache und Namen der drei Söhne, die damals etwa acht, zwölf und fünfzehn waren und von ihren Eltern mit jenen gewissen Vornamen aus dem Nibelungenlied ausgestattet worden waren, alsda Volker, Gunther und Dieter, sprachen eindeutig gegen eine Vaterschaft des Amerikaners. Eines Tages war also der kleine Klaus auf die Bühne des Elternhauses gestiegen. Doktorspiele hatte er nicht im Sinn, statt dessen griff er nach der Holzleiter, die für den Schornsteinfeger bereit stand, brachte sie in Stellung, drückte das kleine Fenster auf, welches demselben, und zwar nur diesem, zum Ausstieg aufs Dach dienen sollte, hangelte sich ins Freie und brachte die kleine Gruppe dazu, mit welchen Lockungen auch immer, ihm zu folgen.

Die anderen Kinder hatten rechte Mühe, nicht sogleich schwindlig zu werden. Der kleine Klaus aber machte sich auf, das Flachdach, teils mit Blech, teils und vor allem an den abgeschrägten Flanken mit großen Schieferplatten belegt, leicht gebückt, doch zügig zu überqueren. Mit breitem Lächeln, es sollte wahrscheinlich seine ja wohl unvermeidliche Angst überdecken, setzte er sich auf seinen Hosenboden und rutschte doch tatsächlich auf den Schieferplatten soweit hinunter, bis er mit den Füßen Halt an den Schneefanggittern fand, die nur wenig oberhalb der Regenrinnen befestigt waren. Den Zeugen, die ihre Hälse reckten, stockte der Atem. Und Klaus schien Gefallen am Schauspiel gefunden zu haben, denn er wiederholte das Ganze noch ein paar Mal, bis er im Triumph wieder durch die Dachluke und in den Kreis der Bewunderer zurück stieg. Das Kniezittern vermochte er gut zu kaschieren, während er umringt wurde. Es bedurfte keiner eindringlichen Beschwörung absoluten Stillschweigens an die wenigen Zeugen. Auch wenn es nach dem Geschmack des kleinen Klaus durchaus einige mehr hätten sein dürfen.

Paul also war einer der wenigen, die um das Geheimnis auf dem Dach wussten. Daran mochte es gelegen haben, dass er auf der Suche nach jemandem, mit dem er seines, das ihm so schwer am Herzen lag, teilen konnte, an den Klaus aus dem Nachbarhaus geraten war. Drunten im Lägerle, auf dem Esbitkocher der kleine Topf mit warmer Milch für den Kakao, weihte Paul den Freund ein.

X. Die Honneurs des Zunico

Neben dem „Riccio", der Espressobar am Wilhelmsbau, war das Speiselokal mit Namen „Santa Lucia" ein weiterer Treffpunkt für Landsleute aus dem Süden jenseits der Alpen, häufig nach Kriegsende einfach in der Neckarstadt hängen geblieben, Zwangsarbeiter darunter, Soldaten aus Gefangenschaft entlassen und ohne Ziel, rechte Exoten in der schwäbischen

Umgebung also. Gleich hinterm zerbombten Rathaus gelegen, im Herzen der Reste der Stadt, ein klein wenig verrufen die gesamte Gegend, aber im „Santa Lucia" gab es einen mächtigen offenen Holzbackofen, der am Vormittag befeuert wurde und an dem am Abend der Pizzaiolo seine artistischen Kunststücke mit den Teigfladen darbot.

Auch an diesem Abend, was der Kinder wegen die Zeit deutlich vor 19 Uhr meinte, war wieder einmal der Besuch der italienischen Gaststätte angestanden, wie schon des Öfteren zuvor. Unser Paul hatte seinen Platz in Sichtweite des Backofens bezogen und wartete auf die Fertigstellung seiner Pizza, vorzugsweise der „Margherita", die er alsbald auf dem großen Teller in Händen hielt und zum Tisch trug, an dem der Rest der Familie saß. Vergessen die Ruine in der Marienstraße, was Wunder. Mit dazu beigetragen hatte die Tatsache, dass er sein Geheimnis nun nicht mehr ganz allein für sich behalten musste, sondern es in beruhigender Mitwisserschaft des kleinen Klaus aufgehoben wusste. Und als später der Zunico, alsda Inhaber des „Santa Lucia", an den Tisch trat, um seine

Honneurs zu machen und Paul nach seinen Fortschritten beim Italienisch zählen im Besonderen sowie des Italienischen im Allgemeinen frug, waren alle finsteren Gedanken verflogen. Fürs Erste wenigstens.

Der Zunico war eine eindrucksvolle Erscheinung. Groß gewachsen im Vergleich zu seinen Landsleuten, schwungvoll aufgearbeitet seine dichte, von weißen Strähnen melierte schwarz gewellte Haarpracht, elegant gewandet, oh, wie die Ledersohlen seiner polierten Slipper klickediklack auf dem gefliesten Boden machten, soigniert die ganze Erscheinung, so gar nicht passend zum Gasthausbetreiber, nach örtlichem Empfinden. Weiße Socken blitzten am Hosenaufschlag auf, wenn er, was seltener geschah, seine Schritte beschleunigte, etwa, wenn es galt, einer Dame aus dem Pelzmantel zu helfen oder wenn eine klitzekleine Unstimmigkeit an einem der Tische das Wohlbefinden der Gäste zu mindern drohte.

Was Paul nicht wissen konnte, waren die Gerüchte, die den Zunico umrankten, dass er halt nicht nur mit Pizza und Pasta sein Einkommen hatte, dass sein Wort in der italienischen Gemeinde der Stadt viel zählte und gewichtig sei und anderes mehr. Zunico. Pauls Eltern, speziell der Vater, welcher sich zu Kriegszeiten auch im besetzten Italien ein oder zwei Jahre in Heeresdiensten betätigt hatte, ahnten mehr als sie wussten um jene Gerüchte. Doch dies ist ein anderes Thema, falls an jenen Gerüchten überhaupt etwas war.

Wieder zu Hause angekommen, ging es für den Paul flugs zu Bett, die Schwester durfte noch nebenan im Wohnzimmer die „Berliner Illustrierte", auch die „Quick" war im Abonnement, im Schein der Steh-leuchte mit ihren Troddeln durchblättern, während aus dem mächtigen Telefunken-Radio mit seinem ge-heimnisvollen grün leuchtenden magischen Auge lei-se Unterhaltungsmusik erklang. Paul aber, des Lesens noch nicht mächtig, wie man weiß, zog sein Plumeau hoch ans Kinn und betrachtete den Widerschein der Straßenlaterne, welche genau vor dem Fenster im Wind pendelte, droben an der Zimmerdecke. Was un-ter normalen Umständen half, den Schlaf zu finden, verfehlte an jenem Abend seine Wirkung. Sei's, dass ihm die Pizza noch im Magen lastete, sei's weil sich in seine Gedanken doch wieder gewisse Erinnerungen einschlichen, der Paul kam einfach nicht zur Ruhe. Der Schwester, die nun ebenfalls im Bett lag, wurde sein Hin und Her, sein auf und ab alsbald zu viel.

Ihr „Psssst!" fruchtete nicht, desgleichen nicht ihr „Halt endlich still!", Paul begann schon zu schwitzen. Nicht die herbeigerufene Mutter, auch nicht der seine Stirn bedrohlich runzelnde Vater verhalfen ihm zur Ruhe, zum Schlaf. Schlichte Erschöpfung war es, die ihn endlich ins Reich der Träume - ausgerechnet!- führte. Und die waren, man kann sich's vorstellen, nicht von der friedlichen oder angenehmen, sanften Art.

XI. Lurchi und das Röntgengerät

Der Morgen danach fand den Paul müde und erschlagen vor. Das Müsli mundete nicht, auch nicht der erkaltete Kakao von „Van Houten", und als die Eltern am Vormittag zur üblichen Einkaufsrunde aufbrachen, vermochte weder der Gang zum Bäcker samt

Brezel, noch zum „Riccio" oder zum Eisverkäufer im „Venedig" am Beginn der Königstraße die lähmende Lethargie zu lockern, der unser Paul anheim gefallen war. Zumal doch die Eisdiele zum Monatsende ihre Pforten für die Wintermonate schließen würde. Und mehr als nur einmal war er drauf und dran, sein Gewissen zu erleichtern. Nur der Umstand, dass es an der Zeit war, neue Schuhe beim „Walz" anzuprobieren, auch dessen Geschäft in der Marienstraße, verhinderte Schlimmeres. Denn den Walz mochte er gar nicht, der tat immer so überfreundlich, dabei stand ihm die Geldgier in den dunklen Augen. Paul schaffte es immerhin, an allen vieren oder fünfen über den Rist gezerrten Schuhen gravierende Probleme zu behaupten, welche den Erwerb unmöglich machten. Denn so gelang es ihm, die Eltern ein paar hundert Meter weiter zu lotsen, zum „Salamander" also, bei dem es nicht nur die hölzerne Rutschbahn gab, sondern da stand auch dieses unglaubliche Instrument, das es der Verkäuferin, den Eltern und am Ende auch dem Paul gestattete, einen Blick sozusagen ins Innere seiner kleinen Füße zu werfen, ein praktisches und

überzeugendes Röntgengerät nämlich, für den Haus-
gebrauch, für die Kundschaft, unbestechlich wie es
die Umrisse des Schuhwerkes samt darin befindlichen
Fußknochen grünstichig durch das von oben einzuse-
hende Sichtfenster wiedergab. Das stellte selbst die
auch nicht zu verachtende Rutschbahn im Schuhaus
„Schöpp" gegenüber beim Riccio in den Schatten.
Bald ging es Paul wieder besser, passende Schuhe
fanden sich auch, nur mussten die bis zum Sonntag
warten, denn für alle Tage waren sie zu schade. Und
am Schluss, an der Kasse, erhielt er feierlich die neue-
ste Ausgabe von „Lurchi", des Salamanders Abenteuern in ihrem typischen bunten und kleinformatigen
Heftchen.

XII. Und jetzt?

Am Mittag stand Paul dann wieder unschlüssig vor
der Eingangstür des Hauses 39. Noch vor wenigen
Wochen hätte er sich um diese Zeit in sein blaues
Blechtretauto gesetzt, es hatte die Form eines Bugatti-

Renners im Zwergenformat, und wäre im geräumigen Hof herumgegeistert, ein Stückchen weit auch auf dem Trottoir, damit man ihn beobachten konnte. Doch ach! Sein Tretauto war eines Tages nicht mehr am Platz im Keller, es war verschwunden. Geklaut. Aus dem Haus, aus dem Keller, nicht zu fassen. Ersatz sollte es erst zu Weihnachten geben, diesmal einen Holzroller, was Paul einerseits tröstete, andererseits aber auch nicht, bis Weihnachten war es noch lange hin, und schließlich konnte er doch absolut nichts für den perfiden Diebstahl.

Also stand Paul im Schatten und wartete, bis sich etwas tat.

Nach einer Weile hatte der Kleine sich in den hinteren Hof getrollt, auf das niedrige Mäuerchen gesetzt, das entlang des Gartenzaunes der Familie Hauser den kleineren Kindern als Treffpunkt diente, an welchem sie nebeneinander sitzen und zum Beispiel ihr geliebtes „Telefonieren" abhalten konnten. Je mehr Teilnehmer, desto komischer mutierte dabei ein zu Anfang vom außen Sitzenden ins Ohr des dann jeweils Nächsten geflüsterter knapper Satz, bis er am Ende verquer und sinnlos, in jedem Fall aber so heraus kam, dass es kein Halten mehr gab vor Vergnügen und Gelächter.

An diesem Tag ließ sich vorläufig niemand blicken, nur der hyperaktive Foxterrier der Hausers tat, was er immer und unablässig tun musste, er kläffte entlang des Zaunes hin und kläffte her, das tat er so lange, bis es den Hausers selbst zu viel wurde und er ins Innere von deren Erdgeschosswohnung befohlen wurde. Erst da wurde Paul, der stoisch „Foxis" Neurose erduldet hatte, des kleinen Klaus gewahr, der sich im nächsten Hof tummelte. Der gab unserem Paul einen kurzen Wink, was dem wiederum Zeichen war, flugs hinter die zwei Garagen zu eilen, welche an der Grundstücksgrenze zum Garten nebenan kein Hindernis darstellten, sondern an deren Rückseite genau passende Leitern sich befanden, mit deren Hilfe es dem Kleinen ein Einfaches war, über den aufgrund seiner Altersmorschheit ein wenig brüchigen Maschendrahtzaun auf das Nachbargrundstück zu gelangen. Dort, auf elterlichem Territorium, die Gartennutzung war den Eigentümern des Hauses 37 vorbehalten, empfing ihn der Freund in lässiger Pose, will heißen wortlos und die Hände in den Hosentaschen.

Paul streifte den Rost des Zaunes, welcher braun seine Finger zierte, an der Rinde des Dirlitzenbaumes ab und sah den Älteren erwartungsvoll an.

„Keine Hausaufgaben?"

Schulterzucken als Antwort. Stattdessen deutete der kleine Klaus mit dem Kopf in Richtung, ja, da war's geschehen, des gleich benachbarten Trümmergrundstückes. Paul rutschte das Herz in Richtung Kniekehlen. Der Mund trocknete binnen Sekunden aus und dennoch, es lief irgendwie an ihm vorbei, das Ganze, dennoch ging er ohne erkennbaren Widerstand hinter dem voraustrabenden Freund her. Der trabte immer, normales Gehen war nicht dessen Ding, egal warum oder wohin, der Klaus trabte, am liebsten rannte er; doch der Unauffälligkeit wegen in diesem Augenblick nicht. Paul hielt sich tapfer zwei Meter hinter dem Freund, man gelangte quer über die gepflegte Freifläche mit dem riesigen Birnbaum in der Mitte, nahm wiederum den Weg über einen gleichfalls morschen Zaun, nur, dass der schon an einer Stelle ganz niedergetrampelt war und dann standen beide im vollkommen verwilderten Garten des Hauses 35, der schon ziemlich abschüssig hin zum Furtbachkrankenhaus sich neigte. Hätte Paul nicht genau gewusst, was das Ziel des Vorauseilenden war, hier wäre schönste Gelegenheit gewesen, sich wie im Dschungel zu fühlen und mit Stöcken sich einen Weg durch den schier undurchdringlichen Urwald zu bahnen.

Aber nichts da. Die Arme vorgestreckt, das Gesicht zu Boden gewandt um es zu schützen, ging es vorwärts. Die Ungeduld des Vorausstrebenden stand im krassen Gegensatz zum Wunsche Pauls, das Unvermeidliche hinauszuzögern.

„Und jetzt?"

Was der vielen Worte, es gab kein Zurück für den Paul. Der nahm sein Herz wieder in die Hände und schlich gebückt aufs freie Terrain, duckte sich unter einem schiefen, angeschlagenen Türsturz, der mangels Tür als Parallelogramm sich darbot, strebte durch eine Kolonie riesiger Pestwurzblätter, die seine Kniestrümpfe markierten, bis er innehielt und mit dem Zeigefinger in Richtung des glaslosen Fensters wies, das den Weg in die Unterwelt bedeutete.

Damals, als der Johnny dabei war, da war das alles noch so einfach erschienen, so lang war das schon her. Und außerdem war Johnny verschwunden.

Paul schluckte trocken. Ein Lächeln missriet im leichten Zittern um den Mund herum.

„Hier?"

Paul nickte.

„Ich geh vor."

Natürlich war von Gehen keine Rede. Der Freund schwang sich wie einst Paul auch, nur sehr viel entschlossener, mit den Beinen voraus auf die Schräge und verschwand. Jetzt, Paul hättest du dich davon machen können. Hättest. Aber das war ausgeschlossen.

Und wie ein Nichtschwimmer, der, um anderen seinen Mut zu beweisen, ins Wasser springt, genau so fühlte Paul sich, es musste einfach sein.

Drunten erwartete der Freund ihn ungeduldig, dem hatte das viel zu lange gedauert, obwohl, so ganz eilig schien er es nicht mehr zu haben, da drunten im Dämmerlicht.

Und ausgerechnet in diesem Moment, als es daran ging, sich zu orientieren, schallte es von draußen klar und deutlich, sogar bis da unten: „Klaoos!"

Der erstarrte.

Nochmals: "Klaaooos!!"

Fragender Blick Pauls zum Freund. Doch der winkte nur ab. Es war die Mutter, die aufs Geratewohl nach dem Sohn rief, wie stets um ihn an eine versäumte Pflicht zu gemahnen oder zum Essen, von droben aus dem Küchenfenster im zweiten Stock, gerne auch aus dem Fenster gegenüber, hinunter zum Nachbarhof vom Haus 39. Dass es die Mutter war, welche ihren Ruf erschallen ließ, war klar, denn wäre es die Großmutter gewesen, die ihre kleine Wohnung im selben Geschoss hatte, mit separater Eingangstür, dann hätte es „Klaussiiii!" geheißen, sehr zum Verdruss des Enkels. Im Falle Pauls lag das anders. Dessen Eltern oder das Kindermädchen sandten die Schwester aus, der das Auftreiben des Bruders bei jeder Gelegenheit diebische Freude bereitete und die ihn nur zu gerne mit strengen Strafandrohungen heimwärts bugsierte, ganz egal, was Paul gerade tat oder unternahm.

Also, der solchermaßen an irgendetwas Erinnerte, vermutlich an seine Hausaufgaben, winkte ab und sah sich forschend um.

Paul blieb nun, da es unausweichlich ernst wurde, nichts mehr anderes übrig als voraus zu gehen. Natürlich erinnerte er sich ganz genau daran, wo der Mann gelegen hatte. Und wie es dort gerochen hatte. Seinem Freund hatte er jedes Detail geschildert, auch den Geruch, der ja dem Klaus ebenfalls nicht fremd war, zählte der doch gleichfalls zu denjenigen, die sich das schaudrige Schauspiel mit den Daimoldschen Hühnern ungern entgehen ließen.

Vom Geruch war nichts mehr vorhanden. Aber das war schließlich nicht so verwunderlich, die Tage waren ins Land gegangen.

Doch dass vom Mann selber, nun bestätigte sich, was er erst vor kurzem herausgefunden, nichts mehr zu sehen war, das war dann etwas vollkommen anderes. Zuerst vermeinte Paul, er habe sich in der Tür unter der Erde geirrt, dann aber, nachdem die beiden so

ziemlich alle in Frage kommenden Untergeschoss-
räume inspiziert hatten, als Paul schon begann, an
seiner Erinnerung, am zuvor Erlebten zu zweifeln,
fasste sein Freund die Tatsache zusammen mit der la-
pidaren Feststellung: „den hat tatsächlich jemand
weggeschafft". So einfach war das für den kleinen
Klaus, den so nie mehr zu nennen unser Paul in jenem
Augenblick sich fest vornahm. Denn nicht ein Wort
des Zweifels an Pauls Schilderungen des Unerhörten,
was dort drunten sich ereignet hatte, ereignet haben
musste, war über des Klaus' Lippen gedrungen. Was
ein Einfaches gewesen wäre: alles Einbildung, Phanta-
sie, frei erfunden, um sich wichtig zu machen, und so
weiter. Aber nichts da. Anzudeuten, es wäre ja vielleicht möglich, wie bei den Hühnern, vorbei, vorbei,
Paul hatte keine Gelegenheit, diese Gedanken unter-
zubringen. Der Klaus, so etwa vier Jahre älter als Paul,
zog, oh Wunder, eine Taschenlampe aus der Hosentasche. Mehr als eine Taschenlampe war das. Eine, deren elektrischer Strom mittels eines Dynamos erzeugt
werden musste, dieser wiederum über einen Hebel,
welcher mit kräftigen Fingern niedergezogen ein

Schwungrad zum Laufen brachte, das nun seinerseits den Dynamo antrieb, der das Lämpchen zum Leuchten brachte, solange der Mechanismus in Bewegung blieb. Und einen ziemlichen Krach erzeugte, so wie eine Nähmaschine, die defekt war oder schlecht geschmiert. Eine, die mit Füßen angetrieben werden musste. Oder, noch besser, es klang in Pauls Ohren gerade so, wie der vorsintflutliche Zahnbohrer in der Praxis des Doktor Felix von Fechthelm, Marienstraße 39, im Erdgeschoss auf der Straßenseite. Mit dessen Bohrer hatte der arme Paul bereits aus gegebenem Anlass Bekanntschaft gemacht. Und der musste, so wie Mutters Nähmaschine auch, per Fußpedal angetrieben werden und der Bohrer selber lief dementsprechend mal langsam, mal schneller, eben so, wie des Doktor von Fechthelms Fuß in der Lage war, für Antrieb zu sorgen.

So also klang in Pauls Ohren der vom Klaus per Hand betriebene Dynamo und das Licht war mal heller, mal weniger hell, doch allemal ausreichend, um den Freunden da drunten einen entschlossenen Blick auf genau die Stelle zu ermöglichen, an der nach Pauls glaubwürdiger Schilderung der Tote - oder, Paul rang immer noch mit der Vorstellung, das bei den Hühnern könnte ja auch hier drunten... - gewesen war. Und, wie sich nun erwies, auch tatsächlich gelegen hatte. Denn Klausens scharfem Blick entging der ziemlich große, dunkle Fleck an eben jener Stelle nicht, er deutete triumphierend mit den Fingern darauf. Und ebenso wenig waren die Schleifspuren zu übersehen, wenn man nur wollte, und Klaus wollte unbedingt, Paul nicht ganz so entschlossen, denn der wäre gerne schon längst wieder zu ebener Erde gewesen, irgendetwas anderes zu unternehmen, bloß fort von da unten. Doch Klaus, der ahnte, was im Paul vorging, zog ihn, den Widerstrebenden, hinter sich her, folgte der Schleifspur durch einen, dann einen zweiten Raum, folgte ihr bis sie abbrach. Und zwar an einem in den Kellerboden eingebrochenen Loch, so einen knappen halben Meter im Durchmesser, gerade noch hatte Klaus es geschafft, nicht hinein zu stolpern, den Paul drückte er mit dem freien Arm beiseite, vergaß, den Dynamo in Bewegung zu halten, Paul hatte restlos genug jetzt, er zerrte sich frei und, Licht hin, Licht her, tastete sich bis hin zur Schräge, rutschte mehr als er kletterte hoch, durchs Fenster ohne Glas, wieder war Dreck und war Sand nach unten geraten, und da stand er nun. Musste zu Atem kommen. Wurde, oh Unglück, von des Klausens Mutter, die hoch droben im Küchenfenster Ausguck nach dem Sohn hielt, erspäht und sogleich nach dem Verbleib des Sohnes gefragt.

Nur mit den Schultern konnte Paul zucken, zum Sprechen reichte es nicht. Der Freund, am Scharren der Schuhe war es gut zu hören, wäre um ein Haar unter den Augen der Mutter ins Freie gerutscht, konnte sich gerade noch zurück halten und musste verharren, bis Paul ihm signalisierte, dass sich das Gesicht der Mutter vom Fenster zurückgezogen hatte.

Wenn nämlich die Mutter vom kleinen Klaus bei dieser oder jener Gelegenheit unseren Paul anschaute, vermeinte der stets, sie könne tief in sein Inneres hineinblicken. Der Grund dafür waren ihren großen dunklen Augen, sowie ihre hoch gerundeten Augenbrauen, die ihrem Gesichtsausdruck allemal etwas Fragendes verliehen. Hinzu kam ihr leicht dunkler

Teint und ihre ein wenig gebückte, vorgebeugte Haltung. Im Gegensatz zu ihr hielt sich Klausens Vater, bei schlanker Gestalt, immer sehr gerade, aufrecht. Dabei hatte er – wenigstens wenn er Pauls ansichtig wurde, der ja doch öfter sich in der Wohnung der Eltern seines Freundes aufhielt – seinen scharf geschnittenen Mund zu einem, sagen wir schmallippigen, ironischen Lächeln verzogen, als sei ihm durchaus bewusst, dass sein Sohn mitsamt dem kleinen Freund Dinge unternahm, die besser nicht im Elternhaus durchzudiskutieren waren.

Drunten, im Lägerle unter dem mächtigen Holztisch wurde alsbald beratschlagt.

Es ist, an diesem Punkte angelangt, zu fragen, ob einer wie unser Paul mit seinen noch kaum fünf Jahren eine Vorstellung davon besaß, was denn „tot" bedeutet. Gewiss, viel war die Rede vom Tod, auch noch in diesen Jahren, wo doch der Krieg so langsam begonnen hatte, ein wenig in den Hintergrund zu geraten. Alleweil aber waren die schrecklichen Hinterlassenschaften eben doch noch anzutreffen: Waisen gab es an der

Zahl, Heimkehrer, die ihre Erinnerungen los werden mussten, Mahnungen derer, die alles und mehr mitgemacht hatten. Immer ging es um den Tod. Gerade erst hatte Paul verwundert und irritiert mitbekommen, wie seine Eltern die Küchenschränke und das Kellerabteil mit erklecklichen Vorräten an Zucker, Mehl und Dosengemüse angefüllt hatten. Erklärt hatten, dass neue Kriegsgefahr anstehe, zwar in weiter Ferne, im Lande Korea, doch jederzeit sich bis in Pauls Stuttgart ausweiten könne. Und Krieg, das wusste ja jedes Kind, hieß Tod. Und tot war man unausweichlich für immer, wenn's passiert war. So, wie Daimolds Hühner tot waren, wenn sie denn nach viel Geflattere einmal tot waren. Da gab es kein Zurück.

Derlei philosophische Erörterungen waren drunten, im Lägerle unter dem mächtigen Tisch, nicht Gegenstand der Unterhaltung. Obwohl, es war an Paul zu fragen, ob nun, da fest stand, dass sein Fundobjekt nicht mehr unter den Lebenden weilte, dieses also auf dem Weg in den Himmel, gar schon daselbst angekommen wäre. Zum einen, weil nicht mehr an Ort und Stelle, zum anderen, weil nach Pauls Informationen Tote schnurstracks im Himmel landeten, dort oben mithin. In den obligatorischen Nachtgebeten, über welche seine Mutter wachte, kam stets nur der Himmel vor. Paul deutete mit seinem kleinen Zeigefinger in Richtung des Plafond über der Tischplatte. Was dem Älteren (und Erfahreneren) nur ein müdes Lächeln entlockte.

„Wieso im Himmel?"

„Na, weil doch jeder..."

Weises Kopfschütteln verunsicherte Pauls Gewissheit, und der Klaus hub an: „Glaubst du an Märchen? Hör her, das mit dem Himmel ist nicht so. Schon mal was von der Hölle gehört?"

Nein, musste Paul einräumen, davon hatte man ihm noch nichts erzählt. Nicht die Eltern, nicht die Großmütter. Ein Großvater, der war wegen irgendeiner Krankheit eigentlich gar nicht da, obwohl er in Stuttgart am Wilhelmsplatz mit seiner Frau, der Großmutter väterlicherseits lebte. Der andere befand sich in Polen in Gefangenschaft, keiner wusste ob überhaupt, und wenn ja, wann jemals der wieder nach Hause kam. Dessen Frau, auch sie Pauls Großmutter, gleichfalls in Stuttgart lebend, wartete immer noch. Und nach Hause würde der so oder so nicht kommen, denn das lag im Pommernland, weit weg, und war, wenn man dem Maikäferlied glauben schenkte, somit abgebrannt. Der hätte unserem Paul wahrscheinlich von der Hölle zu berichten gewusst.

Klaus jedoch, der bereits seit einigen zwei, drei Jahren der Segnungen der Volksschule teilhaftig sein durfte (musste?), folglich und unausweichlich auch der ganz speziellen Segnungen des Religionsunterrichtes, welchen in der nahe gelegenen Heusteigschule die Klassenlehrerin gleich mit übernahm, Klaus war folglich nicht nur mit dem Himmel droben, sondern auch mit der Hölle drunten wohl vertraut. Wenigstens soweit die Lehrerin Bescheid wusste. Au weia, es schien so viel einfacher, in diese Hölle hinab zu fahren, es genügte schon, zu stehlen, zu lügen, den Eltern nicht punktgenau zu gehorchen. Eine ziemlich lange Liste war das, alles führte nach drunten. Zwangsläufig. Ganz einfach. Dagegen der Himmel: sehr schwer, fast unmöglich, gespickt mit Hindernissen und Versuchungen der Weg hinauf, ein Parforceritt durch Fährnisse. Durchaus auch schon für Kinder.

„Verstanden?"

Paul schauderte. Mit einem Mal schien klar, was es mit dem Loch unten in den Trümmern auf sich hatte. Klaus sah den kleinen Freund mit gefasstem, ernstem Ausdruck an und nickte wie zur Bestätigung des Ausgeführten. Wieder hatte er dem Jüngeren ein Stück Lebensweisheit vermittelt. Paul war zu ergriffen, als dass er den klitzekleinen Anflug des Schalks wahrnehmen konnte, der im Blick des Älteren mitschwang.

So, das war also geklärt.

Blieb nur noch die Frage, was es nun mit jener Hölle auf sich hatte, in die zu gelangen als so einfach sich erwies.

Auch darauf hatte der erfahrene Freund eine Antwort. Fürchterlich gehe es da zu, alle nur erdenklichen, nein, undenkbaren Sachen geschähen dorten. Heiß sei es, so heiß, dass Dinge wie der in der Sommerhitze schmelzende Teer demgegenüber geradezu lächerlich seien, Qualen litten die Armen, Durst und Hunger.

Und immer gut bewacht vom Teufel, der da unten das Sagen habe.

Zag traute Paul sich zu fragen, wer das denn nun wieder sei.

„Wer das ist, weiß ich auch nicht, keiner weiß es, denn keiner ist ja irgendwann von da wieder hoch gekommen. Aber es heißt, er sei ziemlich gruselig, wenigstens wurde uns das in der Schule gesagt. Ein Schwanz, Hörner auch, auf dem Kopf, ganz schwarz und rot, und so was wie eine Mistgabel trägt er in der Hand um die da unten zu piesacken."

Das Bild rundete sich ab. Paul wusste, was letztere Tätigkeit, das Piesacken also, bedeutete. Nicht all zu lange her, vergangenen Winter war es gewesen, da waren er und die Schwester vor dem Bollerofen im Kinderzimmer gestanden, in dem ein schönes Kohlefeuer brannte. Während Paul sich um einen Bratapfel kümmerte, den er obenauf gelegt hatte, der Duft stieg ihm lockend in die Nase, hatte die Schwester sich um den Schürhaken gekümmert und damit in der glühenden Kohle gestochert. Bald hielt sie die gekrümmte Spitze vor den Bruder und bat ihn, den Schürhaken kurz zu halten, was Paul auch folgsam und ohne Verdacht zu schöpfen tat.

Die Verbrennungen der Handfläche waren schlimm, das Kindermädchen brachte den Kleinen flugs zum Doktor Felix von Fechthelm ins Erdgeschoss, wo mittels Brandsalbe die dicken Blasen behandelt wurden, die sich im Handumdrehen gebildet hatten, auf der Innenseite seiner kleinen Hand und auch entlang seiner Fingerchen. Paul kannte sich daher beim Piesacken gut aus.

Am Abend, nach dem üblichen Nachtgebet, in dem es allerdings wieder nur um den Himmel ging, kreisten Pauls Gedanken noch recht lange um den Verschwundenen. Und endlich hatte er seine Erleuchtung: in den Himmel war der auf keinen Fall gekommen. Der war schnurstracks durch das Loch hindurch zur Hölle hinab gefahren. Dem Klaus musste er das unbedingt sagen, bei allernächster Gelegenheit. Und auch der Dieb, der sein geliebtes Tretauto hatte mitgehen lassen, den traf er jetzt in der Hölle. Recht geschah es dem.

Nun hatten sich ja auch Pauls Eltern ihre Gedanken wegen des Verbleibes dieses Tretautos gemacht, das ziemlich teuer gewesen war, wenngleich es wohl aus der Reinsburgstraße stammte. Auch die Polizei war hinzu gezogen worden, hatte sich im Haus umgehört, doch war sie schließlich ohne Resultat wieder abgezogen. Einzig die Frau Roller, ein Faktotum in des Eigentümers Diensten, hatte in der fraglichen Zeit einen Mann dabei beobachtet, der einen großen Gegenstand unterm Arm aus der Eingangstür trug, was das war, konnte sie aber nicht sagen, denn es war in eine Decke gewickelt.

Beim Fortgehen hatte der Polizist Pauls Eltern, mehr im Spaß wohl, den Rat gegeben, sie könnten sich ja in der Reinsburgstraße nach dem Tretauto umschauen.

XIII. Ein paar handvoll Kartoffeln

Jeder wusste, was es mit der Reinsburgstraße auf sich hatte. Warum auch immer, es hatte sich bald nach

Kriegsende in jener Straße, gar nicht so weit von der Marienstraße entfernt, ein buntes Gemisch von Zusammengewürfelten eingefunden und sich in den dem Bombenhagel einigermaßen entgangenen Häusern niedergelassen. Polen. Flüchtlinge, deren Heimat zu entfernt lag, Kriegsgefangene, die es vorzogen, nach der Befreiung aus der Gewalt der Nazis an Ort und Stelle zu verbleiben. Wenige jüdische Mitbürger, die wie durch ein Wunder die grausam schwarzen Zeiten überlebt hatten. Handwerker, die in Hinterhöfen sich an einer Existenz versuchten, Schneider, Metzger, Schuster. Und Hausfrauen, die in den viel zu kleinen Gärten hinter den Häusern es geschafft hatten, ein paar Handvoll Kartoffeln, Rüben, Kohlköpfe und sogar dürre Beerensträucher aufzuziehen, zwei Hocker und ein Brett im Eingang, fertig der Verkaufsstand.

Mangel gab es reichlich im Stuttgart der Nachkriegsjahre. Und folglich auch jene, die aus dem allgegenwärtigen Mangel ihren Gewinn zu ziehen verstanden. Es fehlte eigentlich an allem.

Und doch schien es einigen, vielen, möglich, dem Mangel ein Schnippchen zu schlagen. Getauscht wurde, was nicht niet- und nagelfest war. Verkauft wurde, an was es fehlte.

Der Schwarzmarkt.

Gut möglich also, dass Pauls Tretauto in der Reinsburgstraße schon längst einen neuen Besitzer gefunden hatte, da lag der Polizist ganz richtig. Natürlich hatten die Eltern ein empörtes Gesicht gemacht. Wir? Schwarzmarkt? Also bitte!!

Nahezu jeder fand sich irgendwann einmal oder auch öfter in der Reinsburgstraße wieder.

Schließlich sei die Frage erlaubt, wo denn Pauls abhanden gekommenes Lieblingsspielzeug hergekommen war. Ein blauer Mini-Bugatti aus den Dreißigern, vermutlich nicht vom Puppen-Kurz am Marktplatz, nicht wahr? Und woher kam eines Tages im Jahr des Herrn 1950 oder 1951 auf dem Esstisch vor den staunenden Geschwistern eine sage und schreibe halbe Ananas, die sorgsam zerlegt und verspeist wurde. Oder, bleiben wir dabei, der mächtige Hummer am

Sylvesterabend, unvergesslich, was da leuchtend rot aus dem Siedewasser hervorgezaubert wurde, mit gelber Mayonnaise, säuberlich zerteilt und von ausnehmendem Wohlgeschmack selbst für den Paul, der sich die doppelt malstiftlangen Antennenfühler reserviert hatte, an denen er zutzelte? Auch nicht unbedingt vom Feinkost Böhm, nicht wahr?

Belassen wir es dabei. Fragen wir nicht, was der Herr Karpinski mit Pauls Eltern zu tun hatte, der alle paar Wochen zum Übernachten auf dem Sofa im Wohnzimmer vorbeikam. Oder der Besucher aus Italien, der drunten seinen nachtblauen Lancia Aurelia parkte und „Mitbringsel" in die Beletage hoch schleppte, die sofort unter Verschluss kamen. Alles natürlich nur Mutmaßungen.

Allerdings ist unbestrittene Tatsache, dass jener Lancia dann schon für größeres Aufsehen sorgte, die Älteren kannten sich wegen ihrer Autoquartette ein wenig aus, und weil der Tachometer bis hin auf ungeheure 160 km/h reichte, musste der Mann aus Italien einfach ein ganz besonderer sein. Auch der schlief auf dem Sofa im Wohnzimmer, tagsüber, was ausreichte, eine Gruppenführung für die Kinder der Marienstraße zu organisieren. Bald bildete sich eine Schlange von Neugierigen, denen es gelang, durch das Schlüsselloch der Wohnzimmertür einen Blick auf den Mann zu werfen. Ob das gegen Eintrittsgeld gestattet wurde? Pauls Schwester war es zuzutrauen.

Und als die ältere Schwester des großen Klaus, die Sybille, dieses Feenlächeln, dazu anhub, ihre täglichen Ecossaisen zu Übungszwecken auf dem Klavier anzustimmen, musste der Bruder einiges tun, um die munteren Stücke wieder zu unterbinden, denn sonst wäre der Italiener alsbald aufgewacht.

Überhaupt, bei anderen Gelegenheiten war es ein probates Mittel, gegen den Klavierlärm in der Beletage des Hauses 39 anzugehen, natürlich nur, wenn keine Eltern zugegen waren. Im ausgiebig groß angelegten Flur befand sich ein wunderbares Grammophon aus dem Besitz des Vermieters, das normalerweise abgeschlossen war, doch der große Klaus wusste, wo sich der Schlüssel befand und wusste auch um das Bedienen des wuchtigen Gerätes. Alsda eine der schweren Schellackplatten, die im Fach unter dem Gerät eingeordnet waren, auf den samtbespannten Teller legen, die Kurbel an der Geräteseite einsetzen, die Feder bis zum Anschlag aufziehen, den schweren Tonarm aus der Haltespange lösen, eine der im Blechnapf bereitliegenden Abnehmernadeln einspannen und festschrauben, die verchromte Arretierung des Plattentellers lösen, warten, bis sich die Umdrehungen bei ungefähr 78 pro Minute eingependelt hatten, den Tonarm sorgsam zur Einführungsrille am Außenrand der Schallplatte bewegen, die Nadel sanft (!!!) auflegen, zurücktreten und abwarten.

Und dann, nach anfänglichem spannungsgeladenen Rauschen, erscholl – sofern das Dämpfmaterial aus dem Trichter entfernt war - in ohrenbetäubender Lautstärke, was den staunenden Musikfreunden dargeboten wurde. Konzertantes, Mitreißendes, Beschwingtes, jedenfalls alles reichlich laut. Und daher geeignet, der Schwester Sybille das Klavierspielen mitsamt dem versonnenen Lächeln wenigstens für eine gewisse Zeit zu verleiden.

Empfindliche Seele, die sie nun einmal war, verabscheute sie es, sich sogleich zur Wehr zu setzen, überließ das Strafen den Eltern, die es damit aber nicht so recht genau nahmen.

Apropos Eltern. Der große Klaus war stolzer Eigentümer einer recht großzügig und pünktlich zur Vorweihnachtszeit im Flur auf einer mächtigen Holzplatte installierten Modelleisenbahnanlage, Neidobjekt aller Kinder der Marienstraße. Immerhin durften ausgewählte von ihnen bei gebührender Vorsicht immer mal wieder mitspielen. Und nun hatte dieser Klaus, also der „Große", ein begehrliches Auge auf eine ganz bestimmte neue Lokomotive aus dem Hause Märklin geworfen, die aus eigenen Mitteln anzuschaffen ihm zwar möglich gewesen wäre, ihm jedoch aus irgendeinem Grund widerstrebte, oder aber die Eltern vertraten die Ansicht, er besitze schon hinreichend viele Lokomotiven. Sei es wie es wolle, es nahte der Geburtstag seiner Mutter, der Tag war gekommen und vom fürsorglichen Sohn erhielt die Mutter ein ganz besonderes Präsent: eben jene Lokomotive, eine schwarze Dampflok mitsamt Tender.

Jedes Kind, das davon erfuhr, und es sprach sich rasch herum, beneidete den großen Klaus um seinen grandiosen Einfall.

XIV. Himmelschlüssel und Höllengrund

Als Paul seinen Freund Klaus, der ja nicht mehr der kleine, nur mehr der jüngere war, mit der Erkenntnis konfrontiert hatte, wonach der Verschwundene just durch jenes Loch im Keller des Hauses 35 hinab in die Hölle geraten, da fasste der alsbald den Entschluss, der Sache nachzugehen, auf den Grund sozusagen.

Allerdings war es ein tagelanger Regen, der ihn für's Erste bremste, denn es drohten unübersehbare Schlammspuren an der Kleidung vom Ausflug in die Unterwelt zu künden, und dieser Gefahr wollte Klaus sich nicht aussetzen.

Pauls Vater hingegen, Journalist von Beruf, betrachtete den Dauerregen mit anderen Augen. Vieles betrachtete er seit Kriegsende mit anderen Augen. Die Mangeljahre hatten ihn mager gemacht. Er rauchte viel, kochte gerne, Reminiszenzen wohl an Länder, die er als Angehöriger der Wehrmacht „bereist" hatte. In seinem Beruf als Journalist hatte er es zu Ansehen gebracht, ging bei den Regierenden aus und ein, suchte schon aus beruflichen Gründen deren Nähe. Und er war passionierter Angler, besaß einen Ausweis des Württembergischen Anglervereines, besaß auch die notwendige Ausrüstung, konnte im großen und ganzen über seine Zeit verfügen, wenn sich gerade nichts weltbewegendes auf der politischen Provinzbühne im Landtag drüben in der Heusteigstraße ereignete (was öfters der Fall war), vertrat die Ansicht, dass bei Dauerregen die Fische drüben im Baggersee bei Wernau in bester Stimmung für's Anbeißen seien. Paul saß auf dem Rücksitz des beigen Buckeltaunus, die Mutter am Steuer, weil der Vater nicht fuhr. Der besaß zwar den Führerschein, nahm jedoch Abstand vom Lenken des Wagens mit der Begründung, seit seiner Kriegsverletzung fahre er nicht mehr selber. Er war in Afrika mit dem Kopf voraus durch die Frontscheibe seines Fahrzeuges geflogen, die Fotos, die er noch besaß, zeigten ihn mit dickem Verband, das war überzeugend genug. Einmal war Paul auch ein Bild in die Finger geraten, auch aus der Kriegszeit, da war der Vater in Uniform mit einem Gewehr in Händen zu sehen, welches er auf zwei Männer gerichtet hielt, die mit erhobenen Händen vor ihm herliefen. Ohne Uniformen am Leib. „Rumänen", hatte der Vater gesagt und das Foto in eine Schachtel mit vielen anderen zurückgelegt. Er besaß noch eine Menge Erinnerungsstücke, ganze Packen von Wochenschriften mit Propagandabildern aus dem doch erst wenige Jahre zurückliegenden Krieg, alles in einer großen Holzkiste verpackt und geradezu fühlbar mit einem Tabu belegt. Auch Paul wagte erst viele Jahre später den Blick in jene Kiste, als die Eltern im Urlaub waren.

Kriegserinnerungen, gut verborgen, offenbar aber zu schade entsorgt zu werden.

Doch zurück zur Erzählung! Wir wollen Paul beim Angelausflug begleiten. Auch am Baggersee bei Wernau regnete es Bindfäden. Es war somit relativ leicht, an die Regenwürmer zu gelangen, die der Vater als Köder brauchte. Paul wusste schon gut, wo und wie tief in der Erde man fündig werden konnte. Eine kleine Handschaufel, eine handbreit in die Erde damit, umgehebelt, und da ringelten sie sich bereits, wollten zurück ins Dunkel, landeten jedoch im Marmeladeglas, manche mitten hindurch und zwiegeteilt. Das Aufspießen am Haken ekelte den Paul mächtig, doch das musste sein, so war es eben. Den Vater schützte eine Plane, die er sich übergeworfen hatte, die Mutter saß im Trocknen unter der nahebei gelegenen Brücke und las ihr Buch. Sie las überhaupt gerne und viel. Ihr schulterlanges, dunkel gelocktes Haar barg sie unter einem Kopftuch, wodurch sowohl ihre prägnante Nase, als auch ihr etwas fliehendes Kinn unvorteilhaft betont wurden. Sie liebte Musik, tanzte gerne, summte des Öfteren abwesend vor sich hin, was sie eben auch gerade jetzt tat, beim Lesen unter der Brücke. Paul, der einen Gummianorak mit Spitzkapuze trug, unter dem er schon bald zu schwitzen begann, äugte angestrengt zum rot-weiß bemalten Korkschwimmer, der in einigen Metern Entfernung auf den schwachen Wellen tanzte. Als sich einfach nichts tat, sich keiner der Fische erbarmte und den Schwimmer samt Haken und Wurm unter Wasser zog, wurde es Paul, es sei ihm nachgesehen, langweilig. Das Versperbrot war bereits verzehrt, Durst hatte er keinen, und also machte er sich auf um die nahe gelegene Wiese nach Blumen abzusuchen. Beim Besuch im Frühjahr an selbigem Ort hatte Paul die Hände voll mit gepflückten Himmelschlüsseln zurück gebracht, dottergelb, eine wunderschöne Sache. An diesem Tag im Herbst war nicht eine einzige brauchbare Blume und schon gar kein Himmelschlüssel mehr zu finden. Aus lauter Langeweile und auch des Regens wegen setzte Paul sich im Auto auf den Rücksitz und grübelte. Die Himmelschlüssel, da hatte er es doch: schon wieder der Himmel. Alles schien sich um den Himmel zu drehen. Ob es dem Mann drunten unter den Trümmern geholfen hätte, wenn er ein paar von den gelben Blumen ...? So ein Quatsch, mit Blumen ein Schloss aufzubekommen. Kindermärchen. Ob es auch Höllenschlüssel gab? Musste er nachfragen. Doch augenscheinlich brauchte es gar keinen Schlüssel für die Hölle, da genügte ein passendes Loch in der Erde. Im Keller.

Als der Kofferraum zugeschlagen wurde, erwachte Paul vor Schreck. Man brach auf zur Heimfahrt. Immerhin hatte der Vater zwar keinen so richtigen Fisch, doch wenigstens einen Aal gefangen. Der, Paul bemerkte es an seinen Regungen im Käscher zwischen den Füßen des Vaters, trotz des Zeitungspapiers, in das er gewickelt war, noch erkennbar lebte.

Und das auch noch nach fast einer Stunde, als der Angeltrupp am Spätnachmittag wieder in der Marienstraße angekommen war. Den Kindern hinten im Hof entging nichts. Besonders, als Paul ihnen von des Petrus' Heil kündete und dass es den Aal zum Abendessen gäbe.

Wenig später hatte sich eine kleinere Zuschauergruppe in der Küche der Beletage eingefunden, die des Vaters Bemühungen, jenes Aales Herr zu werden, fasziniert begutachtete.

Selbst als das Tier schon mit Hilfe von Pauls angewiderter Mutter in pfannengerechte Stücke geschnitten war, gab es keine Ruhe, sondern war nur durch beherzten Einsatz eines mit Gewichten beschwerten Topfdeckels zu bezwingen; ansonsten, so schien es, wären noch die einzelnen Stücke aus der heißen Pfanne gesprungen. Das Schauspiel war eindrucksvoll und bewegte noch für lange Zeit die Gemüter der Kinder, die dabei gewesen waren.

Es war dies der erste, zugleich jedoch letzte Aal, der den Weg in die Küche von Pauls Eltern fand.

XV. Die Sache mit dem Loch

Nun, da der Dauerregen endlich vorüber war, hielt es den Klaus nicht mehr. Immerhin gab er seinem kleinen Freund, es waren Herbstferien, somit stand ein ansonsten langweiliger Vormittag an, in seiner Großmut zu verstehen, dass es an der Zeit sei, der Sache mit dem Loch nachzugehen. Auf den bekannten Umwegen fanden die beiden sich wenig später am Fuße der Schräge und im Keller des Hauses 35 ein. Klaus hatte, vorausschauend wie er nun einmal war, auch für eine geeignete Leiter gesorgt, derer es im elterlichen Garten viele gab. Diese, welche er nun am Arm trug, war aus Holz, hatte wenigstens ein Dutzend

Sprossen und schien hinreichend stabil. Pauls Stimmung war am Abgleiten und überhaupt nicht stabil. Das Reden war ihm schon zu ebener Erde vergangen, überdies plapperte der Freund munter drauf los, vielleicht auch nur um die eigene Nervosität zu kaschieren. Pauls Aufgabe war das Betätigen der Dynamoleuchte, dem er sich mit Hingabe widmete. Und dann standen sie vor dem Höllenloch. Des Kleinen Gewissheit bezüglich des Umstandes, dieses Loch führe direkt in die Hölle, vermochte den Freund keineswegs zu bremsen; der winkte nur ab, verzog spöttisch den Mund. Aber im ungleichmäßigen Licht des Dynamos waren doch ein paar wenige Schweißtröpfchen zu erkennen, die sich unter dem pechschwarzen Haaransatz, Klausens Haare waren grundsätzlich sauberst gescheitelt, da legte der Wert drauf, gebildet hatten. Aber das mochte auch am Gewicht der Leiter liegen.

Paul mochte gar nicht mehr hinschauen, als der Freund das schwere Teil zu Boden legte, ganz nahe beim Loch. Jetzt beugte der Ältere sich auch noch vor. Heda, viel zu nahe! Hieß Paul, den Dynamohebel nicht mehr zu drücken, sonst könne man ja überhaupt nichts hören. Was Paul eher nicht gestört hätte, denn auf die qualvollen Schreie derer da unten wollte er nur zu gerne verzichten. Doch so fast im Dunklen so mucksmäuschenstill zu stehen, das war dann wiederum auch nichts für Paul mit seinen bald fünf Jahren.

Der Freund, den kümmerten Pauls Seelennöte nicht. Der lauschte.

„Nichts zu hören. Mach mal Licht."

In Pauls Ohren rauschte es dermaßen, dass ihm selbst das Getöse in der Hölle entgangen wäre.

„Komm jetzt, mach endlich Licht!"

Vom Ellenbogen unsanft angerempelt, entsann Paul sich der Aufgabe und alsbald stand der Freund im schwächelnden Schein mit der Leiter in Händen und begann, das sperrige Stück ins Loch abzulassen, Sprosse für Sprosse.

Paul stand in gebührender Entfernung, er ging davon aus, dass das Gerät viel zu kurz wäre, zum Glück, denn das würde das Ende des Abstiegversuches bedeuten. Doch als noch genau vier Sprossen zu sehen waren, die anderen bereits im Orkus verschwunden, stieß die Leiter auf festen Grund.

„Jetzt komm her und halt sie. Und gib mir die Lampe."

Paul war alles egal, gottergeben griff er nach dem Holm, gab auch bereitwillig die Leuchte ab und sah mit Bangen dem Freund dabei zu, wie der sich anschickte, die Sprossen der Leiter, die dabei ins Wackeln geriet, hinab zu steigen.

„Mit beiden Händen, an beiden Holmen!"

Paul tat wie geheißen, zitterte im Gleichklang mit der alten Holzleiter, Sprechen war ausgeschlossen, er nickte folgsam ins Dämmern des im Untergrund Stufe für Stufe sich entfernenden Lichtes. Jeden Moment würde ein Schrei des in der Gluthitze Entflammenden ertönen, ertönen müssen.

Da! Das Flackern, war der jetzt untergetaucht, versank im Unsäglichen? Da, das grause, klatschende Geräusch, und er, Paul, alleine zurückgeblieben. Und dann ein Lichtstrahl von drunten, nun ging es auch an ihn.

„Komm auch runter, da ist nichts außer... eben nichts. Los, komm runter!"

Paul konnte nicht sprechen, seine Finger hatten sich um die Holme gekrampft. Niemals, niemals! Und dann die rettende Idee. Er durfte ja gar nicht los lassen.

„Geht doch nicht, die Leiter", brachte er kaum hörbar hervor.

„Ach was, die wird schon halten."

„Aber", Paul war des Sprechens mit einem Male wieder mächtig, immerhin lebte der Freund ja noch, „ich kann sie nicht loslassen. Wenn die abrutscht. Verstehst du?"

Das Licht drunten tastete sich mal hier, mal da hin. Offenbar war Klaus nicht ganz in der Hölle angekommen, Auf einem Abschnitt darüber vielleicht.

„Uaaah," scholl es jetzt von drunten. „Uuuaaah!" Und gleich darauf „Hihi, hehehe". Das nun erkannte Paul sogleich als das angelegentliche Kichern des Freundes wieder, welches dem Jüngeren ab und an und mit bisweilen sarkastischem, bisweilen auch ironischem Unterton bei mancher Gelegenheit zuteil wurde.

Als wenig später im Lägerle der Kakao auf dem Esbit-Kocher sich zu erhitzen begann, weihte Klaus seinen kleinen Freund in das Resultat seiner Erkundung ein. Was er zu berichten wusste, war mehr als mager, keineswegs höllenmäßig überdies. Am wichtigsten war es dem Älteren, seine seitlich versetzt zu schnürenden, stabilen und damit dem Anlass angemessenen Lederschuhe, Haferlschuhe sagten die Älteren dazu, wieder sauber zu bekommen. Ziemlich feucht und rutschig sei es drunten gewesen, was dem Paul wiederum bewies, dass der Freund allenfalls auf einem ersten, obersten Absatz auf dem Weg zur eigentlichen Hölle sich umgetan hatte. Sein Einwand war kaum angedeutet, da fuhr der Freund ihm über den Mund.

„Ach komm doch! Du mit deiner blöden Hölle, hör mir damit auf! Wenn es sie gibt, wenn überhaupt..." Das ließ er offen, eigentlich zweifelte er nicht daran, doch das ging den Paul gar nichts an. Wenn, ja wenn es sie gab – konnten sich Lehrer denn täuschen? – dann wohl viel weiter drunten in der Erde; eigentlich müsste man ja nur graben und graben. Von viel größerem Interesse, so stellte Klaus nun klar, seien die

Spuren, die er entdeckt habe. Genau unter dem Einstieg, wo die Leiter den Grund berührt hätte, seien eine Menge Schuhabdrücke zu sehen gewesen, und - er hob den Zeigefinger der Rechten um seinen Worten das rechte Gewicht zu verleihen - und ganz deutlich diese Schleifspuren. Irrtum ausgeschlossen. Genau wie diejenigen, die darüber vom Fundort, dem ehemaligen Fundort des mittlerweile abhanden Gekommenen, bis direkt ans Loch geführt hatten.

„Ach, noch was. Das hab ich auch gefunden."

Umständlich knöpfte Klaus sein kariertes Hemd vom Kragen her auf, nestelte seitlich mit der Rechten am Hosenbund, zerrte ein wenig, förderte dann ein dunkelgrünes Etwas hervor, gerade so, als wär's ein Zauberkunststück. Darin hatte er ein wenig Übung, widmete sich nämlich in letzter Zeit der Kunst des Zauberns, der einfacheren Kartentricks und derlei Späßen. Allerdings dauerte es kaum zwei Sekunden, bis Paul erkannt hatte, was sein Freund triumphierend vor ihn hielt.

Das Käppchen, das Schiffchen des Mannes, Paul hatte es am Kopf des Unglücklichen bemerkt, es war kaum verrutscht gewesen, doch auf seinem Weg zur Hölle musste es ihm vollends abhanden gekommen sein.

„Gib her, gib's mir mal." Doch Pauls Griff ging ins Leere, der Freund hielt das feuchte Stoffding hinter dem Rücken, foppte den Kleinen, zuletzt ließ er es ihn aber in die Hand nehmen, aber nur für ganz kurze Zeit.

„Ich verstecke es am besten."

„Und wo?"

„Bei meinen Brestlingen".

Klaus hatte ziemlich weit unten am steilen Teil des elterlichen Gartens, ein Serpentinenweg führte hinab, ein eigenes Beet, so drei auf einen Meter messend, anlegen dürfen. Dort hatte er Erdbeeren gesetzt, die gut angewachsen waren und im Frühsommer so richtig dicke rote Früchte trugen. Auch Paul war in deren Genuss gekommen, die besten Erdbeeren der Welt waren das, eben Brestlinge.

Das Beet hatte der Freund mit einer Einfassung von Steinbrocken versehen. Unter einem der größeren Steine war das Schiffchen alsbald sicher untergebracht. Beim Hochsteigen auf den schmalen Serpentinen kam dem Klaus überdies die Idee, sich bei seinem Bruder zu erkundigen, was es mit dem Keller unter dem eigentlichen Keller unter dem ehemaligen Haus 35 auf sich habe.

„Du musst dir das so vorstellen: Für mich war es da unten noch so gerade eben möglich, mich aufzurichten, ohne mit dem Kopf anzustoßen. In der Mitte. Die Decke ist gewölbt wie unser unterer Keller, nur viel niedriger. Und viel, viel schmaler. Ich konnte, wenn ich meine Arme breit gestreckt habe, mit den Händen rechts und links an die Wand kommen. Und es war ziemlich schräg, es führte bergauf. Und bergab auf der anderen Seite. Wie ein Tunnel. Keine Ahnung".

Der Bruder, Jürgen mit Namen, zählte nicht zu den Kindern in der Marienstraße. Er ging schon aufs Gymnasium, war mehr als doppelt so alt wie Klaus, man traf ihn kaum einmal an. Dem Paul erschien er eher als der Onkel denn der Bruder, aber immerhin bedachte er Paul stets mit einem freundlichen Lächeln, wenn man sich begegnete. Klar, der würde Bescheid wissen. Das einzige Risiko war, dass er den Eltern gegenüber erwähnen könnte, wonach Klaus sich geflissentlich erkundigt haben würde. Doch wenn der seine Frage im Ungefähren halten könnte, so nebenbei, schien es das Risiko deutlich zu verringern. Es musste sein, jemand anderer kam einfach nicht in Frage. Alle anderen waren zu jung. Und es war logischerweise ausgeschlossen, Erwachsene zu fragen.

Für unseren Paul war die Klärung der Frage natürlich auch wichtig. Immerhin stand die Hölle noch ganz obenan in seinen Überlegungen. Da mochte der Jürgen dem Klaus sagen was er wollte.

XVI. Eine Verkehrsampel!

So vieles war nun geschehen, Paul hatte darüber jene Metallkiste, über die er fast gestolpert wäre, ganz vergessen. Zu dieser Zeit, damals. Und die hatte sich unter dem vielen Dreck, dem Sand, ja auch bestens versteckt.

In den Tagen darauf führten Pauls Eltern ihn beim Einkaufsbummel am Vormittag bis weit in die Innenstadt, bis zum Schlossplatz in diesem Falle. Ein Verkehrsknotenpunkt, an welchem sich der Autoverkehr aus vier Richtungen kreuzte. Vom Hauptbahnhof her, vom Wilhelmsbau, von der Planie und aus Richtung der völlig zerstörten Boschfabriken im Westen. Das ganze verflocht sich mit den verschiedenen Straßenbahnlinien, die aus denselben Vierteln einkreuzten und dem Polizisten einiges abverlangte, der inmitten der Wirrnis auf einem überdachten Podest versuchte, Ordnung in die Verkehrsströme zu bringen. Was ihm stets zu Weihnachten eine stattliche Anzahl von Christgeschenken, Weinflaschen, Plätzchen, solchen Dingen eben eintrug, alles schön am Fuße des Podestes abgelegt. Und nun hing genau dort, wo bis vor kurzem dieses Podest gestanden hatte, an dickem Draht und in mehreren Metern Höhe, dies technische Abenteuer in Form, sagen wir, eines viereckigen Vogelbauers mit kleinem Dach und weißen Zeigern auf jeder Seite. Eine Verkehrsampel! Recht langsam bewegten sich die Zeiger synchron im Kreis auf dem zur Hälfte grünen, zur Hälfte roten Feld, ringförmig aufgemalt. Und nicht nur am Schlossplatz, die Tour führte gleich auch zum Charlottenplatz und endlich noch in die Rosenbergstraße, drei niegelnagelneue Verkehrsampeln, zur Disziplinierung des Verkehrs gut sichtbar aufgehängt, misstrauisch beobachtet sowohl von Fußgängern, wie auch von allem anderen, was sich da zu ebener Erde auf einander zu bewegte.

Paul war stark beeindruckt und konnte sich nicht satt sehen, wie die Befehle des Räderwerkes auf die Menschen wirkten, ihnen Einhalt geboten, sie wieder sich in Bewegung setzen hießen, stumme Signale, die brav befolgt wurden.

Bei der Heimkehr wartete bereits der Friseur an der Eingangstür, er war früher dran, als vermutet, eine Kundin war gestorben. Der Friseur kam pünktlich alle drei Wochen in die Wohnung und nahm sich der Reihe nach die Familienmitglieder vor.

Dazu mussten sie auf einem der drehbaren hölzernen Bürostühle Platz nehmen, erhielten ein, sagen wir, noch gerade so weißes Tuch umgehängt, das Schneidewerkzeug lag bereit und dann wurde unserem Paul der Haarschnitt verpasst, es dauerte kaum drei Minuten. Bei der Mutter dauerte es viel länger, und auch die Schwester nahm ordentlich Zeit in Anspruch. Beim Vater gab es kaum Probleme, der besaß nur noch einen bescheidenen Haarkranz am Hinterkopf, sehr einfach in Form zu bringen.

Schlimm war das Gefühl im Nacken Pauls, wenn der Friseur dort unter Benutzung seines elektrisch angetriebenen Trimmers auf und abfuhr. Ein höchst unangenehmes Kribbeln durchfuhr ihn entlang des Rückgrats. Es war eine Erlösung, wenn er endlich von Stuhl rutschen durfte. Die pieksenden Haarschnipsel im Hemd plagten ihn bis zum Abend, trotz des speckigen Pinsels des Friseurs, welcher pro forma Einsatz fand.

Jüngst nun war ein Staubsauger angeschafft worden. Nicht genug, dass der den Boden vom Schmutz frei machte, diente dies Wunderwerk doch zugleich als Haarföhn. Dazu musste man lediglich den miefigen Staubsack abmontieren, das Saugrohr abschrauben, das Gerät umdrehen und über einen flexiblen Schlauch den warmen Luftstrom auf die nassen Haare richten. Als Krönung gab es außerdem eine Kunststoffhaube für Frauen. Die wurde über die Lockenwickler gestülpt und nach geraumer Zeit wieder abgenommen. Der Lärm des Gerätes war erklecklich und es wurde nach vergleichsweise kurzer Gebrauchsdauer letztlich nur noch als Staubsauger benutzt.

Überhaupt hatte Pauls Vater Spaß an technischen Neuerungen. Sensationell der wasserbetriebene Mixer, mit dem man bei Bedarf auch die Kartoffeln schälen konnte. Einen Gummischlauch an den Wasserhahn anschließen, mit dem Gerät verbinden, Wasser marsch! Und es rotierte, schleuderte, mixte, was das Zeug hielt. Immer schön nahe beim Ausguss der Spüle musste die gewagte Konstruktion stehen, denn ansonsten wurde die Küche geflutet. Und der elektrische Plattenspieler auf dem Telefunkenradio, sogar dessen Lautstärke lies sich mittels Drehknopf auf gehörfreundliches Niveau regeln, trotz der schwungvollen 78 Umdrehungen pro Minute, die exakt eingehalten wurden.

XVII. Stupid

Pauls Vater hatte (und pflegte sie nach Kräften) Kontakte zu den Besatzern. Die gaben sich insgesamt ziemlich leutselig, insbesondere die Offiziere des für die Öffentlichkeitsarbeit zuständigen Stabes suchten und fanden Journalisten, denen sie regelmäßig Kommuniques aller Art zuteil werden ließen, Verlautbarungen zu allen Bereichen des täglichen Lebens, aber auch zur politischen Entwicklung im Nachkriegsland. Trotz der spürbaren Distanz, deren Wahrung in der Sache begründet lag, entwickelte sich hier und dort auch so etwas wie eine Freundschaft, die im Falle von Pauls Vater dazu führte, dass solch ein Offizier einer Einladung mit privatem Charakter Folge leistete. Freundlich war er, als er zum ersten Mal zur Kaffeestunde in der Marienstraße eintraf und zu Pauls Entzücken seinen kleinen Sohn, er dürfte in dessen Alter gewesen sein, zum Besuch mitbrachte. Seine Frau hingegen, falls sie sich auch in Deutschland aufhielt, wovon man ausgehen durfte, ließ sich empfehlen; mochte sein, dass ihr ein solcher Kontakt unangenehm war. Jedenfalls begaben die Kinder sich in Pauls und seiner Schwester Zimmer und suchten nach Spielgerät. Der Paul führte dies und jenes vor, doch nichts fand den Gefallen des kleinen Amerikaners. Überdies sprach der kein deutsches Wort, verlor alsbald jegliches Interesse und kommentierte Pauls Versuche, beim Spielen zusammen zu finden nur noch mit „Stupid. You're stupid". In Pauls Ohren klang das wie „Staapid", denn der Junge stammte wohl aus den Südstaaten. „Staapid".

Darüber war es wohl auch wieder Zeit zum Gehen und es blieb ein schaler Geschmack zurück, denn da hatte sich Paul so ganz andere Vorstellungen gemacht vom Spielen mit einem echten Amerikaner.

Ungeachtet dieses ersten Erlebnisses aber folgte bald darauf eine Gegeneinladung für den deutschen Knaben. Und dann warteten Offizier und Sohn gleich unten auf der Straße, um Paul ganz allein zu sich in die Patch Barracks mitzunehmen. Seine Schwester, hihi, musste zur Schule, also fand Paul sich gleich darauf zusammen mit dem desinteressierten Sohn im riesigen Gepäckabteil des mächtigen Station Car amerikanischer Produktion wieder, in seiner schieren Länge vergleichbar etwa mit den Abmessungen einer Straßenbahn der Linie 3. Dicke Holzbeschläge zierten die Karosserie des Ungetüms, und Paul, dem die Fahrt im Gepäckraum mit den Ausmaßen der Tischtennisplatte im Flur des Vermieters wie im Märchen dünkte, sah Straßen an sich vorüber ziehen, die er nie zuvor erblickt hatte.

Am Einfahrtstor zu den Barracks salutierte tatsächlich ein MP, genau solch einer wie am Tor des Headquarters, und Paul bezog den Salut schon auch auf sich. Nur mit Mühe verkniff er es sich, zwei Finger seiner Rechten an die Schläfe zu führen.

Der Weg führte direkt zum PX-Store, dem Einkaufsmarkt für die Truppe. Und nur für die. Wie in Trance ließ sich Paul hineinführen, wurde gezielt in die Bekleidungszone dirigiert und wenig später hielt er eine echte Blue Jeans von Levi's im Arm. Sie war, obwohl von der kleinsten Größe, um zwei handbreit zu lang. Doch das machte nichts. Die konnte man umkrempeln. So machten es alle. Auch die Großen. Selbst alle Amerikaner, und die trugen schließlich, so schien's, sämtlich diese Levi's mit den unbeschreiblichen Kupfernieten an den Taschen vorne und hinten. Außer den Uniformierten natürlich.

Aber damit noch lange nicht genug. In ein Kino führte der Besuch. Ein amerikanisches Kino! Die Nachmittagsvorstellung war kaum besucht. Einige Kinder räkelten sich dicht vor der Leinwand. Es gab Coca-Cola aus Pappbechern, es gab Popcorn, nie gesehen, nie gegessen. Und der Film erst, in Farbe, mit Ton, egal, dass Paul nichts verstand, ein Film. Der Titel, der Inhalt? Vollkommen uninteressant. Aber die ganzen Begleitumstände, dort unter lauter Amerikanern, keiner der Freunde aus der Marienstraße würde es ihm glauben.

Irgendwann wurde ihm zugeflüstert, es gehe um einen gewissen Sindbad, doch mit dieser Erklärung war für den Kleinen wenig anzufangen, es spielte aber, wie gesagt, keine Rolle.

Dann, Musik samt Handlung strebten vernehmlich dem Ende zu, die Cola war getrunken, das Popcorn verzehrt, erhoben sich ein paar der Besucher, obgleich es noch dunkel war. Paul verharrte eisern, wollte sich keine Sekunde entgehen lassen, egal ob sein Gastgeber und dessen Sohn schon die Beine streckten. Nun veränderte sich das Bild, auch der Ton und die Musik. Schwarz-weiß nur noch das Geschehen auf der Leinwand, jemand hinter ihm stöhnte „Trailer, let's go". Paul indes verharrte. Dort vorne auf der Leinwand rannte ein Mann im langen schwarzen Mantel durch das Dunkel endloser Tunnelröhren tief unter der Erde. Verfolgt vom Strahl starker Handleuchten, die ihn immer nur kurz streiften, presste der Flüchtende sich in eine Nische, Schüsse hallten wider, jetzt kletterte der Erschöpfte mühsam eiserne Sprossen empor, hin zum Licht. Hund bellten, Stiefel klatschten auf dem nassen Grund, Wasser spritzte auf, die Finger des Mannes im Mantel streckten und krallten sich durch einen eisernen Gullydeckel, dann ging das Licht im Kinosaal abrupt an. Vom Begleittext, der mit sonorer, geheimnisvoller Stimme die Szenen kommentiert hatte, verstand Paul natürlich wieder nichts. Doch eines hatte ihn wie ein Blitz getroffen: So hatte der Klaus ihm geschildert, worauf er beim Abstieg in die Hölle, oder besser, den Vorraum zu selbiger gestoßen war.

Ein Tunnel, genau wie der unter dem ehemaligen Haus 35. Genauso nass, wohl schmaler und niedriger, aber ansonsten ...

Paul musste vom Offizier fast aus dem Kinostuhl gehoben werden. Besorgt sah der Gute ihn an, fragte, ob ihm etwas fehle. Nicht einmal den angebotenen Kaugummi mochte Paul in den Mund stecken. Und dann, auf der Heimfahrt, die neuen, noch steifen Jeans fest im Arm, konnte unser armer Paul nicht mehr an sich halten. Es brach einfach aus ihm heraus, alles, das Auffinden des später wieder Verschwundenen, der Abstieg in den Keller, das Loch, die Schleifspuren, die Leiter, Klaus, das Schiffchen, die Blutlache, der Geruch, die flatternden Hühner, Johnny, der Dreck, die Dynamoleuchte, Paul sprudelte nur so. Nur die Hölle, die ließ er vorsichtshalber aus.

Der freundliche Offizier hielt irgendwo am Straßenrand an und wandte sich den Kindern im Gepäckabteil zu, sah Paul mit gerunzelter Stirn in die Augen.

„Kleiner Mann, Paul, du hast mir da eine Menge erzählt. Eine Frage an dich: Hast du das geträumt? Oder ist deine Geschichte wahr?"

Paul schüttelte seinen Kopf ein wenig.

„Nicht geträumt."

Das Gesicht des Offiziers veränderte sich mit einem Mal, nun sah er wirklich ernst zu Paul nach hinten, sein Sohn hatte von allem nichts mitbekommen, der war dabei, eine große Kaugummiblase zu produzieren.

„Das hört sich ja nun richtig böse an, was du da erzählst. Ganz böse." Er sah nach vorne auf die Straße.

„Würdest du das alles einem Freund von mir nochmal erzählen, ja?"

Paul zuckte mit den schmalen Schultern.

„Klar."

XVIII. Fiebrige Träume

Der Ausflug in diese unbekannte, fremde Welt, als welche unser Paul das hermetisch abgeriegelte Gelände der Patch Barraks erlebt hatte, schien ihn gewaltig mitgenommen zu haben.

Zuerst fand er keinen Schlaf, auch nicht, nachdem die entnervte Schwester ihre Mutter herbei gerufen hatte, und die auch nichts anderes unternehmen konnte, als dem Kind einen Schluck warme Milch zu verabreichen und die Vorhänge zuzuziehen. Paul hatte sich jedoch mit den Jahren so an das Licht der Straßenbeleuchtung gewöhnt, dass er sich in der ungewohnten Dunkelheit noch unwohler fühlte, sogar ein wenig weinen musste.

Mitternacht war schon vorüber, da meinte die Mutter, die Stirn des Kindes fühle sich nach Fieber an. So kam das verhasste Thermometer zum Einsatz, eine Prozedur, die dem Knaben in ein Gefühlsspektrum versetzte, das sich von lästig über peinlich bis angewidert erstreckte; nicht zum ersten Mal, in dieser Nacht aber ganz besonders. Und als sich herausstellte, dass das Schlucken der Milch dem Kind offenbar Schmerzen bereitete, die Schwellungen an den allen Eltern bekannten neuralgischen Punkten tastbar schienen, führte nichts mehr an der Einsicht vorbei, dass gleich am Morgen der Kinderarzt, der Doktor Fischer vom „Olgäle", herbeizurufen sei. Bis dahin aber mussten noch einige Stunden vergehen. Paul, dem der Arzt zwar ein vertrautes Gesicht war, dämmerte zwischen fiebrigen Träumen und wacher Unruhe dem Morgen entgegen.

Der amerikanische Offizier hatte ihn am Vortag und nach den ziemlich wirren Andeutungen bei der Heimfahrt droben bei den Eltern abgeliefert und sich mit denen eine ganze Weile eingehend unterhalten, wobei Paul sich aus dem Zimmer geschickt und dadurch ausgeschlossen sah, was seine Unruhe keineswegs vermindert hatte. Beim Abschied hatte er, ganz freundlich, noch Pauls Hand ergriffen, ihm schon wieder tief in die Augen geschaut und ihn gefragt, ob es ihm lieber wäre, das erforderliche Gespräch mit seinem Freund oder Bekannten in dessen Büro, das sich im Headquarter befände zu führen, oder ob der einfach Mal kurz bei ihm vorbei kommen solle. Paul konnte sich so einfach nicht entscheiden, er war hin und her gerissen. Ein Besuch der geheimnisvollen und streng bewachten Villa mitsamt den beeindruckenden

Dunkelhäutigen am Tor war mehr als verlockend. Und keines, unter Garantie keines der Kinder könnte da mithalten. Andererseits machte ihm der Gedanke nicht wenig Angst, so einfach hinter den ganzen Absperrungen zu verschwinden, ohne Unterstützung und wo er doch kein Wort amerikanisch konnte. Nur zu gut entsann er sich auch gewisser Andeutungen, wonach schon so mancher auf Nimmerwiedersehen in der Villa, dem Headquarter, verschwunden war. Er musste sich glücklicherweise nicht sofort entscheiden, denn das ständige Gequengel des gelangweilten Offizierssohnes, der diesem an den Rockschößen zerrte, gab ihm die Chance, es sich in aller Ruhe bis zum nächsten Tag zu überlegen. Pauls Eltern könnten dann übers Telefon Nachricht geben.

Nun jedoch waren Dinge dazwischen gekommen, welche vorrangig zu verfolgen waren. Pauls Vater beschlich zwar der Verdacht, das Befinden des Sohnes stünde in direktem Zusammenhang mit den Erlebnissen in den Patch Barracks, die das Kind mit zu vielen Eindrücken überwältigt hätten. Und darüber hinaus war da ja irgendetwas in der Zeit zuvor geschehen, das die Aufmerksamkeit des Offiziers geweckt hatte, ein Fund, eine Begegnung, wer wusste schon, was Kinder sich so alles ausdachten, wenn ihnen langweilig war. Immerhin, schaden konnte es den guten Beziehungen zu den Besatzern keineswegs, wenn man sich demnächst aufs Neue zusammensetzen würde, Kind hin, Kind her, vielleicht käme eine hübsche Geschichte über Völkerverständigung oder etwas in der Richtung dabei heraus. Man konnte nie wissen.

Paul hingegen hatte nun gänzlich andere Sorgen. Ein kurzer Blick des Doktor Fischer, der den grässlichen Holzspatel aber auch nur für eine Sekunde auf Pauls Zunge zu drücken gebraucht hatte, das geforderte „Aaaaah" bei weit aufgerissenem Mund ging wie immer knapp am Erbrechen vorbei, hatte offenbar ausgereicht, die im Lichtstrahl seiner kleinen Taschenlampe gewonnene Erkenntnis mit der trockenen Feststellung zusammen zu fassen: „Paul, da müssen wir handeln."

Auf die fragenden Blicke der Mutter präzisierte er mit seiner sonoren, tiefen Stimme während er seine Instrumente in der abgewetzten Arzttasche verstaute: „Am besten gleich zu mir auf die Station, dann ist er morgen früh nüchtern und wir machen das weg."

Und fort war er.

Bange Minuten verstrichen, in denen ein allerliebst kleines Köfferchen aus Krokolederimitat mit Schnappschlössern rasch gepackt war. Alsbald fand sich Paul angezogen und warm eingewickelt auf dem Rücksitz des elterlichen Buckeltaunus von Ford wieder, er hatte kaum Zeit, mitzubekommen, wie ihm geschah. Was wohl auch besser so war, denn nun begann er zu beteuern, dass das Schlucken schon gar nicht mehr so weh tat. Doch vergebens. Der Abschied am Empfang des Olgäle war kurz und - vom Pauls Seite her - tränenreich. Ein Bett wurde ihm zugewiesen, während die Einlieferungsmodalitäten von der Mutter erledigt wurden, noch ein kurzer Blick durch die Tür, zaghaftes Winken, die ärztliche Maschinerie hatte ihn in sich aufgenommen.

Natürlich war an Schlaf in der Nacht nicht zu denken, der Morgen kam dennoch viel zu früh. Die Liege mit Paul darauf ruckelte in den Operationssaal. Grell war das Licht von oben, als der Scheinwerfer sich bedrohlich senkte. Eine Schwester breitete ein Stückchen Gaze über den Mund des Kindes und hieß es mit Zählen zu beginnen; Paul in seiner Verwirrung frug, ob auf italienisch oder „normal". Die Schwester konnte sich ein Lächeln nicht verkneifen, und Paul kam so bis zur Fünf oder zur Sechs. Der aufgeträufelte Äther wirkte zuverlässig.

Noch bevor er dann wieder erwachte, verspürte der Kleine die Schmerzen im Hals, eindeutig schlimmer als zuvor. Außerdem war es ihm unmöglich, zu sprechen. Blitzartig durchfuhr ihn der Gedanke, dass sich genau so der Mann drunten im Keller gefühlt hatte, als man ihm die Dinge angetan hatte, für welche sich der Offizier und sein Bekannter so dringlich zu interessieren schienen.

Dann war da wieder der Schlaf.

Und dann kam der Hunger.

Ein ganz klein wenig zu krächzen, das schaffte Paul am Tag nach seiner Operation. Die Mandeln hatte man ihm rausgenommen, heraus operiert.

Mandeln kannte er sehr gut, Mandeln brauchte die Großmutter in Mengen zu Weihnachten, wenn sie ihr Gebäck herstellte. Auf dem Weihnachtsmarkt, das Wasser lief dem Paul sogleich im Munde zusammen, doch das Schlucken tat immer noch so weh, auf dem Weihnachtsmarkt hatte es die ersten gebrannten Mandeln seines Lebens gegeben, klebrig und herrlich in den spitzen Tütchen aus Papier. Gleich nebenan hatte der Vogel-Jakob gezwitschert. Natürlich hatte Paul auf eines der kleinen Wunderblättchen bestanden, die, durchgespeichelt an den Gaumen gedrückt, halfen zu tirilieren wie ein Vogel. „Amselruf" verhieß sein Exemplar, doch er bekam den einfach nicht hin. Ganz anders, natürlich, die Schwester. Drei hatte sie sich vom Taschengeld besorgt, zehn Pfennige das Stück; sie bekam ja schon Taschengeld, Paul noch nicht. Aus dem Gaumen des Kleinen hatte die Mutter mittels Pinzette die aufgeweichte Pappe zupfen müssen, während seine Schwester noch tagelang zwitscherte, was das Zeug hielt.

Dann sein erstes Mittagessen. Eine wässrige, lauwarme Buchstabensuppe, die wenigstens nicht ganz so weh tat. Und am Abend nochmals eine seltsame bräunlich klare Brühe, angeblich stärkend und gesund und wieder lauwarm.

Doch dann, am nächsten Tag die freudige Überraschung: Eine kleine Schale mit Erdbeereis. Die Kälte wirkte Wunder. Zum Nachtisch wäre ein Teller voller Apfelküchle von der Doris mit viel Zucker willkommen gewesen. Oder ein Milchreis mit Zucker und Zimt. Oder am liebsten eine Pizza vom Zunico. Es war eine Qual!

Zusammen mit Paul befanden sich vier oder fünf weitere Kinder auf dem Krankenzimmer. Teils etwas ältere, teils auch jüngere. Und da war einer dabei, im Bett an der Wand, der schien besonders aufgekratzt. Zerwühlte seine Decke von morgens bis abends, erhielt strenge Rügen der Schwestern, sogar der Doktor Fischer kam, ihn während der Visite auszuschelten. Und dieser kleine Kerl machte sich am Tag bevor er entlassen wurde, einen Spaß daraus, mit den Kötteln, die er ins Bett gemacht hatte, die übrigen Kinder im Zimmer zu bewerfen. Vermutlich, da waren die Leidtragenden sich rasch einig, war er deswegen entlassen worden. Zur Strafe.

Eine ganze Woche musste Paul im Krankenhaus bleiben und er hatte darüber schon vergessen, dass sich der Bekannte des Amerikaners doch schon Tage zuvor hatte erkundigen wollen, wo die Unterhaltung über Pauls Erlebnisse stattfinden sollte. Krönender Abschluss und zugleich das Ende seines Krankenhausaufenthaltes war das Fädenziehen. Zum Glück wurde das vom Arzt gleich am Morgen, noch bevor Paul zu essen bekommen hatte, vorgenommen. Zange, Spatel und Pinzette, Würgen und nochmal würgen und dann zog und ziepte es hinten, tief im Rachen. Endlich war es vorüber. Die Fäden hätte Paul gerne mitgenommen, als Trophäe, denn seine Mandeln enthielten sie ihm ohne Begründung vor. Man ließ ihn aber nicht. Aber Erdbeereis, auch zu Hause, gleich am Vormittag, ließ man ihn essen. Paul mochte, wen wundert's, nicht mehr. Die Doris musste sich opfern, war es doch das zwar leidlich angeschmolzene, doch immer noch gute Eis vom „Venedig".

Überhaupt war den Eltern die Gesundheit ihrer Kinder überaus angelegen. Nicht nur, dass jeden zweiten Tag vor dem Abendessen dieselbe bräunliche Brühe wie schon im Krankenhaus zu trinken war, ein Würfel auf Hefebasis mit vielen Vitaminen, der sich nur mühsam im heißen Wasser auflöste. Schlimm war der Esslöffel mit Lebertran. Immer sonntags, ausgerechnet, nach dem Frühstück. Der war an Widerwärtigkeit nicht zu übertreffen, und alle guten Beteuerungen der Eltern halfen nicht über den Ekel hinweg, mit welchem der weiße und dickflüssige Schluck hinuntergewürgt werden musste. Damit jedoch nicht genug: drunten in der Tübinger Straße, neben der Mosterei Kern, befand sich im Untergeschoss eines der vielen flachen Behelfsbauten, die den Platz zerbombter Mehrfamilienhäuser eingenommen hatten, ein Raum, in dem eine findige Person Höhensonnen betrieb. Das kahle, unmöblierte Zimmer war mit einem Linoleumboden ausgelegt. Bevor das Gerät eingeschaltet wurde, mussten die Kinder einen Schutz in Brillenform

um die Augen anlegen, der eng vom Haltegummi an-
gepresst wurde. Die Kleider waren bereits bis auf die
Unterwäsche abgelegt. Bald strahlte ein gleißender
Schein von der Decke her und es hieß, in Bewegung
zu bleiben, nicht inne zu halten, sich zu drehen, sich
zu beugen. Ein unverwechselbarer Geruch stach in die
Nase. Es sei Ozon, das sich durch die ultraviolette Beleuchtung bildete, erklärte die weiß gewandete Be-
treiberin. Die langweiligsten fünf Minuten des Tages
währten wie eine gefühlte Stunde, und weder Paul,
noch seine Schwester begriffen, was das Wohltuende
an der Sache sein sollte. Nur, letztere gab das natürlich nicht zu.

Wenigstens blieben unserem Paul die Exerzitien erspart, denen sich nur die Schwester zu unterziehen
hatte. Diese bestanden darin, dass einmal in der Woche abends ein Italiener, angeblich ehemaliger Bal-
lettmeister, man traf ihn auch regelmäßig beim „Riccio", sich um die richtige Körperhaltung des Mäd-
chens kümmerte. So musste beispielsweise mit einem
schweren Buch auf dem Kopf balancierend ganz aufrecht und in gerader Haltung im Kinderzimmer auf

und ab gewandelt werden. Danach wurde eine leere Bierflasche zwischen ihren Knien befestigt, die Knöchel mit einem festen Gummizug verbunden, es folgten bestimmte Übungen, alles um zu verhindern, dass die Arme später mit X-Beinen und gebückt durch das Leben gehen musste. Im Grunde seines Herzens taten dem Paul die Qualen der Schwester richtig gut. Schade, dass er dies niemandem gegenüber eingestehen konnte.

XIX. Ein kleiner Notizblock

Solchermaßen vergingen die Tage. Der Kleine hatte schon fast vergessen, dass da noch jene Einladung zu einer wichtigen Unterhaltung war. Und die sollte bereits kurze Zeit später nachgeholt werden. Es erschien an jenem Tage, man hatte darauf geachtet, dass die Schwester in der Schule war, zuerst der befreundete Offizier ohne seinen Sohn. Kaum hatte er im Wohnzimmer Platz genommen, da klingelte es nochmals und es erschien ein echter Neger im Flur der Beletage des Hauses 39. Keiner mit glänzend poliertem Helm, er hatte ein schlichtes Schiffchen auf die kurzen, krausen Haare gesetzt, machte ansonsten auch keinen höherrangigen Eindruck auf Paul, bis eben auf den Umstand, dass er ein Neger war.

Paul hätte allzu gerne die komplette Versammlung der Kinder aus der Marienstraße um sich gehabt, Kaffee wurde gereicht. Man hatte es sich auf der schweren weinroten Wohnzimmergarnitur bequem gemacht. Dann zog der Offizier einen kleinen Notizblock aus der Tasche und hub an zu sprechen.

„Also, mein junger Freund, sag dem Kollegen hier einfach nochmal all das, was du mir vor einigen Tagen im Auto erzählt hast. Übrigens, ich hoffe, du hast dich von der Operation gut erholt?"

Zu mehr als einem Nicken reichte es beim Paul nicht.

Der Offizier nickte gleichfalls, so als sei er nicht ganz unbeteiligt an der Rekonvaleszenz gewesen. Dann wisperte er einige unhörbare Worte ins Ohr seines Kollegen, der murmelte zurück, und dann wandte sich der Wortführer an Pauls Eltern, die sich in den Hintergrund zurückgezogen hatten.

„Würde es Ihnen viel ausmachen, wenn Sie uns allein lassen könnten, während wir uns mit dem Jungen unterhalten?"

Unter Mitnahme ihrer Tassen ging das Ehepaar wortlos durch die Tür zum Bürozimmer nebenan.

Dem Paul wurde erst jetzt so richtig unwohl. Er sah sich im Stich gelassen, war andererseits aber auch gar nicht unfroh, dass auf diese Weise gewisse Einzelheiten seiner verbotenen Gänge in die Unterwelt fürs Erste, mochte ja auch sein für immer, nicht an die höchst aufmerksamen Ohren der Eltern gerieten.

„Setz dich ruhig näher zu uns heran, rück den Sessel vor."

Das war leichter gesagt, als getan. Die Sessel waren schwer und ließen sich nur mit Hilfe der Besucher verrücken.

Pauls Knie stießen fast mit denen des Offiziers zusammen. Er schaute, wie soll man es ausdrücken, reumütig, jedenfalls voller schlechtem Gewissen zu Boden.

„Kaugummi?"

Das Eis war gebrochen.

„Aber erst, wenn wir hier fertig sind in den Mund stecken."

Zu Befehl, wäre dem Paul fast entschlüpft. Immerhin hielt er den grünen Streifen fest in Händen, wobei der spürbar weich zu werden begann, als er, begleitet vom aufmunternden Blick des Schwarzen, der sein Käppi abgelegt hatte, zu berichten begann.

Zu berichten, das hörte sich leichter gesagt an, als getan. Denn unser Paul mit seinen nicht einmal fünf Jahren, der hätte liebend gerne einen Beistand neben sich gewusst. Jemanden, der seinen Arm um ihn gelegt hätte. Der ihm geholfen hätte, seine Gedanken und damit gleichzeitig seine Worte zu ordnen. Jemanden, der das kleine Seelchen gestützt hätte.

Die Anwesenheit des Offiziers samt seinem Begleiter sorgte bei aller Freundlichkeit für ein nagendes Gefühl der Beklommenheit und der Bedrängnis. Hinzu kam mächtig sein schlechtes Gewissen, denn der Ausgangspunkt für alles war unleugbar der Verstoß gegen all die von den Eltern verhängten Verbote, soweit sie sich auf das Grundstück des Hauses 35, nein, auch all der anderen, vergleichbaren Grundstücke, und zwar überall in der Stadt am Neckar, ja, überall und soweit Verbote überhaupt reichten, bezogen. Schlimmer konnte ein Verstoß gar nicht sein. Da half es nichts, dass Paul seine erste Missetat, seine Ursünde, in Begleitung des Johnny begangen hatte. Und danach nochmal alleine, und dann wieder, zusammen mit Klaus, das machte es auch nicht besser, auch wenn Paul es so empfunden hatte, als minderte sich die Schwere des Verstoßes mit jeder weiteren Zuwiderhandlung.

Aber gerade jetzt wäre es dennoch hilfreich, wenn wenigstens der Klaus neben ihm sitzen könnte, der war schließlich deutlich älter und diese Tatsache würde mit Sicherheit das schlechte Gewissen ein gut Stück erleichtern helfen. Und helfen, die Gedanken auf die Reihe zu bringen.

Dass die Eltern ihre Ohren bestimmt dicht an die Bürotür hielten, machte alles nur noch schwerer. Was zur Folge hatte, dass Pauls so oder so nicht sonderlich kräftige Stimme, mit knapp fünf Jahren, sich bis hin zum Flüsterton senkte. Und da er den Kopf unter der Last seiner Taten auch noch zu Boden gerichtet hielt, sahen die Besucher sich veranlasst, noch näher an Paul heran zu rücken um ihn verstehen zu können.

Der Begleiter, seines Zeichens Sergeant, hatte die Situation rasch erfasst, mochte sein, dass er als Kind einmal in einer vergleichbaren Lage gewesen war, wenigstens legte er seinen Zeigefinger unter das Kinn des Kleinen und hob es ein paar Zentimeter an.

„Wenn du möchtest, gehen wir zusammen nach draußen. Du zeigst uns ein paar Sachen, und wir unterhalten uns dabei weiter. Einverstanden?"

Pauls hastiger Blick auf die geschlossene Bürotür sagte genug und er nickte entschlossen.

Der Offizier erhob sich, rief Pauls Eltern herein, erklärte ihnen, dass sie sich einen Eindruck von der Straße hier, "Marienstraße", ergänzte Paul vor Erleichterung, verschaffen wollten, dankte für den Kaffee, auch im Namen des Kollegen, der schon in der Tür stand, die Hand auf der Schulter Pauls, was dem sogleich enormen Mut verschaffte.

Was Paul nicht wissen konnte: Seine Eltern waren vom Offizier telefonisch über den Anlass des Besuches aufgeklärt worden. Genau an dem Tag, als er zur

Mandeloperation im Olgäle gelegen hatte. Zu seinem großen Glück, fügen wir an. Ohne diesen schmerzlichen Umstand wäre der große Zorn des Vaters einerseits, die leiderfüllte Miene der Mutter andererseits ihm mit Sicherheit nicht erspart geblieben. Statt im Olgäle das Krankenbett, wäre ein umfassender Stubenarrest unausweichlich gewesen. So aber hatte sich der Zorn des Vaters, wie auch die fast ebenso gefürchtete Enttäuschung der Mutter fast völlig verflüchtigt, als Paul sich wieder zu Hause einfand. Hinzu kam, auch dies sei nicht unterschlagen, dass es den Eltern höchst unpassend erschienen wäre, den Sohn angesichts des besonderen Interesses von Seiten der Besatzungsmacht vor den Augen des Offiziers abzukanzeln. Man denke doch, die Deutsch-Amerikanische Freundschaft und was sich vielleicht hieraus noch alles ergeben könnte.

Drunten angekommen, zündeten sich die beiden Amerikaner, was schon, eine Lucky Strike an.
„Raucht mein Vati auch."

Grinsen in den Gesichtern aus Amerika. Und dann, immer einen halben Schritt vorne weg, führte Paul die Männer in den Hof zwischen den Häusern 37 und 35, dann zum Fenster ohne Glas, das nach da unten ging, mit Argusaugen von Klausens Mutter aus dem Küchenfenster in der Beletage beobachtet, zufällig natürlich.

Klar war nun aber rasch, dass die Männer dort ganz bestimmt nicht hinabrutschen würden. Ob es einen anderen Zugang gäbe?

Seine Wichtigkeit machte Paul langsam, nein, eher schnell, noch mehr Mut und verschaffte ihm ein gerüttelt Maß Zuversicht. Natürlich kenne er den anderen Zugang, den, welchen der Klaus erst vor kurzem aufgetan,

„Ach, da gibt es noch jemanden?"

Oh, Schreck! Dann war das also auch heraus, machte aber nichts, Klaus befand sich in der Schule, und im Übrigen hatte der schließlich den Toten nicht zu Gesicht bekommen. Nur die Spuren zum Abstieg in die ... in die ...

„In die was, Kleiner?"

Paul wand sich. „Also, was da unten eben ist. Das Loch. Und drunter eben..."

Die Männer schauten sich kurz an. „Drunter?"

Paul zuckte unschlüssig seine Schultern.

„Gehen wir. Mal sehen, was drunter ist, nicht wahr?" Der Sergeant ließ sich vom Kleinen führen, der Offizier hinterher, ganz offiziell jetzt, zuerst im Hof nach hinten, dann an den Garagen vorbei, das Gartentörchen geöffnet, ganz offiziell, auch wenn jemand von oben zuschaute. Das waren immerhin Soldaten, die durften das nun mal. Weiter an den Zaun, der kein Hindernis darstellte, toll, wie die Erwachsenen einfach drüber stiegen, das Grünzeug machte ihnen nichts aus, auch nicht das Feld von Pestwurz, immer weiter. Als der Trupp auf die Rückseite des ehemaligen Hauses 35 zutrat, sahen sich die Männer wieder an. So ganz dicht an die Zeugnisse des Bombenhagels in Stuttgart waren sie bislang noch nicht geraten. Bei der nächtlichen Razzia waren das die einfachen Angehörigen der MP gewesen, doch nun, vor dem früheren Souterrain die hohlen Fenster und schiefen Türöffnungen, das machte schon Eindruck.

Gleich darauf waren die drei an genau der Stelle angekommen, an der Paul vor Wochen den Toten, vielleicht war er ja auch gar nicht tot, entdeckt hatte, und wo dem Johnny sein Missgeschick passiert war, was Paul jedoch hier und jetzt nicht des Erwähnens wert erachtete. Zudem war der Johnny längst weg, verschwunden.

Der Sergeant hatte eine kleine Taschenlampe hervor gezaubert, eine mit Batterien. Und er untersuchte den immer noch feuchten Boden gründlich. Zu Pauls Erleichterung waren auch die Schleifspuren deutlich zu sehen. In seinem Eifer und wiedererweckten Entdeckerstolz war Paul ziemlich nah an jenes Loch im Boden getreten, so dass der Offizier ihn an den Schultern zurückhielt.

Das helle, gebündelte Licht der Taschenlampe, so viel heller, als das des Dynamos seinerzeit, reichte, das konnte sogar Paul erkennen, weit in das Loch hinunter, bis hinab auf den Grund, dorthin, wo einst Klaus gestanden und das Schiffchen entdeckt hatte. Nun war keine Leiter zur Stelle, Paul ärgerte sich fürchterlich. Doch offenbar hatten die Erwachsenen kein Interesse, hinunter zu steigen. Ihnen schien genügt zu haben, was sie vorgefunden hatten. Sie unterhielten sich ein wenig auf amerikanisch, Paul fühlte sich ausgeschlossen. Wieder wurde das Loch ausgeleuchtet. Dann wurde Paul gefragt, in welcher Richtung die Straße sich befände. Was seinen Orientierungssinn aber weit überforderte. Doch dann entsann er sich, dass, wenn es doch nach hinten zum Garten führte, die Straße ganz sicher in der anderen Richtung lag, klar doch. Die Männer nickten sich zu. Nochmals wurde der Boden gründlich abgeleuchtet, Paul wollte gerade wieder vom Geruch erzählen und von des Daimolds Hühnern, kam jedoch nicht soweit. Denn nun sollte er den Männern erneut genau die Stelle zeigen, an der er den Mann hatte liegen sehen. Was der angehabt hatte. Welche Verletzung er gesehen hatte. Welche Hautfarbe. Ob er eine Waffe bei sich gehabt hatte.

„Eine Waffe?"

„Nun ja, eine Pistole zum Beispiel. Du kennst Pistolen?"

Beim letzten Fasching war der große Klaus als Cowboy umher gelaufen. Der hatte eine Pistole besessen, so eine, in die man einen gerollten, roten Papierstreifen mit winzigen Schwarzpulverklecksen, die „Käpsele", einführen musste, es knallte wunderbar, wenn man abdrückte, und Paul hatte die Eltern doch so sehr gedrängt, ihm auch solch eine Pistole zu kaufen, beim Kawena lagen sie vor Fasching greifbar im Schaufenster. Ohne Erfolg, leider. Er musste weiter als Geist mit dem Bettlaken über dem Kopf „Buuh!" rufen, was doch keinen erschreckte, während andere richtige Kostüme tragen durften. Also daher wusste Paul durchaus, was es mit einer Pistole auf sich hatte. Und so eine hatte er damals nicht bemerkt, was aber vielleicht auch an der Dunkelheit gelegen hatte. Oder an der Aufregung.

Es schien, als hätten die Amerikaner endlich genug gesehen, vorläufig wenigstens. Sie fanden den Weg ins Freie ohne Probleme, zündeten sich draußen schon wieder die Lucky Strike an und unterhielten sich auf amerikanisch, während Paul, hätte er sich getraut, sich gerne näher mit dem Feuerzeug befasst hätte, welches der Offizier zwischen seinen Fingern hin und her bewegte. Feuerzeugbenzin nämlich roch er fürchterlich gerne. Unter den strengen Blicken von Klausens Mutter schlenderten sie dann, Paul bemühte sich, nicht zu ihr hoch zu schauen, vor zur Marienstraße. Seine Neugier wuchs. War das nun alles? Sollte er noch erwähnen, dass seiner Meinung nach das Loch hinunter in die Hölle führte?

Doch vermutlich wussten die Amerikaner das bereits. Wenn sie überhaupt die Hölle kannten. Was gar nicht so sicher war.

Die Amerikaner hatten ihre kurze Unterhaltung beendet, ihre Zigaretten beiläufig an den Resten der Hauswand von Nummer 35 ausgedrückt und zu Boden fallen lassen. Paul war klar, dass die Kippen dort nicht lange liegen bleiben würden, bis sich einer fand, der sie wieder aufsammelte. Er kannte das schon, seit er sich erinnern konnte. Kippen waren sehr begehrt bei manchen Leuten. Ganz besonders solche, die von Amerikanern zu Boden geworfen wurden, denn bei denen war die Tabakausbeute viel größer, als die der

Millimeterstummelchen, die von Deutschen abfielen. Doch auch solche fanden noch Interessenten. Amerikanische konnte man leicht weiter rauchen, Deutsche wurden gesammelt, die Tabakreste zerbröselt und später zu neuen Zigaretten gedreht. Raucher wussten Bescheid. Auch Pauls Vater rauchte. Paul mochte den Geruch seines Vaters nicht, wenn der geraucht hatte. Schlimm jedoch war das mit dem Tabakkauen des Großvaters, den der Kleine nur selten zu Gesicht bekam. Der war an irgendetwas erkrankt, aber fürs Tabakkauen reichte es noch. In einer Keramikdose waren die dunkelbraunen, kneteartigen, weichen Prieme untergebracht. Der Großvater schob die aufgeweichten Stücke beim Kauen im Mund hin und her, seine Spucke war immer pechschwarz, die Zähne ebenfalls. Und der Geruch war noch schlimmer.

Der Vater hatte vor einigen Monaten einen jungen Mann eingestellt, der mehrmals wöchentlich in die Marienstraße kam und vom Vater lernen sollte, sein Name war Helmut Blatt. Dessen dicke Brillengläser machten seine Augen riesig groß, aber ansonsten gab es an ihm nichts auszusetzen. In Ulm wohnte der, was weit weg sein musste, denn er kam immer mit dem Motorrad, einer schwarzen Maschine, die dem Paul gar nicht geheuer war, obwohl... Außerdem sah die ebenfalls schwarze Lederkappe und der schwere Ledermantel nach Abenteuern aus. Bei der Erwähnung Ulms musste Paul automatisch versuchen, „in Ulm und um Ulm und um Ulm herum" korrekt hinzubekommen. Meistens ohne Glück. Der junge Mann nannte den Vater „Meister", was eigenartig klang, und er rauchte Pfeife. Es gab wenige Dinge, die Paul so gerne roch, wie diesen Tabak, der sich in dem weichen Lederbeutel befand, in welchen der junge Mann ab und an seine Pfeife versenkte um sie neu zu stopfen, und wenn alles gut ging, durfte Paul sogar den Tabak mit diesem wunderbaren kleinen Stampfer festdrücken und das Feuerzeug anzünden, dessen Benzin so herrlich roch. Wenn er alt genug wäre, also in wenigen Jahren, würde, das hatte er sich fest vorgenommen, Paul ebenfalls Pfeife rauchen.

Die Amerikaner nun waren dabei, sich den Verlauf der Marienstraße genau anzusehen, interessierten sich auch für die Gullis und die Kanaldeckel, beide erst vor wenigen Tagen frisch mit Teer umgossen, als sich schon ein Fußgänger um die Zigarettenstummel gekümmert hatte. Aber dafür hatten sie keinen Blick. Erst jetzt bemerkte Paul den Jeep, der zwei Häuser weiter parkte. Für einen erhebenden Moment dachte er, sie würden ihn einsteigen lassen, um ihn auf den wunderbar langen Weg bis zu den Patch Barracks mit zu nehmen. Leider war keines der Kinder unterwegs, leider! Und leider wurde es doch nichts mit der triumphalen Ausfahrt. Der Dunkelhäutige setzte sich hinter das Steuer, warf dem Paul einen kurzen Gruß zu, fuhr einfach so los und war schon in der Silberburgstraße verschwunden. Lediglich der Offizier nahm sich noch die Zeit, ein paar Worte mit dem schwer enttäuschten Knaben zu wechseln. Der Kaugummi half da wenig.

„Das war ganz toll von dir, mein Kleiner. Du hast uns geholfen. Jetzt sage deinen Eltern, dass ich sie grüße und sie bald wieder anrufen werde. Bye!"

Und dann knöpfte er seine Jacke zu, brachte die Uniformmütze in Ordnung und machte sich auf in Richtung des Headquarters.

Paul blieb noch dort stehen, wo die beiden ihn hatten stehen lassen. Du hast uns geholfen? Wie denn? Wobei denn?

Gut, sie waren an der Stelle gewesen, wo der Mann am Boden gelegen hatte. Und sie hatten die Spuren zur Kenntnis genommen und auch in das Loch geblickt, aber sonst? Sie hätten doch mindestens durch das Loch hinunter steigen müssen, um nachzuschauen, was es da unten zu sehen gab, denn der Klaus war recht rasch wieder die Leiter hochgekommen, damals. Mit solch einer guten Taschenlampe hätten sie sich in aller Ruhe umschauen, der Spur des Verschwundenen folgen müssen.

Oder war es denen eben auch mulmig geworden? Obwohl sie Soldaten waren? Paul war alsbald sicher, dass, wenn er seine Vermutung, dies Loch führte im Grunde zur Hölle, angebracht hätte...

XX. Bannemann

Ein Pfiff brachte ihn wieder in die Gegenwart. Es war ein ganz spezieller Pfiff, er ging so wie: diii-da-diii-da-didadamdamdam. Ein Erkennungspfiff. Klausens Erkennungspfiff. Der war weithin gut zu hören und unmissverständlich. Wer ihn vernahm, wusste: Der kleine Klaus ist da. Allerdings wusste man nicht, wo genau er war. Vor der Haustür oder hinter dem Haus im Garten. Oder aber der Pfiff kam aus dem Fenster seines Zimmers, hoch über dem Hof des Hauses 39. Egal, Paul machte sich sogleich auf den Weg. Der wiederholte Pfiff zeigte schließlich, dass Klaus sich hinten im elterlichen Garten aufhielt. Paul war der Erste, hatte er doch gerade noch den Amerikanern nachgeschaut.

An der Mauer zum Nachbargrundstück, gleich hinter dem Dirlitzenbaum, lehnten einige Bretter. Und eine bestens erhaltene Holztür. Klaus musterte seine Materialien fachmännisch, denn er hatte vor, genau an dieser Stelle ein richtiges Lager zu errichten, eines mit einem Dach und einer Eingangstür, mit Sitzmöglichkeiten für mindestens fünf, sechs Leute. Mit einem Tisch. Vielleicht sogar mit einem Fenster, je nachdem, was sich so auftreiben ließ. Und das war nicht wenig, mit den ganzen Trümmern und Ruinen in der Nachbarschaft.

„Hallo, Paul. Halt das hier mal."

Paul bemühte sich nach Kräften, die schwere Holztür in der Senkrechten zu balancieren, die Klaus ihm anvertraut hatte. Ein Sägebock stand in der Nähe, im Organisieren war der Freund Spitze. Es fehlte aber die Säge. Und ein Hammer samt Nägeln, solche Dinge eben. Einen alten Teppich hatte Klaus bereits irgendwo aufgetan, der befand sich noch im Trockenen, im Elternhaus.

„Schule vorbei?"

Man pflegte, sich in knappen Worten zu unterhalten. Plappern war der Knaben Ding nicht, das taten die Mädchen. Inzwischen waren zwei weitere Kinder eingetrudelt, die ehrfürchtig das Baumaterial bewunderten: Die beiden jüngeren der Kresse-Brüder, Lutz und Rainer, altersmäßig zwischen Klaus und Paul, halt, der Rainer war doch sogar ein Jahr kleiner, ein wichtiges Jahr. Letzterer war schon richtig mutig, fast so wie sein älterer Bruder, aber eben kleiner und jünger und im Übrigen hatte er noch gewisse Probleme beim Sprechen. Zum Beispiel war es ihm nicht möglich, das wichtige Wort „Jaguar" richtig auszusprechen, stattdessen brachte er immer nur „Nagüar" hervor, zur Gaudi der anderen, wenn sie beim Autoquartett saßen.

Klaus deutete die Abmessungen des künftigen Lagers an, großes Staunen bei den Zuschauern, als sich tatsächlich zwei der Mädchen blicken ließen, Pauls Schwester nämlich und Suse, die Tochter des Schuhhändlers. Die beiden steckten regelmäßig ihre Köpfe zusammen und da kam im Grunde nie etwas Besonderes bei heraus. Außer vielleicht eine Aufforderung zum Telefonspiel am Mäuerchen, vielleicht auch eine Einladung zum „Himmel und Hölle" Spiel, doch das waren immer solche Sachen, die mehr für Mädchen waren, an denen man sich nur beteiligte, wenn es sonst absolut nichts Interessanteres gab.

Gut genug waren die Mädchen allerdings, wenn sich hinreichend viele der Kinder zusammen getan hatten um Bannemann zu veranstalten. Doch erstens war das am spannendsten, wenn es dämmerte, zweitens, besser noch, wenn es schon dunkel war. Richtig und wirklich aufregend war das. Vor allem für den Bewacher der drei zur kleinen Pyramide aufgestellten Holzstäbchen, die es galt, weg zu kicken, wenn man den Bewacher abgelenkt und überlistet hatte. Die Knaben waren sich darin einig, dass die Mädchen sich viel mehr in der Dunkelheit fürchteten, viel, viel mehr.

Paul, zugegeben, spürte allerdings auch stets ein heftiges Herzklopfen, wenn das Bewachen an ihm war. Doch niemals würde er zugeben, dass er Angst hatte.

Für das geplante Lager zeigten die Mädchen kaum Interesse, sie würden, das war sicher, beim Bau auch nicht gebraucht. Sollten sie eben ihre Puppenwagen herumschieben.

Bald verdrückten sich auch die Kresse-Brüder, denn der Älteste, Wolf, führte ein strenges Regiment und achtete genau darauf, dass seine Brüder pünktlich zum Abendessen daheim auftauchten. Jetzt war die Gelegenheit für Paul gekommen, dem Freund vom

Besuch der beiden Amerikaner zu berichten. Dass einer der beiden ein Neger war, schien den Älteren wenig zu interessieren, auch nicht, dass Paul sie nach da unten geführt hatte. Oder war da ein klitzekleines bisschen Eifersucht zu spüren?

Sei dem, wie es wolle. Tatsache war, dass es von großer Wichtigkeit sein musste, dass sich die Amerikaner persönlich der Sache angenommen hatten.

Am Morgen darauf, Pauls Schwester war soeben zur Schule aufgebrochen, die Eltern saßen noch am Frühstückstisch, tranken ihren Kaffee und blätterten in den Zeitungen, während Paul missmutig sein Müsli verrührte, war mit einem Mal ungewohnter Motorenlärm auf der Straße zu vernehmen. Ungefragt stand Paul von seinem Stuhl am Esstisch auf, was ihm wieder einmal die streng gerunzelte Stirn des Vaters eintrug, doch da schaute er bereits aus dem Fenster neben dem Radiogerät, aus dem die Morgennachrichten dudelten. Um mitzubekommen, was drunten vor sich ging, war es zwingend, einen Fensterflügel aufzuziehen und sich, auf Zehenspitzen, vorzubeugen.

Drei Jeeps hintereinander parkten da tatsächlich vor dem Ruinengrundstück von Haus 35, und ein ziemlich großer Militärtransporter gleich gegenüber auf der anderen Straßenseite. Paul hatte genug gesehen. Er bittelte und bettelte, doch waren die Eltern keineswegs gewillt, ihn zu entlassen, bevor er nicht die Müslischüssel leergegessen hatte. Er hätte heulen können. Alles würde er versäumen, er könnte der Erste, der Einzige sein, der Zeuge von was auch immer. Aber nein. „Sitzen bleiben!"

Das Müsli formte sich zu Klumpen, zu festen Brocken in Pauls Hals. Schon waren die Eltern aufgestanden, um ebenfalls einen kurzen Blick aus dem Fenster zu werfen. Sie zuckten ihre Schultern, wieder einmal eine Razzia gegen die Schwarzmarktleute. Ungewöhnlich allenfalls, dass sie nicht droben in der Reinsburgstraße stattfand. Wahrscheinlich, so ihre Vermutung, gab es in einem der Häuser gegenüber, in denen vollkommen unbekannte Mieter wohnten, Probleme. Paul nutzte den Moment, als die Eltern kurz ins Büro gingen um nachzusehen, ob der Fernschreiber schon irgendwelche Meldungen auf den endlosen Papierstreifen ausgespuckt hatte, und schon landeten die Reste des ungegessenen Müslis im Mülleimer in der Küche.

Mit Unschuldsblick gelang es Paul endlich, sich die Erlaubnis zu erschwindeln, aus der Wohnung zu gehen.

Er traf jede Menge MPs an, auch andere Soldaten und Zivilisten. Alle liefen aufgeregt durcheinander, doch ganz klar erkannte der Kleine, worum es bei all dem Durcheinander ging. Das Ruinengrundstück war durch gelbe Kunststoffbänder, die von Eisenstangen gehalten wurden, die ihrerseits in den Boden um das Grundstück herum eingeschlagen worden waren, für jedermann sichtbar abgesperrt. Überwacht wurde die Beachtung dieser Absperrung durch MPs, welche sich mit grimmen Gesichtern in regelmäßigen Abständen entlang der Sperre postiert hatten. Männer in grauen Kitteln, Metallköfferchen in Händen, verschwanden irgendwo im hinteren Teil der Trümmerfläche, durch das Fenster ohne Glas wurde gerade ein Scheinwerfer mitsamt Ständer hinabgereicht, als Paul den Sergeant wiedererkannte, mit dem er sich am Vortag unterhalten hatte. Sein Versuch, sich bemerkbar zu machen, war erfolglos. Und näher an die Sperre zu treten, traute sich der Paul einfach nicht. Allerdings, einem der MPs war der Junge aufgefallen, der sich da herumtrieb, und der dort nichts zu suchen hatte.

„Get off, kid!"

Was unser Paul natürlich nicht verstand, doch die Gesten, die diese Aufforderung begleiteten, waren absolut überzeugend.

Paul sah sich um, suchte eine Möglichkeit, der Aufmerksamkeit des Bewachers zu entgehen, war schon im Begriff, die zwei Etagen hoch zur Wohnung der Eltern von Klaus zu eilen, um eventuell aus dem dortigen Küchenfenster die Vorgänge zu verfolgen, doch in diesem Augenblick hatte „sein" Neger den Kleinen bemerkt und ihm zugewinkt. Und nicht nur das, er trat sogar auf Paul zu, streckte ihm, ja, ihm höchstpersönlich, eine Hand zum Gruß hin. Paul schwankte zwischen Stolz und Beklemmung, wagte sein Händchen durch die Absperrung und dem Uniformierten entgegen zu strecken, wurde mit einem Lächeln begrüßt und einem anderen Uniformierten, der das Treiben überwachte, vorgestellt, einem Weißen, wie

Paul vermerkte. Offenbar wusste der von Pauls Rolle, die ursächlich für den Auflauf in der Marienstraße an jenem Morgen im Herbst des Jahres 1950 war, denn er nahm den Kleinen ein wenig beiseite, wobei er seinen Kollegen zu sich her winkte. Die beiden wechselten ein paar kurze Worte miteinander, schauten den Paul dabei an, was bei dem schon wieder zwiespältige Gefühle hervorrief. Er wurde das Empfinden einfach nicht los, dass da irgend eine Bestrafung auf ihn wartete, wenn schon nicht von Seiten der Eltern, was inzwischen weniger wahrscheinlich schien, so doch von den Amerikanern in ihren Uniformen. Daher war es ihm gar nicht so recht, dass die beiden sich an ihm interessiert zeigten. Ihn möglicherweise wegführten, ohne dass er den Eltern oder einem der Kinder Nachricht geben konnte, und überhaupt, wo waren die eigentlich alle? Tauchten doch sonst immer gleich auf, wenn sich Dinge außer der Reihe ereigneten. Und das hier, das alles war ganz bestimmt außer der Reihe.

Die Schule. Klaus, seine Schwester, Suse, der große Klaus, die Daimoldkinder, die Fickels, alle in der Schule. Es war wie verhext. Und als eben wenigstens der kleine Rainer, es gab auch einen großen von gegenüber, in ziemlicher Entfernung um die Ecke des Hotels seiner Eltern in seine Richtung sah, spürte er eine Hand des Schwarzen auf seiner Schulter. Dieser Körperkontakt vermittelte Paul ein gewisses Gefühl der Sicherheit.

„Du heißt doch Paul, nicht wahr?"

Paul nickte.

„Und ich bin der Peter."

Was in Pauls Ohren als Piita sich anhörte. Komischer Name, dachte er für sich. Immerhin war ihm Pieta der sympathischste unter den wenigen Amerikanern, denen er in den vergangenen Tagen begegnet war.

Dennoch fand er sich gleich darauf in dem gegenüber parkenden Mannschaftswagen der Soldaten wieder. Pauls Herz rutschte in seine Magengegend. Die olivgrüne Stoffplane wurde zugezogen und da saß der Paul, mutterseelenallein. Nicht lange jedoch. Einen Malblock in der Linken, einen Bleistift in der Rechten, nahm der Weiße ihm gegenüber auf der schmalen, kunststoffbezogenen Bank Platz, rutschte zur Seite, der Schwarze setzte sich neben ihn und lächelte den

Paul mit seinen blendend weißen Zähnen an. Das half dem Kleinen in seiner Not keineswegs. Und nach Tabakrauch stank es auch, und nach Treibstoff.

„Mein Junge, das da ist jemand, der sehr gut zeichnen kann, ein richtiger Künstler."

Der Künstler verstand den Kollegen wohl nicht, denn der übersetzte ins Amerikanische, worauf beide schon wieder zu lächeln begannen.

„Und der möchte jetzt von dir hören, wie der, den du da drüben gefunden hast, ausgesehen hat. Verstehst du, er will ein Bild zeichnen vom Kopf, ah nein, vom Gesicht dieses Mannes. Hast du das verstanden?"

Nichts hatte der Paul verstanden. Die Worte schon, doch nicht deren Sinn. Warum ein Bild vom Verschwundenen, wem sollte das nützen?

Doch die Sache ging weiter. Erst ein paar Worte auf amerikanisch an Peter, der wiederholte offenbar die Frage auf deutsch, so ging das mehrere Minuten hin und her.

Also, der Paul sollte das Gesicht so beschreiben, dass der Zeichner daraus ein Bild machen konnte, das dem Verschwundenen so ähnlich wie möglich sein sollte.

Paul malte in der Tat besonders gerne. Er hatte Malstifte daheim, Papier aus dem Büro der Eltern gab es zuhauf. Malte dies und malte das. Hatte der Mutter zu ihrem letzten Geburtstag ein Bild von sich selbst gemalt, als Geschenk. Mit Farbstiften. Es sollte den kleinen Paul darstellen, wie der gerade aß. Der Bauch: ein großer, runder Kreis. Der Kopf: ein kleinerer, runder Kreis. Eine Öffnung darin: der Mund. Punkt, Punkt, Komma, Strich, fertig ist das Mondgesicht. Auf die Beine kam es weniger an, also zwei Striche, zwei angedeutete Füße. Auch zwei Arme, ebenfalls Striche, einer angewinkelt, den Löffel in der Hand, vom Löffel fiel Essen durch den geöffneten Mund direkt in den Bauch, plumpste gut sichtbar auf den Grund des Bauches, direkt über den Beinen. Fertig war der Paul beim Essen. Paul war kein früh vollendeter Künstler.

Kurz und gut, man kann sich jetzt vielleicht vorstellen, wie der gut gemeinte Versuch ausging, aus Pauls Erinnerungen das Gesicht des Verschwundenen hervor zu kitzeln und das Ganze zu einem Portrait werden zu lassen.

Ein Ding, man muss es so sagen, ein Ding der Unmöglichkeit. Im Kino, in amerikanischen Filmen, da mochte so etwas funktionieren, nicht jedoch in unserer Geschichte.

Schon nach knapp zehn Minuten schnappte der Künstler seinen Malblock und erhob sich. Doch dann überlegte er es sich und nahm noch einmal Platz. Sah dem Paul eine Weile ins Gesicht, runzelte die Stirn und sprach ihn, er konnte also doch deutsch, sprach ihn mit leiser Stimme an.

„Ihr wart ja zu zweit da unten, stimmt's?"

Paul nickte, so war es gewesen.

Dann wurde er um seinen Namen, den Nachnamen und die Adresse gebeten. Alles kein Problem, er war schließlich kein Kleinkind mehr.

„Jetzt musst du ganz ehrlich zu mir sein, du weißt doch, dass man nicht lügen darf."

Paul wusste.

„Also, hast du da sonst noch irgendwas gesehen? Oder weggenommen? Versteckt?"

Paul gestand, er konnte nicht anders. Die Wäscheklammern hatte er an Ort und Stelle gelassen weil unbrauchbar. Die verbogene Gabel. Musste er die nun heraus rücken?

„Nein, ich meine, gab es da noch was anderes, was - was vielleicht größer war, du musst es mir sagen, verstehst du mich?"

Das Gesicht des Zeichners hatte sich so dem Gesicht Pauls genähert, dass der den Zigarettenrauch und das Pfefferminz des Kaugummis riechen musste. Des Kleinen Unwohlsein wuchs, was sollte er denn noch sagen?

„Na?"

Pauls Zunge klebte am Gaumen, er schüttelte seinen Kopf. An gar nichts konnte er sich nun erinnern, alles war weggewischt. Erst die Stimme des Sergeants erlöste ihn aus seiner Bedrängnis. Und er hatte sich ja wirklich und ehrlich nicht mehr an die kleine Metallkiste erinnert, ganz bestimmt und ohne zu lügen. Denn, woran man sich nicht erinnern kann, nicht wahr, über das kann man nicht lügen.

Der Zeichner stand widerwillig auf, wandte sich ab, nicht ohne einen eindringlichen Blick in Pauls Richtung zu senden. Doch der hatte keinerlei schlechtes

Gewissen, war erleichtert, dass er gehen durfte, der Paul. Wozu er auch seinen Namen und seine Adresse hatte nochmals nennen müssen, vorbei. Aufregend war's aber gewesen, das gab zu erzählen! Und einen Kaugummi kriegte er obendrein vom Neger, als der sich draußen auf der Straße verabschiedete; und sich bei Paul bedankte.

Der verdrückte sich ziemlich rasch, zu sehen gab es inzwischen auch nicht mehr viel. Offenbar waren diejenigen, deren Jeeps noch auf der Straße standen, allesamt im Untergrund verschwunden, hier und da waren Rufe zu hören, Paul aber machte sich auf den Weg nach Hause. Im Grunde war er nicht unzufrieden. Dass der Künstler mit Pauls Schilderung so rein gar nichts hatte anfangen können, bitteschön. Ein Gesicht. Haare. Der Mund. Kein Bart, immerhin. Doch wer konnte es Paul verdenken, dass der viel mehr von der schlimmen Wunde fasziniert gewesen war, sich angesichts der Dunkelheit aber ansonsten wenig um das Aussehen des verschwundenen Mannes gekümmert hatte. Und das ganze Blut, dieser Geruch, so etwas ließ sich nun mal nicht zeichnen. Nein, Paul machte das alles nichts aus. Er musste sein jüngstes Erlebnis nur noch los werden. Morgen, wenn alle anderen sich wieder blicken ließen.

XXI. An jenem Sonntagvormittag

Der Tag danach war ein Sonntag. Brave Kinder befanden sich in der Kirche. Nicht so unser Paul, dessen Eltern keinen sonderlichen Wert auf solche Beschäftigung legten, mit Ausnahme des Heiligabends. Da ging man zur Christmette, sei's aus Überzeugung, sei's aus Tradition, sei's auch nur, um von denen gesehen zu werden, auf deren Meinung man einen gewissen Wert legte.

Paul war nicht der Einzige, der sich nach dem Frühstück auf der Straße wiederfand. Eines der Fickelkinder, die Daimolds, der mittlere Kresse, für einen kurzen Augenblick konnte man sogar den großen Klaus erkennen, aber der war auf dem Weg in die Matinee des Schulorchesters am Karls-Gymnasium, ob es ihm gefiel oder nicht. Eher nicht, seiner Miene nach zu schließen. Natürlich hätte er sich nicht mit den anderen Kindern abgegeben, so offen auf der Straße. Etwas anderes war es, wenn die Tischtennisplatte in der Eingangsdiele der elterlichen Wohnung aufgestellt war. Heiße Turniere fanden dort statt, an denen alles teilnahm, was über den Rand der Platte sehen konnte, hin und wieder sogar ein Erwachsener. Paul konnte auch schon mit seinem Schläger umgehen, ein Exemplar mit leidlich ausgefranster Korkbeschichtung. Für ihn war die „Mexi"-Variante des Spiels mit Abstand die spannendste und lustigste, wenn nämlich alle Spieler hektisch die Platte umrundeten, um den Ball über das Netz zu schlagen.

Man war an jenem Sonntagvormittag lange unschlüssig. Die hinzu gekommenen Mädchen tendierten zum Doktorspiel auf der Bühne, doch fanden sich nicht genug Patienten. Die Daimolds mussten bald zur obligatorischen Wanderung um den Bärensee, draußen nahe der Solitude, aufbrechen, das Fickelkind war langweilig, und so blieben nur noch der mittlere Kresse und dann der just hinzu gestoßene kleine Klaus. Man betrat den Garten hinter Haus Nummer 37 und die älteren beratschlagten über konstruktive Probleme des geplanten Lagerbaus. Für den Beginn der Arbeiten fehlten nach wie vor wesentliche Elemente und Materialien, und dann musste auch der Kressejunge nach Hause, Verwandte hatten sich zum Essen angekündigt.

Dies war der Moment für Paul, wenigstens den verbliebenen Klaus in das Geschehen des Vortages einzuweihen. Der aber zeigte keineswegs die erhoffte Ehrfurcht über Pauls Mithilfe bei der Suche nach dem Verschwundenen. Und so kam es, dass kurze Zeit später der Kleine wieder allein auf der Straße stand. Die Absperrbänder samt Haltestangen waren schon am Vortag entfernt worden, nichts deutete mehr auf das Durcheinander hin. Das Trümmergrundstück lag still im Sonnenlicht. Paul entsann sich jäh des vor so langer Zeit im Untergrund entdeckten Fundstückes, der kostbaren Gabel, die er wohlverborgen im Kinderzimmer aufbewahrte. Nur zu gerne besäße er das zugehörige Messer oder doch wenigstens einen Löffel.

Oder sonst irgendetwas von den Überbleibseln, welche die unglücklichen Bewohner von Haus 35 zu retten nicht die Chance gehabt hatten. Und in Pauls kleiner Seele rangen miteinander die plötzlich wieder erwachte Lust, sich auf die Suche zu machen, mit dem alsbald drängenden schlechten Gewissen, das unweigerlich die Übertretung der strikten Verbote begleiten würde.

Als er, diesmal benutzte er den „Hintereingang" und nicht das glaslose Kellerfenster, im selben sandigen Haufen mit Hilfe eines stabilen Stöckchens zu graben begonnen hatte, waren seine Bedenken wie weg gewischt. Auch hatte er jenen bewussten Raum gemieden, das bewusste Loch ebenso, konzentrierte sich nur noch auf die Grabungsfortschritte. Man ahnt es, er wurde tatsächlich wieder fündig. Fand ein viel wertvolleres Stück, eine niedliche Porzellanfigur, handtellergroß und wunderschön bemalt, ein Fräulein in alter Tracht, das Blumengebinde im einen verbliebenen Arm noch erkennbar, auch ein Fuß war abgängig, die Glasur stumpf, wohl der Hitze beim Niederbrennen des Hauses geschuldet. Und dennoch, Pauls Herz schlug höher. Auch wenn ihm klar war, dass er seinen neuerlichen Fund besser niemandem offenbarte, ein sicheres Versteck außerhalb des Kinderzimmers, besser noch außerhalb der elterlichen Wohnung auftun musste. Der Keller derselben fiel ihm ein. Dort, wo bis vor kurzer Zeit noch sein Tretauto untergebracht gewesen, wo die Kartoffeln schon begannen, ihre bleichen Austriebe vorzuschicken und wo der schwere Steinguttopf mit den eingelegten Eiern stand. Wenngleich es dort drunten im Keller dem Paul auch nicht so ganz geheuer war. Aber immerhin gab es dort elektrisches Licht, diese eine funzlige Birne am Deckengewölbe, der Drehschalter aus schwarzem Bakelit, der stets nur nach zwei, drei Umdrehungen den Strom weiterleitete. In keinster Weise vergleichbar all dies mit den Zuständen im Untergeschoss des Trümmergrundstückes Nummer 35 in der Marienstraße.

Pauls Gefühl nach war es Essenszeit und er musste noch dringend die Hände samt den Knien soweit sauber bekommen, dass er keinen Verdacht bei den Eltern erregte.

Das Gefühl hatte nicht getrogen, denn vor der Haustür erwartete die Schwester den Bruder, freute sich schon diebisch auf die Standpauke, weil der ihre Rufe wieder mal nicht gehört hatte, auch wenn sie ihn gar nicht gerufen hatte; diese kleinen Freuden konnte sie sich einfach nicht entgehen lassen. Paul nahm's hin, er dachte beim Essen bereits an seinen nächsten Ausflug in die Unterwelt. Trotz des Mittagessens, das sein Vater gekocht hatte: gedämpfter Kabeljau mit Senfsoße und Salzkartoffeln. So ziemlich das schrecklichste Essen, das Paul sich vorstellen konnte. Neben gebratener Rinderleber und neben Saubohnen mit Speckschwarte und Spinat mit Spiegelei und Hammeleintopf mit gekochtem Kohl. Und Linsengemüse, trotz all des Essigs, den Paul großzügig unterzumischen pflegte.

Am Nachmittag war Anprobe. Die Mutter hatte sich der Levi's Jeans angenommen, die ein gut Stück zu weit war, so dass selbst ein Gürtel nicht half. Doch sie war eine gute Näherin, und so saß die Prachthose denn auch recht passabel, sollte ja auch noch im kommenden Jahr ihre Dienste tun. Die Aufschläge, zweimal hochgekrempelt, an die musste Paul sich gewöhnen, doch sein Besitzerstolz ließ ihn über derartige Nebensächlichkeiten hinweg sehen. Der schwarzblaue und jungfräulich harte Denim scheuerte überall, das gehörte dazu, und der Gürtel musste ein zusätzliches Loch verpasst bekommen, dann ging es hinunter auf die Straße, auf welcher sich zu des stolzen Trägers Leidwesen nicht ein einziger Zuschauer einfand. Paul malte sich derweil aus, wie er beim nächsten Fasching den stilechten Cowboy geben würde. Vielleicht ergab es sich ja, dass er nochmals zusammen mit dem Offizier einen Besuch im PX-Store machen konnte, den blöden Sohn nähme er dabei gerne in Kauf. Für den war ein Colt nichts besonderes, Paul erinnerte sich zu gut daran, wie der achtlos an den einschlägigen Utensilien, den silbernen Spielzeugwaffen samt Holstern aus Lederimitat, vorüber gegangen war, als wär' das nichts. Für unseren Paul wäre das die Erfüllung gewesen und so kam er in den Wochen darauf immer wieder, so ganz nebenbei, auf den Offizier zu sprechen. Was seine Eltern dahin gehend missverstanden, dass ihr Sohn wohl noch mit seinen Ängsten aufgrund der Erlebnisse im Keller des Hauses 35 zu kämpfen hatte und dass er seither fürchtete, wieder auf den Offizier zu treffen.

Eines müssen wir festhalten: Zum Spielen auf der Straße oder irgendwo im Gelände wurde die Levi's nicht angezogen, sie war sozusagen tabu. Nur, wenn sie nicht drohte, schmutzig zu werden, kam die Hose zum Einsatz. Bei Kindergeburtstagen etwa, und deren gab es naturgemäß eine Menge in der Marienstraße. Oder sonntags. Auch anlässlich jener seltenen Besuche beim Großvater mit seiner Erkrankung, von der man zu Hause vor den Kindern nie sprach. Auch, wenn's zum Zunico ging, die Servietten im Santa Lucia boten hinreichenden Schutz.

Also hatte Paul an jenem Vormittag im Oktober wieder seine speckigen kurzen Seppelhosen sowie, leider, leider, seine angesichts der Witterung unausweichlichen langen Wollstrümpfe an, während er sich erneut auf Schatzsuche im Untergrund machte. Ganz allein, Klaus war in der Schule, die dem Kleinen noch in so weiter Ferne war. Der kleine Rainer, der hätte aus Pauls Sicht durchaus einmal mitmachen dürfen, doch da gab es nichts, der war kurz vor dem Einstieg doch noch zurückgeschreckt, war eben einfach zu klein. Aber er schwor, seinen eigenen Eltern gegenüber absolutes Stillschweigen zu bewahren, Pauls mageres Fäustchen direkt vor seiner Nase schien überzeugend genug.

Dieses Mal hatte Paul eine Taschenlampe dabei. Zwar gehörte sie der Schwester und war auch nicht vorzeigbar, denn sie hatte die Form eines Marienkäfers, peinlich, typisch Mädchen, doch sie passte so gut in die Hosentasche. Und, immerhin, das Birnchen gab so viel Licht, dass Paul sich mit Energie ans Graben machte. Er war derart in seine Arbeit versunken, dass er nicht bemerkte, wie sich eine Gestalt durch den Hintereingang, den Souterrain, ins Untergeschoss zwängte, geräuschlos, vorsichtig, doch recht zielsicher. Paul wühlte zwischenzeitlich mit den Händen im lockeren, nahezu trockenen Erdreich, wie es eben in solchen Trümmergrundstücken nach und nach durch die Öffnungen und Lücken im Gemäuer einsickerte. Und dabei langsam, einer Düne gleich, unter sich begrub, was noch nicht zugedeckt war. Immerhin hatte der Kleine bereits einen zerbrochenen Bleistift, den man noch benutzen konnte, zwei farbige und sehr schön erhaltene Spielfigürchen, wie Paul sie vom „Mensch ärgere dich nicht" kannte und zu guter Letzt eine großartige Patronenhülse entdeckt, zwar angelaufen und ein klein wenig derangiert, doch allemal ein Prunkstück. Der Beginn, so hoffte er, einer Sammlung, die spätestens zum Fasching die anderen vor Neid müsste erblassen lassen, und aus diesem Grunde eines sicheren Versteckes würdig.

Im Eifer waren die kleinen Backen rot geworden, auch schmerzte der Rücken gewaltig, Paul musste überdies ganz dringend. Er überlegte, ob sich nicht eine abseits gelegene Ecke würde finden lassen, nach Hause wollte er bestimmt noch nicht, er erhob sich, blickte sich um und wurde den Eindruck nicht los, dass da jemand war. Hatte vielleicht einen Atemzug gehört, ein unbestimmtes Geräusch, einen Lufthauch. Doch niemand war zu sehen, nicht, so weit die magere Lichtausbeute des Marienkäfers reichte. Doch das mulmige Gefühl ließ ihn nicht mehr los. Der kürzeste Weg nach droben führte über die rutschige Schräge durchs glas-

lose Fenster, das war klar. Und ohne weiter nachzudenken, wählte Paul genau diesen Weg. Den Dreck an
Schuhen und Knien nahm er gerne in Kauf. Umgeschaut hatte er sich jedenfalls lieber nicht, an den Armen hatte sich Gänsehaut gebildet. Und ob er von
Klausens Mutter aus dem Küchenfenster gesehen
würde, das schien ihm in diesem Moment unwichtig.
Froh war er dann, als er in der Mittagssonne zum Luft
holen kam, nur, warum hatte er um Himmels Willen
seine Prachtfunde drunten einfach liegen lassen?
Der Schmutz ließ sich ganz gut abklopfen, immerhin.
Außerdem, vermutlich war es doch noch der kleine
Rainer gewesen, wer denn sonst? Dem war es bestimmt peinlich gewesen, einen Rückzieher gemacht
zu haben. Genau, so war es, ganz klar.
Paul wartete auf der Straße, denn irgendwann musste
Rainer dort auftauchen, wenn er nach Hause wollte.
Einen anderen Weg gab es nicht, das wusste jeder.
Paul hatte, er konnte doch die Straße nicht unbeo-
bachtet lassen, sich dann einfach an der schiefen Mau-
er erleichtert, einen Augenblick abgepasst, als weit
und breit niemand zu sehen war, es ging nicht anders,

und mit der Lederhose war es auch vom Technischen her ganz einfach. Dutzendfach erprobt. Und kaum Spritzer auf den Schuhen. Dann wartete er weiter. Nichts war zu hören oder zu sehen, kein Rainer. Paul zog am Ende eine Schnute, steckte seine Hände in die Taschen, zuckte die Schultern und dachte, soll er halt da unten bleiben. Kann ich auch nichts machen. Wird schon sehen, der.

Bloß, der Rainer war es nicht gewesen, der war mit seinen Brüdern in die Wilhelma gegangen, das Elefantenjunge anzuschauen, halb Stuttgart drängte sich damals am Gitter. Auch der Paul war mit den Eltern und natürlich mit der Schwester dort gewesen, der Vater besaß eine kostenlose Dauerkarte für die ganze Familie. Er besaß auch eine für das Neckarstadion, wo der VfB seine Heimspiele gab, als noch an die 100 000 Zuschauer ins Stadion passten. Doch dafür war der Paul noch deutlich zu jung. Sagte sein Vater. Durfte noch nicht ins Stadion. Vielleicht, wenn er dann einmal groß genug wäre, sagen wir, wenn er in die Schule gekommen war.

XXII. Zerplatzte Luftballons

Der Herbst war ins Land gekommen. Für die Kinder der Marienstraße begann eine neue Zeit. Abgebaut die Attraktionen auf dem Wasen, die Karusselle, die noch recht bescheidenen Achterbahnen, die Buden mit den Kuriositätenkabinetten wie der Dame ohne Unterleib, der Affenfrau, dem Flohzirkus, fort das Catcherzelt. Zusammengepackt die Liliputanerstadt, die Fruchtsäule, die letzten Gerüste der Bierzelte, erloschen die bunten Lichter der Losverkäufer, weggeräumt die Schießbuden, die Stände mit der Zuckerwatte, dem Türkischen Honig und den gebrannten Mandeln, verpackt die Spiegel des Labyrinthes. Nur noch die unzähligen, bunten Losstreifen und schlaffen Überbleibsel zerplatzter Luftballons im Dreck zeugten vom verklungenen Trubel. Und aufgefahren schon waren die tonnenschweren Tieflader des Zirkus Althoff, dessen riesige Manege in Bälde das graue Zelt der Christlichen Mission zu verdrängen gedachte. Auf dem Killesberg würde für eine Woche das langersehnte „Holiday On Ice" gastieren, der Satchmo auch, doch auf dessen Auftritt mussten seine Verehrer dann noch ein weiteres Jahr warten, aber die Josephine Baker kam, die Harlem Globetrotters erstmals am Neckar, für fast jeden Geschmack gab es was zu sehen und zu hören, wichtig war nur, dass es aus den Staaten kam. Coca-Cola und Wrigleys, Lucky Strike und Bubble Gum reichten schon nicht mehr, die Neugierde zu stillen. Auf den 78-er Plattentellern drehten sich ungedämpft der „Tiger Rag", der „St. Louis Blues", „In the Mood", wer wollte, schaltete den AFN auf Mittelwelle ein, lauschte dem „Stickbuddy Jamboree". Zage Versuche, den Jazz zu etablieren, zeitigten erste kleine Erfolge. Und selbstverständlich war es der Bevölkerung ein Herzensanliegen, sich gut und noch besser mit den Besatzern zu stellen, denen diese rasche innere Umkehr immer noch suspekt vorkam. Aber man nahm es, wie es kam, hatte schließlich nach erstem, noch konsequenten Durchgreifen gegen die braunen Verbrecher und ihre zahllosen Mitläufer die Effizienz vor allem der untergegangenen und wiedererstandenen Bürokratie samt den Verwaltungsinstitutionen drum herum zu schätzen gelernt. Irgendwie musste es schließlich weiter gehen, nicht wahr. Die Persilscheine waren flink ausgestellt, nach anfangs noch schärferer Kontrolle. Kurz gesagt, eine gewisse Normalität hatte sich breit gemacht, in allen Lebensbereichen, in den meisten Familien. Man hatte sich arrangiert.

Am einfachsten war das naturgemäß für all die Kinder und Jugendlichen, die vom Krieg und dem alltäglichen Terror des Nazitums am wenigsten mitbekommen hatten, entweder weil sie zu klein gewesen oder noch gar nicht geboren waren. Denen allen schien es ganz natürlich, mit den Amerikanern aufzuwachsen, die gehörten einfach dazu. Den Älteren, manchen, fiel es schon schwerer, sich in den Wertewandel zu fügen, der ein ganzes Weltbild überfahren hatte. Und bei den Erwachsenen, bei denen hing es einfach davon ab, wie es ihnen individuell erging. Wer Arbeit hatte, lebte in der Zeit mit. Ohne großes Nachfragen. Wer ein akzeptables Dach über dem Kopf hatte, immerhin. Wer etwas besaß, würde einen Teufel tun, das zu gefährden. Bloß nichts riskieren. Sich nicht exponieren. Immer schön mitmarschieren, jetzt eben zu neuen Klängen, neuer Musik. Mein Kampf? Nie besessen, und dessen Marktwert bei den Amerikanern lag immer noch bei zwei Stangen Lucky Strike. Mindestens.

Pauls Vater besaß auch zwei Schellackplatten vom Satchmo und eine mit der Titelmelodie vom „Dritten Mann", die Originalaufnahme mit Anton Karas, auf der Rückseite spielte er den „Café Mozart Walzer". Seit kurzem nämlich stand neben dem Rundfunkempfänger ein stabiler Plattenspieler mit elektrischem Tonabnehmer und die Plattensammlung wuchs zusehends. Auch zur Freude unseres Paul, denn es gab da neben dem hinreißenden Armstrong auch die Kleine Nachtmusik und das Capriccio Italien, beide Stücke gut zu handhaben, da auf nur je einer Schallplatte. Anders die Symphonien und Klavierkonzerte, die Pauls Vater stets am Sonntagvormittag aufzulegen pflegte. Das waren schon mal vier schwere Scheiben, deren Wechsel jedoch den Musikgenuss nicht störte. Es war eben so. Man kannte es nicht anders. Wie so viele andere Dinge in Pauls Leben.

Doch noch war es nicht Sonntag, sondern später Samstagnachmittag, wie erwähnt im Herbst. Dunkel wurde es bereits bald nach der Kaffeestunde, und dennoch durfte Paul, die anderen Kinder ebenso, noch für eine Weile zum Spielen auf die Straße.

Fernsehen gab es im Haus 39 nicht, noch lange nicht, und das Angebot im Radio war aus Sicht der Kinder mehr als dürftig. Die Live-Übertragungen aus der Messehalle 6 vom Killesberg am Samstagnachmittag, Häberle und Pfleiderer, der Straßenkehrer Friederich, Rumtata-Musik, alles geschenkt. Überhaupt nicht spannend oder sonderlich lustig, genau wie die täglichen Suchmeldungen des Roten Kreuzes oder die morgendliche Bekanntgabe der Auflasszeiten der Brieftauben oder auch die „Streiflichter aus Amerika" mit Konrad Heiden sonntags zur Mittagszeit.

Immerhin, im Union Kino in der Tübinger Straße liefen seit kurzer Zeit am Sonntagvormittag um elf Uhr Kinderfilme, Märchen zumeist. Zusammen mit seiner Schwester durfte der Paul dort hin, es lag nur zehn Fußminuten entfern. Und wenn man rannte waren es drei.

Doch nach solch einem Kinobesuch schien der Nachmittag um so öder. Und mit hereinbrechender Dunkelheit, am besten nach einem frühen Abendbrot, waren manche Spiele einfach viel spannender. Mit Abstand das Bannemann-Spiel. Das hatten wir bereits gestreift, daran hatte sich seither nichts geändert.

Insgesamt waren es an jenem frühen Abend sieben Teilnehmer, die sich ganz zwanglos, aber rasch einig waren: heute ging es wieder los. Als erster Wächter wurde in feierlicher Auslosung der kleine Klaus ermittelt. Die übrigen verteilten sich auf dem Ruinengrundstück, während der Wächter laut und vorgeschrieben langsam bis zwanzig zählen musste, für Paul längst kein Problem mehr. Möglichkeiten, sich zu verstecken, gab es in Hülle und Fülle. Der eine oder andere war bis zu den fast undurchdringlichen Büschen am Abhang gekommen. Auch Paul, der war schnell auf den Beinen, der kleine Rainer fast ebenso, und der drückte sich mit Paul ins Dunkel. Doch nicht einem gelang es, so nahe an die Hölzchen zu kommen um den Klaus zu überraschen und sie wegzukicken. Entweder verriet er sich zu früh oder er war zu langsam. Klaus war einfach immer schneller und schlug einen nach dem anderen ab. Dann traf das Los die Suse vom Schuhgeschäft. Bei ihr waren die Chancen, wie alle wussten, deutlich besser, sie war nicht die Schnellste, in jeder Hinsicht. Auch Paul und der Rainer neben ihm rechneten sich gewisse Aussichten aus, endlich einmal ans Ziel zu kommen. Langsam pirschten beide sich von Versteck zu Versteck näher. Schließlich hielt der Jüngere es nicht mehr aus und rannte drauf los, viel zu früh, wurde sogar von der Suse rechtzeitig entdeckt und locker abgeschlagen. Paul, mit klopfenden Herzen, juchzte innerlich. Ihm würde das nicht passieren. Jetzt hatte er sich hinter eine der niedrigen Mauern geduckt, keine zehn Schritte vom Hintereingang zum Untergeschoss der Ruine. Doch an den dachte der Kleine in diesem erregenden Moment überhaupt nicht. Abgeschlagen schon die Schwester, abgeschlagen der große Rainer, ebenso Lutz. Die Suse schien heute in bester Form zu sein. Blieben nur noch drei. Den Klaus konnte er sogar erkennen, der hielt sich auch hinter einem Mauerrest verborgen. Von den übrigen war keiner zu sehen, nicht der Daimold und nicht der Fickel. Halt! War nicht einer der beiden dort hinter ihm? Das Knacken trockener Zweige war viel zu deutlich zu hören. So was Blödes, der würde die Suse noch auf ihn aufmerksam machen, Paul wandte sich um und zischte „Still, Hampelmann!" Das hatte geholfen, es wurde still. Nun aber wieder volle Konzentration nach vorne.

Moment mal, beim Umdrehen hatte er doch die Silhouette dieses Dummkopfes gesehen, ganz kurz nur. Die passte absolut nicht zur Größe der anderen. War zwar leicht geduckt gewesen, doch deutlich zu groß. Da musste sich entweder der große Klaus unter gemischt haben, was noch nie passiert war, oder dessen Schwester, was ausgeschlossen war, oder aber, wer kam da eigentlich von den Großen noch in Frage? Jürgen, der Bruder vom Klaus? Unsinn. Blieb eigentlich nur der Fridolin aus dem Haus 41, der mit der Astrid gesehen worden war. Der und Bannemann? Auch unmöglich. Und da richtete sich der Kerl auch noch viel zu weit auf, trat vier, fünf Schritte auf Paul zu, die Suse konnte doch gar nicht anders, als den zu sehen. Paul duckte sich tiefer und suchte mit Augen in der Dunkelheit ein anderes Versteck, weg von diesem Tollpatsch, der noch näher gerückt war. Aber er kam nicht mehr dazu. Klaus war es, wieselflink in dem Moment, als Suse in Pauls Richtung gestarrt hatte, aus seinem Versteck vorgeprescht und ruckzuck waren die drei Hölzchen weggekickt. Vorbei. Wieder nichts. Paul richtete sich enttäuscht auf, er war so nahe wie noch nie am Ziel gewesen. Immer war Klaus der Schnellere, immer musste der gewinnen.

Man traf sich wieder im Schein der Straßenlaterne, deren Licht auch den Kernplatz des Spieles einigermaßen beleuchtet hatte. Nicht zu hell, nicht zu dunkel. Sieben waren sie gewesen, sieben standen nun beieinander und rekapitulierten, berichteten, wo sie sich versteckt hatten. Wobei sich durchaus Finten einschlichen; man würde sein gutes Versteck doch nicht einfach so preisgeben. Fürs nächste Mal.

„Wer war denn das hinter mir, vorhin?"

Paul sah fragend in die Runde. Niemand war es gewesen, wenigstens gab es keiner zu. Und eigentlich, von der Größe her, konnte es ja auch keiner gewesen sein.

„Hat da jemand mitgemacht, jemand von den Großen?"

Kopfschütteln. Keiner von den Großen spielte noch Bannemann.

„Warum fragst du eigentlich?"

Paul wusste nicht so recht, was sagen. Zuckte seine Schultern. Konnte doch nicht zugeben, dass er sehr wohl jemanden gesehen hatte, auch wenn jetzt alle wieder beisammen waren. Sonst würden die anderen ihn noch hänseln, denn schließlich war er fast der Jüngste. Der konnte sich keine Blöße leisten.

„Hab mich halt getäuscht."

In der Nacht warf starker Wind die Straßenlampe hoch über der Marienstraße hin und her. Ihr Widerschein bewegte sich im Gleichtakt auf den blank gebohnerten Parkettbrettern des Kinderzimmers. Normalerweise sorgte er solange für Müdigkeit beim kleinen Paul, bis er in den Schlaf fand. In jener Nacht aber hielt er ihn wach. Gut, oft hatte er Einschlafschwierigkeiten. Denn oft waren seine Eltern am Abend außer Haus, folgten Einladungen hier und Einladungen dort, gingen gerne ins Kino und zu ausgedehnten Abendessen. Immer seltener war die Großmutter bereit oder imstande, auf die Enkel acht zu geben, gemeint eigentlich nur der Paul, denn die Schwester konnte gut mit dem Alleinsein umgehen, war ja auch drei Jahre älter. Und wenn Paul dann so im Gitterbettchen lag und wachte, da wuchs bei jedem Auto, das sich dem Haus 39 näherte, seine Hoffnung, es seien die Eltern, wenn es sich dann aber wieder entfernte, schwand sie im selben Maße. Und da war doch auch noch die Erinnerung an jene Gestalt beim Bannemann-Spiel. Natürlich hatte Paul es mit den übrigen Kindern gehalten, war fast schon selber überzeugt sich geirrt zu haben. Nun aber wandelte sich so ganz langsam sein Zweifel in so etwas wie Gewissheit. Jemand war hinter ihm gewesen. Hatte sich zielgerichtet auf ihn zu bewegt. Der Schwester konnte er sich nicht anvertrauen, die hätte sich Pauls Ängsten mit Wonne angenommen. Hätte wer weiß was hinzu erfunden. Und so blieb er mit sich allein. Erst, als die

Mutter nach Mitternacht einen kurzen Blick ins Kinderzimmer warf, Paul hatte seine Augen fest zugekniffen, als sie sich rasch hinter dem Vorhang zum Waschbecken zu schaffen machte, dann leise aus der Tür trat, sie verschloss, erst da fielen die Augen des Kleinen vor Erleichterung wirklich zu und er schlief ein.

Wie das bei so jungen Wesen ist, am nächsten Morgen war die Gestalt vergessen, der übliche Gang in die Stadt mit den Eltern hatte das Seine beigetragen, Paul langweilte sich, auch und gerade weil das Wetter einladend war, doch auch die Herbstferien der Schulpflichtigen waren Vergangenheit. Selbst der Friseur hatte seine Besuche inzwischen eingestellt, man ging nun zum Salon Kugler an der Kreuzung zur Paulinenstraße, wo man sich auch der immer noch ins Blonde gehenden Haarpracht Pauls annahm. Bis vor kurzem waren diese Haare lockig lang gelassen worden, nun aber schien es an der Zeit, dem Paul einen richtigen „Jungenschnitt" angedeihen zu lassen. Und dies sollte am Vormittag der Fall sein. In Begleitung der Mutter

betrat Paul den Salon, schwarzlederne Schwergewich-
te auf chromglänzenden Drehgestellen waren vor den
Spiegeln aufgereiht, überall auf dem Boden häuften
sich Haare der Kunden, und für den Paul stand ein
Extramöbel am Rande, aus dunklem Holz, von einer
Höhe, die es unvermeidlich machte, dass die Mutter
den Sohn in den Sitz hieven musste, bis dessen Beinchen im Leeren baumelten. Dann ging alles ganz
schnell. Die tief brummende Elektroschere machte
kurzen Prozess, Locken fielen an allen Seiten zu Boden, Haare, gerade die ganz kurzen, die so stachen,
fielen in den ungeschützten Nacken, in den Rücken;
noch ein paar Scherenschnitte hier und da, Wasser auf
den Kopf, schon zog der Kamm des Meisters den er-
betenen Scheitel links der Mitte, und fertig. Paul wartete nicht die Arme der Mutter ab, er rutschte flugs
aus dem Kinderstuhl und spürte beim Verlassen des
Salons die Frische des Windhauches, wie er sie noch
nie empfunden hatte. Doch der Scheitel war schon eine Sache, einen Scheitel besaßen eigentlich nur die
Größeren. Johnny hatte nicht die Andeutung eines
Scheitels gehabt, überall nur krause Locken. Der klei-

ne Rainer, kein Scheitel. Klaus ja, einen richtig guten. Und ein rascher Blick ins spiegelnde Schaufenster von Kuglers Salon bestätigte den Paul in seiner Ansicht, er dürfe sich jetzt endlich auch zu den Größeren rechnen. Mit seinen noch nicht einmal fünf Jahren. Am liebsten hätte er nun einen ausgiebigen Rundgang durch die Innenstadt gemacht, hätte beim Riccio bis zwanzig gezählt, an der neuen Verkehrsampel auf „Grün" gewartet, solche Sachen eben. Doch daraus wurde nichts, Paul war für den Vormittag von den Eltern verplant. Er sollte wieder einmal Schwimmunterricht erhalten. Es gab da dieses uralte Heslacher Hallenbad, ein gutes Stück hinter dem Marienplatz, eine dem Paul völlig unbekannte Gegend, und so stand er wenig später in seiner schlabberigen Badehose am Rande des Beckens. Der Schwimmlehrer, ein alerter blonder Mittdreißiger, balancierte die lange Bambusstange in der Hand, Paul hatte sich bereits seinen Schwimmgürtel mit den dicken Korkbriketts um die Hüfte schnüren lassen, sich die Füße vorschriftsmäßig unter der Sprühvorrichtung mit dem Pilzmittel benetzt, hielt die Schlinge, die ihn mit der Stange verband, ängstlich umklammert und sollte jetzt ins kalte Nass springen. Leichter gesagt als getan, denn der Chlorgestank, der Lärm, der von der großflächigen Verglasung widerhallte, die kreischenden Kinder, erzeugten in ihrer Summe höchst unangenehme Gefühle bei unserem Paul. Sicher, die Schwester konnte bereits schwimmen, doch wofür eigentlich? Paul war noch nie in die Verlegenheit gekommen, schwimmen zu müssen. Nicht während seines allerersten Urlaubs drunten am Bodensee, als die Familie 14 Tage auf einem Bauernhof in Bodman verbracht hatte. Da war das einzig Interessante dieses mächtige Motorradgespann des Sohnes gewesen. Nicht im Jahr darauf am Walchensee, wo das Wasser so kalt und klar war, dass selbst die Planscherei am Ufer keinen Spaß machte und wo der Vater von morgens bis abends mit der Angel zugange gewesen war. Einen Hecht hatte er gefangen, der bis zum Abend, als er dem Koch übergeben wurde, höchst lebendig in der Badewanne des Hotelzimmers gehältert worden war. Doch jetzt und hier half kein Zögern, kein Zagen, der Schwimmlehrer war unerbittlich. Paul zappelte an der Leine wie ein

Frosch, schluckte und spuckte Wasser, japste nach Luft, bis die Stunde, die Gott sei's gedankt nur eine halbe war, endlich, endlich vorüber ging. Auf dem Heimweg kündigte die Mutter an, so wäre das mindestens zehnmal. So lange würde der Unterricht nach Meinung des Schwimmlehrers dauern. Zehnmal. Zehnmal bibbern, zehnmal vom Chlorwasser schlucken, das Brennen in den Augen, und unzählige Male die vom Wasser schwere Hose hoch ziehen.

Der Fußpilz ließ dann auch nicht lange auf sich warten.

Bereits nach einer Woche begann das Jucken zwischen Pauls Zehen. Kratzen half nicht, der Arztbesuch wurde unausweichlich. Doktor von Fechthelm verschrieb die Tinktur, eine stinkende braune Flüssigkeit, dreimal täglich mit einem Pinsel auftragen, Baumwollsocken, stets frisch ausgekochte. Wenigstens konnte Paul in den Wochen darauf nicht ins Hallenbad gebracht werden, Ansteckungsgefahr! Ein Witz, hatte er sich die Erkrankung schließlich genau dort eingefangen, allen Vorsichtsmaßnahmen zum Trotz.

Irgendwann war er jedoch auskuriert, und der Schwimmlehrer ging mit neuem Elan ans Werk. Paul seinerseits fehlte jegliche Lust, doch die Stunden waren schon im voraus bezahlt, alles half nichts, geschwommen musste sein.

Seine allerletzte Schwimmstunde aber fiel sprichwörtlich ins Wasser. An einem schönen warmen Sonntagnachmittag, wohl dem letzten in diesem Jahr, war der Spaziergang auf die Karlshöhe zu absolvieren. Immer gut bewegen, Paul, immer an die frische Luft. Paul fand diese immer gleichen Pflichtrunden nurmehr anödend. Doch es zeigten sich Bucheckern im Laub auf den Wegen, und unser Kleiner stöberte, fand. Ein mühseliges Ding, doch sie schmeckten ganz leise nussig, wenn man die Dreikantschalen geknackt hatte, was zwar besser mit Fingernägeln ging, doch beim Paul waren die irgendwie immer zu kurz geschnitten oder abgeknabbert, gleichwie, er behalf sich mit seinen Zähnen. Und dann geschah es. Das Laub noch feucht von der Nacht, Paul unachtsam, stolperte, rutschte aus, wollte sich abstützen, griff ins Laub und stieß einen Schmerzensschrei aus. Dickes Blut quoll aus der tiefen Schnittwunde zwischen Daumen und Zeigefinger der linken Hand. Ebenso dicke Tränen quollen übers Gesicht, entsetzt die Mutter, verärgert der Vater, dessen Taschentuch notdürftig verhinderte, dass Pauls Blut weiterhin rann. Der eilige Heimweg führte, man ahnt es bereits, direkt an die Tür des Doktor Felix von Fechthelm, der zum Glück neben seiner Praxis wohnte. Vielleicht war auch die Praxis zugleich seine Wohnung. Drei Stiche, Paul nahm's über der stark schmerzenden Wunde kaum wahr, und dann, unausweichlich, die Tetanusspritze, deren Kanüle ihm so groß vorkam wie das Gummipumpenklistier, das ihm vor Zeiten einmal verpasst worden war, mit Lauge von der Kernseife; half garantiert bei Verstopfung. Garantiert.

Immer noch benommen verbrachte der Knabe den Rest des Tages im Bett, warum auch immer, während er über den Wundstarrkrampf nachgrübelte, dessen Erwähnung durch den Arzt ihm keinerlei Erbauung gespendet hatte. Zu allem Verdruss gab es dann am Abend einen Teller mit Rindfleischsuppe, die Paul verachtete, deren zähe Flusen noch nach Tagen zwischen manchen Zähnen festhingen. Als es am Morgen darauf hieß, er dürfe selbstverständlich nicht zum Spielen auf die Straße, war sein einziger Trost, dass es kalt regnete und dass ihm somit an sich nichts Wichtiges entgehen sollte. Auf dem ausladenden Sofa des Wohnzimmers, in welchem auch der Esstisch untergebracht war, hatte er es sich folglich bequem gemacht und blätterte in den diversen Illustrierten, die stets auf dem Cocktailtischchen herum lagen, vom dicken Aschenbecher aus Rauchglas beschwert. Verschiedene Buchstaben kannte Paul inzwischen sehr wohl, doch zum klärenden Lesen reichte es noch nicht. Aber vom Namen her waren ihm die „Quick", der „Stern" oder die „Berliner Illustrierte" geläufig. Und im Innenteil gab es derart viele Bilder, Fotos, Illustrationen zu sehen, Paul hatte sich derletzt ein klein wenig verguckt in die Schauspielerin Lollobrigida, deren Abbild in ihren ungemein anziehenden Posen die Blätter zierte. Verguckt überdies, und zwar ein wenig mehr noch, in eine gewisse Prinzessin mit Namen Elizabeth, die er ebenfalls als höchst attraktiv empfand. Allerhöchst attraktiv. Obgleich deren Posen gar keine waren, sie schien allemal nur schüchtern zu lächeln. Pauls wohlige Empfindungen wurden gestört durch das Läuten der Eingangsglocke. Nun durfte der Junge laut elterlichem Edikt niemals die Tür öffnen, wenn sonst niemand in der Wohnung war. Doch vergebens, ganz automatisch eilte Paul an die verglaste Eingangstür im Flur und, ja, machte sie ein ganz klein wenig auf, einen Schlitz weit nur. Aber auf war sie eben. Der Postbote, es war nicht der, den Paul schon gut kannte, hatte ein Paket abzugeben, ob seine Eltern zu Hause seien. Ohne nachzudenken, log Paul: Doch, die seien da, gleich hinten im Büro, wobei er auf die dortige angelehnte Tür deutete. Der Postbeamte lud ab und zog von dannen. Eine weitere Lüge, es kam schon nicht mehr darauf an, hielt er schon für die später noch heimkehrenden Eltern parat: Das Hausmädchen des Vermieters sei es wohl gewesen, das sich des Postgutes angenommen habe. Und so stand ein schwerer, dick in braunes Papier gewickelter Karton auf dem Fußboden der Diele. Zu schwer für Paul, ihn ins Wohnzimmer zu verfrachten, und ihn zu öffnen wagte er nicht, obgleich der Inhalt ihn nur zu sehr interessierte. Die übergroßen Briefmarken, sie zeigten Antilopen und Löwen in bunten Farben, musste Paul unbedingt vor dem Zugriff der Schwester retten, die zwar keine Sammlerin war, doch wer wusste schon, was sie damit anfangen würde.

Zum Glück kamen die Eltern, bevor die Schule vorüber war, und bald ruhte der Ausschnitt des Packpapiers mit den Marken im lauwarmen Wasser, damit die sich ablösen ließen.

Die Familie erfreute sich einer so genannten Patentante, welche in Südafrika lebte. Und die sandte seit Kriegsende einmal im Jahr ein schweres Paket mit guten Gaben an Pauls Eltern nach Deutschland, ging vermutlich davon aus, dass es denen immer noch schrecklich schlecht gehe und dass sie mit Lebensmitteln aushelfen müsse. Und da ihr bislang niemand widersprochen hatte, breiteten sich alsbald auf dem Esstisch vor Pauls Augen aus: Tafeln mit Blockschokolade, nicht sehr beliebt, aber zum Backen gut genug, Büchsen mit Corned Beef vom Springbock, noch nie dabei gewesen, Kokosraspeln, tütenweise, für das Weihnachtsgebäck, getrocknete Feigen pfundweise, auf den ersten Blick gar nicht als solche zu erkennen, weil allesamt bunt eingefärbt, blau, rot, grün, die ganze Palette, immerhin aber essbar. Und dann noch Dörrfleisch vom Springbock, zäh, ledrig, schmeckte auch nicht viel anders, wenigstens nach Pauls Ansicht, der rasch das Kauen auf den trockenen Fleischstreifen aufgab, Springbock hin, Springbock her. Überhaupt, in diesem Südafrika schien es kaum etwas anderes zu geben, als Springböcke. Löwen wahrscheinlich nur auf Briefmarken.

Und dann sollte er auch noch Dankbarkeit mimen, das blumige Antwortschreiben der Eltern mit ebensolchen verzieren. Nun gut, wenigstens die Feigen, deretwegen ließ sich das vertreten. Und der Briefmarken wegen.

Springbock an sich, wenigstens dessen Fleisch, bedeutete in der rückwärtigen Beletage des Hauses 39 durchaus keine Sensation. Es gab drüben in der Reinsburgstraße ganz andere, exotischere Dinge für den gedeckten Tisch. Paul hatte vor sich auf dem Teller bereits geschmorten Biberschwanz gehabt, knorpelig, ziemlich fett, doch von kräftigem Geschmack;

Kängururagout, ein wenig zäh, was wohl an der zu kurzen Garzeit gelegen hatte; Tauben aus dem Backofen, Paul tat sich schwer damit, Tauben gehörten zum Straßenbild oder in Märchenerzählungen, aber doch nicht auf den Tisch; die gehäutete, gegarte Bärentatze hatte ihn anfangs schaudern gemacht, er hatte dann aber doch ein wenig davon gegessen. Aal, nicht aus der Reinsburgstraße mit ihren ganz besonderen Angeboten, hatten wir bereits beobachten können; den besagten mächtigen Hecht, der aus dem Walchensee. Das Kaninchen, welches eines Tages die Mutter ergattert hatte, stieß jedoch auf Vorbehalte seitens des Vaters. Er ließ sich nicht vom Verdacht abbringen, dass es sich dabei in Wirklichkeit um eine der zahllosen umherstreunenden Katzen handle; der seines eventuell verräterischen Fellkleides beraubte Braten wanderte zurück zum Verkäufer, dafür gab es dann Spinat mit Spiegeleiern.

Vom Schwimmunterricht, der eigentlich auf dem Programm gestanden hatte, war nicht die Rede. Vielleicht war der wegen jener bösen Verletzung so oder so ausgefallen.

Paul war ihretwegen angehalten worden, nicht aus der Wohnung zu gehen und der Verweis auf drohenden Wundstarrkrampf bei Zuwiderhandlung hatte ihn nachhaltig beeindruckt. Bereits am Tag darauf langweilte er sich prächtig mit den Steinen des Anker-Baukastens. Die Briefmarken, sorgsam vom Karton gelöst und über Nacht auf Zeitungspapier getrocknet, waren in das schmale Einsteckalbum gewandert, worin sich bereits eine ansehnliche Sammlung abgestempelter Postwertzeichen aus der jungen Bundesrepublik befand. Keine Besonderheiten. Es ging Paul in erster Linie um den farbigen Eindruck, aber auch die Größe spielte durchaus eine Rolle. Sein besonderes Interesse fanden indes die allerliebsten, kleinen Notopfermarken, blau, zu zwei Pfennigen, einige von ihnen waren dem Stempelhammer entgangen, bestimmt ziemlich wertvoll also. Die blass gefärbten Anker-Steine waren alsbald wieder in die hölzerne Schachtel eingeordnet, Paul langweilte sich nun wirklich, daher beschloss er, einen Blick aus der Wohnung nach drunten zu werfen, zu schauen, ob sich eines der Kinder, die noch nicht zur Schule gehen mussten (durften?), hochgelockt werden konnte. Vom Kinderzimmerfenster aus war niemand zu sehen. Blieb das Treppenhausfenster zum Hof hin. Wieder niemand.

Als er die Eingangstür gerade zuziehen wollte, waren Schritte auf der Treppe zu hören. Neugierig geworden, verfolgte Paul die Hand auf dem Holzgeländer, wie sie sich Absatz für Absatz nach oben schob. Mochte nochmal der Postbeamte sein, denn die Daimoldkinder wären schneller, die Fickels ebenso. Der große Klaus nahm immer zwei Stufen, abwärts sogar drei, war es somit auch nicht.

Es erschien dann ein anderer Mann als am Vortag, offenbar ein Aushilfspostbote. Trug eine feste Decke zusammengerollt unterm Arm. Blieb direkt vor der Eingangstür stehen, hinter welche sich Paul zurückgezogen hatte, denn gegen das Verdikt der Eltern wollte er lieber nicht schon wieder verstoßen.

„Mach kurz auf, Kleiner, da habe ich was für deine Eltern, sind die da?"

„N-n-n-nein", stotterte unser Paul.

Es war schon vorgekommen, dass jemand, der von der Reinsburgstraße gekommen war, „etwas" an der Tür abgeliefert hatte. Doch bislang stets gegen Abend. Bei Dunkelheit.

„Nun mach doch, ich kann nicht ewig warten."

Paul musste unwillkürlich an sein Tretauto denken, dessen diebischer Abtransport von der Frau Roller nichts ahnend beobachtet worden war, das war auch in eine Decke eingewickelt gewesen. Aber was wollte der Mann da draußen abliefern, denn in der Decke konnte eigentlich nichts eingewickelt sein, flach wie sie unterm Arm des Mannes klemmte.

Die Tür war keineswegs sonderlich stabil, sie bewegte sich in ihren Angeln ein, zwei Zentimeter nach innen, als der Mann versuchte, sie aufzudrücken. Paul trat einen Schritt zurück, das ging dann gar nicht! Dem würde er ganz bestimmt die Tür nicht aufmachen.

„Du, ich werde jetzt verdammt böse, mach auf!"

Paul schaute sich, es machte ihm nun doch ziemliche Angst, im Flur um. Niemand schien sich auf der gesamten Etage aufzuhalten. Oder? Und da tauchte das eng an die kaum durchsichtige Glasscheibe gepresste Auge des Mannes vor der Tür auf, weit geöffnet beim Versuch, hindurch sehen zu können. Was dem Paul endgültig zu viel wurde, denn er wandte sich ab, rief aufs Geratewohl nach der alten Haushälterin, der Frau Ersing, die doch sonst immer irgendwo im Haus zugange war. Nun, auf die wollte der Kerl im Treppenhaus anscheinend nicht warten, denn seine verschwimmende Silhouette war genau das, was Paul sehen wollte. Er lauschte noch eine Weile, dann schlug die Haustür unten zu, was dem Paul reichte, nachzuschauen, was der Mann denn nun für die Eltern mitgebracht hatte, was er anscheinend am Ende vor der Tür abgelegt hatte. Doch da war nichts, nicht die Decke, schon gar nichts in die Decke eingewickelt. Und dafür solch einen Krach zu machen, das schien dem Kleinen vollkommen unverständlich. Na gut, der sollte dann eben ein andermal vorbeikommen. Hätte der sich nicht so aufgeführt und hätte zu guter Letzt sogar an der Tür gerüttelt, Paul hätte ihm doch ohne Weiteres sagen können, um welche Zeit seine Eltern für gewöhnlich zu Hause waren.

XXIII. Kastanien und Affen

Am Nachmittag wuchs die Langeweile. Paul fühlte sich eingesperrt. Drüben, im Büro, seine Eltern beim Arbeiten, das Rattern des Fernschreibers. Draußen die Sonne, ein idealer Tag, um Kastanien zu sammeln. Hartnäckiges Betteln und das heilige Versprechen, die Hand mit dem Verband bestimmt nicht zu benützen, hatten die Mutter letztlich nachgiebig gemacht. Mit seinem Pilzkörblein brach daher unser Kleiner in Richtung der Silberburganlagen auf, wobei er sich vorab noch umgeschaut hatte, ob er keinen Gleichgesinnten zur Begleitung entdecken konnte. Wenig später begann die Suche, das Auflesen der noch umher liegenden Kastanienfrüchte. Es ging die Kunde, dass man in der Wilhelma, dem berühmten zoologischen Garten der Stadt, für das Abliefern von Kastanien Geld oder gar einen richtigen lebenden Affen bekam. Und da Paul nach wie vor kein Taschengeld erhielt, erst mit der Einschulung sollte es soweit sein, so fern in der Zukunft, wollte er zumindest auf diesem Weg endlich für eigene Einkünfte sorgen. Andere aus der

Marienstraße, allen voran der kleine Klaus, der heftig und sehnsüchtig auf den Affen spekulierte, waren bereits fleißig gewesen. In der Waschküche des Hauses 37 hatte der nämlich einen mächtig großen Karton nahezu randvoll mit den glänzenden Früchten befüllt. Gutes Geld würde er dafür bekommen, bald würde es wohl auch für den sagenumwobenen Affen reichen, nur der Transport der Kastanien wäre noch zu klären. Und die Unterbringung eines Affen im Haus 37. Kein Problem aber, denn die Eltern von Klaus besaßen ein Auto. Und der sammelte immer weiter. Wenn Paul sich anstrengen würde, sollte doch auch einiges zusammen kommen. Die Stacheln der Kastanien, die beim Herabfallen sich nicht aus der Schale gelöst hatten, waren hinderlich, besonders, wenn man nur mit einer Hand arbeiten durfte. Das Pieksen erinnerte unseren Paul an die Maikäferaktion im Frühjahr. Damals war es wie ein Lauffeuer herumgegangen, alle waren informiert: Ebenfalls in der Wilhelma Bares gegen Käfer! Leider brachte die emsige Suche unter den einschlägigen Bäumen der Umgebung, allen voran dieselben Kastanienbäume, unter denen Paul sich nun bückte, in jenem Jahr nur geringe Ausbeute. Jedenfalls hatte keines der Kinder in der Marienstraße soviel an Krabbeltieren zusammengebracht, dass sich der Weg in den Zoo gelohnt hätte. Und so waren die Käfer eben in den Schuhschachteln gehegt, mittels Kastanienlaub gefüttert worden, bis sie sich aus ihrem dunklen Dasein verabschiedet hatten. Paul konnte die mit kleinen Häkchen ausgestatteten schwarzen, kratzigen Beine immer noch auf der Haut spüren.

Ganz versunken war er in die Sammelei. In den Silberburganlagen war niemand außer ihm unterwegs. Dachte er. Bemerkte folglich den Mann im dunklen Mantel überhaupt nicht, der ihn mit aufmerksamem Blick verfolgte. Das Laub der unteren Bäume gab längst nichts mehr her, genauso wie das der Kastanien drunten um das Furtbachkrankenhaus und das Karls-Gymnasium, längst sauber abgeerntet von all den Kindern der Gegend. Paul war gezwungen, weiter den Hang droben in Richtung der Karlshöhe abzusuchen. An Werktagen verirrte sich kaum mal jemand dort hoch, abgesehen von den Hundehaltern bei ihren morgendlichen oder abendlichen Gängen. Der aufmerksame Blick wanderte mit. Der Abstand wurde geringer. Gute Deckung war hinter all den mächtigen Bäumen garantiert.

Paul, Paul, gib acht!

Es waren nur noch zehn Schritte, die den Mann vom nichts ahnenden Knaben trennten. Schon trat er hinter der Blutbuche - ausgerechnet! - hervor, sah sich kurz noch einmal in der Anlage um, niemand unterwegs, bestens...

Paul erkannte den Signalpfiff auf Anhieb. Er erhob seinen Blick weg vom braunen, gelben, teils noch grünen Laub am Boden, richtete sich auf, der Kleine, und sah in der Richtung, aus welcher der Pfiff gekommen war, ganz unten, fast noch an der Straße, mit großen Schritten herbei eilen - den fleißigsten Kastaniensammler der ganzen Umgebung, bewaffnet mit seinem Weidenkorb, wohl in Sorge, um weitere, womöglich entscheidende Beute gebracht zu werden. Er hatte keinem erzählt, dass in dem gewaltigen Karton daheim in der Waschküche mangels Luftaustausches seine ganzen Kastanien, Frucht tagelangen Suchens, von unten her zu schimmeln begonnen hatten. Entsetzliche Tatsache, Ansporn zugleich, sich aufs Neue an die Arbeit zu machen.

Doch ach! Angesichts der fortgeschrittenen Jahreszeit und der Konkurrenz vor Ort ein nahezu aussichtsloses Unterfangen. Aber versuchen musste er es. Pauls Schwester hatte ihm auf der Straße gesagt, dass der Bruder sich aufgemacht hatte, in den Silberburganlagen zu suchen. Und da musste Klaus eben auch hin, wenn es dort ja vielleicht doch noch - nun denn, wir müssen ihm dankbar sein, denn der Unbekannte in seinem schweren Mantel zog sich diskret zurück, in Richtung Karlshöhe oder Reinsburgstraße, man weiß es nicht.

Bis zum Einbruch der Dämmerung war Pauls Korb allenfalls zu einem Drittel, jener des Freundes kaum mehr, mit Kastanien gefüllt, nicht der Rede wert, vorüber die Saison.

Was würde es da zu Weihnachten an Bastelgeschenken für die Lieben geben, Kastanienmännchen, Kastanienketten, Schnitzereien, oder nur so, blank polierte, wunderschöne Exemplare, viel zu schade, sie an die wilden Tiere in der Wilhelma zu verfüttern. Und

Pauls Verband, man mag's kaum glauben, war am Abend immer noch ziemlich sauber. Ziemlich.

Es war ungerecht. Einfach nicht gerecht. Gewiss, sie war knapp drei Jahre vor ihrem Bruder zur Welt gekommen, der Storch hatte sie gebracht, wenn man diesem und jenem Bilderbuch trauen mochte, und der Paul mit seinen ja bald fünf Jahren plagte sich nicht mit Grübeleien darüber, ob das den Tatsachen entsprach oder vielleicht auch nicht.

Im Kreise der Älteren (und die meisten in der Marienstraße waren nun mal älter) enthielt er sich weise bei allfälligen Diskussionen zu diesem Thema, hörte zu, dachte sich sein Teil. Da gingen die tollsten Gerüchte um, nur von Störchen war nie die Rede. Am besten hatten es diejenigen, deren Geschwister nach ihnen selbst geboren worden waren, sie hatten mitbekommen, wie der Leibesumfang ihrer Mütter ganz erstaunlich mit den Monaten gewachsen war, sich dann aber, kaum lag das Geschwister im Säuglingsbettchen, schlagartig zurück verdünnt hatte. Für all die stand ohne jeden Zweifel fest, dass Kinder im Bauch der

Mütter wuchsen, so lange, bis der Bauch zu klein wurde und dem Kind nichts anderes übrig blieb, als auszuschlüpfen. Nur, große Frage, auf welchem Wege das vonstatten gehen sollte, darüber stritten sich die Experten. Bei den regelmäßigen Doktorspielen auf der Bühne des Hauses 39 wurden gewisse Andeutungen aus elterlichem Munde durchaus auf Plausibilität überprüft, auch Paul hatte zuschauen können. Doch eben dieser Augenschein konnte den Kleinen nicht eigentlich überzeugen, es schien ausgeschlossen, dass solch ein Baby auf irgendeinem Weg etwa da oder ganz besonders dort ans Tageslicht schlüpfte.

Pauls Eltern behandelten sämtliche detaillierteren Auskunftsersuche des Sohnes mehr als nur zurückhaltend, so etwas wäre nichts für ihn, dazu sei er zu klein, basta.

Die Schwester hingegen schien deutlich mehr darüber zu wissen, und dies war die Ungerechtigkeit, die ihm zu schaffen machte. Es mochte ja angehen, dass sie ihr behauptetes Wissen nicht über die Eltern abbekommen hatte, doch das war auch kein Trost, denn sie erinnerte den Bruder mit jener Selbstzufriedenheit der

Wissenden und Habenden regelmäßig an ihren bedeutsamen Vorsprung, den ihr eine der „altklugen" Spielgefährtinnen hatte zukommen lassen, während man die Puppenwagen samt ihrem quäkenden und bei entsprechender Behandlung mit den Lidern wippenden Inhalt die Marienstraße auf- und abschob. Missmutig warf Paul also das Bilderbuch mit den Störchen zum Haufen auf der Kindereckbank, stöberte widerstrebend im Puppenfundus der Schwester, der Negerjunge aus Bakelit und das Äffchen Joko von Steiff wanderten zu Boden, draußen hatte es geregnet und es war wieder einer der endlosen Vormittage, an denen es einfach nichts zu tun gab. Aus dem Bürozimmer hatten ihn die Eltern fortgeschickt, die Mutter saß am Fernschreiber und tippte ein, was der Vater ihr aus dem Stegreif diktierte. Am Vorabend hatte er einen dicken Papierstapel aus dem Landtag nach Hause gebracht und war bis spät darüber gesessen. Nun wurde das Resultat seiner Brütereien auf die endlosen Papierstreifen umgeformt, die anschließend in den Fernschreiber eingelegt und den Zeitungen zugespielt wurden; wie genau das alles funktionierte erschloss sich dem Paul keineswegs, Tatsache aber war, dass die Diktate in den Zeitungsausgaben des folgenden Tages erschienen. Wichtig schien das alles zu sein, also Paul, sei still und geh in dein Zimmer.

Mittagessen. Und es hatte zu regnen aufgehört. Startzeichen für Paul, denn eines hatte er der Schwester voraus: Keine Ahnung hatte die von den Besuchen des Bruders im Untergrund. Und das verschaffte ihm tiefste Befriedigung, auch wenn er damit leider nicht herausrücken durfte.

Er war allein durch das Fenster ohne Glas gerutscht, die Älteren saßen über ihren Schulaufgaben und würden erst bei Einbruch der Dunkelheit auftauchen, was für Paul natürlich zu spät wäre, er brauchte das Licht. Und es gab Arbeit da unten. Seit Tagen war er nicht mehr dort gewesen, seit dem Kurzbesuch mit den Uniformierten aus dem Headquarter und dem Versuch, sich an das Gesicht des Mannes zu erinnern, der für kurze Zeit hinten in der Ecke gelegen hatte. Und während Paul mittels eines Stöckchens am Rande des nach und nach abgerutschten Drecks stocherte, fiel ihm plötzlich der Metallkasten wieder ein. Der, den er beiseite geschoben hatte, als es eilig gewesen war.

Er nahm die Hände zu Hilfe. Da jedoch immer, wenn er ordentlich etwas zur Seite geschoben hatte, noch mehr von oben nach rutschte, änderte er seine Taktik. Paul stocherte einfach mit dem Stöckchen im losen Material, vor allem in einem ganz bestimmten Bereich, dort, wo er meinte, den Kasten hingeschoben zu haben. Ein leichtes Ziehen im Bäuchlein, wohl vor Aufregung, machte sich bemerkbar.

Als er auf festen Widerstand stieß, als es dumpf und metallisch klang, steckte er seine schmale Hand, jüngst wieder vom Verband befreit, in den Dreck und zog achtsam das Ding hervor. Worauf schon wieder einiges von oben nachrutschte. Egal, es galt, den Fund zu bergen. Über die Rutsche nach draußen, nein, lieber nicht, man könnte ihn beobachten. Zum Hinterausgang, ans Licht. Vorbei an der Öffnung im Boden, die wohl vom Suchtrupp ein Stück weit vergrößert worden war, denn Paul war gezwungen, sich an der Wand entlang zu bewegen um nicht in Gefahr zu geraten, hinunter zu stürzen, denn dann wäre er dort unten hilflos gefangen. Oder Schlimmeres.

Bei Licht, gleich an der verfallenen Rückwand, hinter dem schrägen Türsturz, gut verborgen vor jedermann, konnte unser Paul sich in aller Ruhe niederlassen und den Fund inspizieren. Leider ohne Erfolg, denn die dunkelgrüne Metallkiste, in etwa so groß wie Pauls Reisekoffer mit dem Krokodillederimitat, allerdings deutlich schwerer, was zumindest bedeutete, dass sie nicht leer war, ließ sich nicht öffnen. Zwar konnte er die Rädchen, drei an der Zahl, die neben dem Verschluss angebracht waren, bewegen. Doch das Schloss blieb versperrt. Und der Deckel der Kiste war so bündig angebracht, dass selbst mit einem Schraubenzieher keine Chance bestand, ihn aufzubiegen. Und den hatte Paul so oder so nicht bei sich, wer konnte denn auch ahnen, dass Werkzeug angesagt war.

Was tun?

Schütteln brachte nichts Erhellendes über den Inhalt, es klapperte nichts, es bewegte sich auch nichts. Sehr enttäuschend. Paul richtete sich auf. Liegen lassen kam keinesfalls in Frage. Nur, wohin mit dem Fund?

Hoch in sein Zimmer schied aus. Wieder zurück bringen ebenfalls. Ein Versteck irgendwo auf dem unübersichtlichen Trümmergrundstück wäre zu riskant, denn da trieben sich immer wieder einige der Anderen umher, so wie auch Paul an manchen Tagen. Höchstens, höchstens, ganz genau, unter den Baumaterialien vom kleinen Klaus, dem Grundstock für das Lägerle.

Und so kam es, dass Pauls Schatzkiste alsbald unter diversen Brettern an der Mauer zum Nachbargrundstück, nahe am Dirlitzenbaum, zwischengelagert wurde. Bis ein Weg gefunden war, an den Inhalt zu kommen, auch wenn gar nicht gut klang, was Paul beim Schütteln und Rütteln eben nicht vernommen hatte. Geld nicht, keine Messer oder Gabeln, Schmuckstücke leider auch nicht. Aber geöffnet musste sie sein, die Kiste, schon aus Prinzip.

XXIV. Ein Trapez mit Griffstange

Unser Paul kam an diesem Tag nicht mehr dazu, sich um die Kiste zu kümmern, denn es hatte erneut zu regnen begonnen und wie sollte er sich auch mutterseelenallein draußen herumtreiben. Er konnte doch nicht hoch zum Freund gehen, um dem zu sagen, er möge ihn in den Garten begleiten, dort sei eine Kiste versteckt, und er wollte schauen, was sich darin befand.

Am folgenden Tag dann kamen andere Dinge dazwischen. Paul verspürte dasselbe Ziehen im kleinen Bauch, wie es schon an den Tagen zuvor aufgetreten war, nur dass dieses Ziehen sich in veritablen Schmerz verwandelt hatte. Wie er da am Nachmittag so auf der Couch im Wohnzimmer in den Kissen lag, zu nichts Lust hatte und ein ums andere Mal seine Beine anzog, weil ihm das ein wenig Erleichterung verschaffte, wurde seine Mutter nun doch skeptisch. Und weil die Augen des Kleinen verräterisch zu glänzen begonnen hatten, war der fühlende Griff an dessen Stirn unausweichlich, obwohl Paul sich diesem zu entziehen versuchte. Wusste er doch aus Erfahrung, dass in der Regel das Fühlen an seiner Stirn nichts Gutes verhieß. Und so war es auch dieses Mal. Es folgte die Feststellung, dass er „Temperatur" habe, es folgte die Anweisung, ins Bett zu gehen, und die Gegenprobe in Form des verhassten Thermometers bestätigte die Diagnose denn auch.

Da Paul weder hustete, noch Schnupfen hatte, die Mandeln waren auch erst vor einigen Monaten erfolgreich entfernt worden, der Paul auch keine verdächtigen roten Flecken auf der Haut vorwies oder sonstige Anzeichen auf die üblichen Kinderkrankheiten zu erkennen waren, wurde an jenem Nachmittag nichts weiter unternommen. Man wartete ab, was der Knabe dieses Mal ausbrüten würde.

Paul hingegen registrierte von Stunde zu Stunde heftigere Schmerzen im Bauch und gegen Morgen des folgenden Tages musste der Arme weinen, glühte förmlich und war leidlich apathisch. Flugs erschien der Doktor Fischer mit der ledernen Arzttasche, schaute sich den Knaben an, tastete mit sanfter Hand an einer bestimmten Stelle seines Bäuchleins, Paul

stöhnte vor Schmerzen auf, und schon lautete die ern-
ste Anweisung der sonoren Stimme, Paul müsse un-
verzüglich den Weg ins Krankenhaus antreten, Verdacht auf Blinddarmentzündung. Dem war in seinem
Zustand alles egal. Nur schemenhaft bekam er bald
darauf mit, dass ihm von der Krankenschwester im
Olgäle eine nicht unbeträchtliche Menge Blutes ent-
nommen wurde, dass er im Warteraum bleiben müsse, bis seine Leukozyten gezählt wären, es tat doch so
weh! Dass er irgendwann auf das Rollbett verfrachtet
wurde, seiner Kleider entledigt unter dem grellen
Licht der Scheinwerfer im OP-Saal in Stellung gebracht wurde, seine Beine vermochte er nicht mehr
gerade zu halten, der Schmerzen wegen, das Anästhe-
tikum endlich verabreicht bekam, ob zählen oder
nicht, alles geschah im Dämmerzustand.

Beim Erwachen hatte unser Kleiner nicht die geringste
Ahnung wo er sich befand und wie ihm geschehen
war. Immerhin, seine Beinchen konnte er ausstrecken
ohne zusammenzucken zu müssen. Allerdings konnte
er sie dann nicht wieder an sich heranziehen, denn
nun tat genau das fürchterlich weh. So wie auch jede

andere Bewegung, bei der sein Bauch einbezogen wurde.

Immerhin registrierte er, dass er sich in einem Zweibettzimmer befand, im Krankenhaus also, der Geruch nach Kampfer hatte sich bei seinem letzten Aufenthalt eingeprägt. Ab und an tauchte eine Schwester bei ihm auf, um nach seinem Befinden zu fragen, dann schlief er wieder ein, erwachte in der Dunkelheit, musste ein wenig weinen, erwachte bei Helligkeit, die Mutter stand am Bett, sogar seine Schwester, die ihn neugierig musterte und die Operationsnarbe betrachten wollte, die unter einem üppigen Pflaster verborgen war. Die gläserne Bettflasche, welche seinen Aufenthalt seit dem Erwachen aus der Narkose begleitete, verbarg der Paul sorgsam unter seiner Decke. Er war sicher, dass seine Schwester ihn für alle Zeiten damit aufgezogen und vor allen Kindern der Marienstraße blamiert würde haben. Später wurde sein Bett in ein ordentliches Krankenzimmer verlegt. Da war er dann in Gesellschaft eines einzigen weiteren Patienten, eines älteren Mannes, wenigstens aus Pauls Sicht älteren. Die übrigen drei Betten waren unbelegt, offenbar war es keine gute Zeit für das Krankenhaus.

Als Paul sich zwei oder drei Tage darauf erstmals und mit Hilfe einer Vorrichtung in der Art eines am Fußende befestigten Trapezes mit hölzerner Griffstange für kurze Zeit aufrichten durfte, er sollte endlich der Segnungen eines feuchten Waschlappens teilhaftig sein, wurde er nach dem vorsichtigen Entfernen eines mächtigen Pflasters auf seiner Operationswunde des Einschnittes in seinen Körper gewahr. Er erschien ihm wie ein breiter Mund mit aufgeworfenen Lippen, gut verschlossen durch die Nahtschnur, die ihm wie jene Angelschnur deuchte, welche der Vater für den Fang besonders großer Fische einzusetzen pflegte.

Nun vergingen die Tage im Grunde genommen ziemlich rasch. Er durfte erst Flüssiges, bald schon Festeres, nach einer Woche schon richtige Nahrung zu sich nehmen. Aber eben doch bleiche Krankenhauskost. Sein Zimmergenosse war ein guter Kerl, half Paul beim Aufrichten und beim Hinlegen. Entsorgte sogar die Bettflasche, wenn keine Schwester erreichbar war, brachte ihm, als er wieder normal im Bett sitzen konnte, Tricks zum Malen von akkuraten Kreisen, bunten Blüten und derlei mehr bei. Dafür benutzte er einen Bindfanden sowie gut angespitzte Buntstifte. Es entstanden Propellerbilder, Spiralen, Blumenblüten und andere sauber gezirkelte Dinge, die weiter auszumalen dem Paul überlassen wurden. Und als er nach acht Tagen entlassen wurde, nicht bevor der Doktor Fischer ihm die beruhigende Nachricht überbracht hatte, dass er nur sehr knapp einer durch vorangegangene Perforation des Blinddarmes verursachten Sepsis und damit dem allzu frühen Tode entronnen sei, „von der Schippe gesprungen", hatte der Vater mit unverkennbarer Erleichterung gescherzt, als Paul also endlich entlassen wurde, war der Winter ins Land gezogen.

Natürlich war in den Tagen darauf nicht daran zu denken, zu den Kindern in der Marienstraße hinunter zu gehen. Wenn schon nicht Bettruhe, so war doch vorsichtiger Umgang mit seinem Körperchen angesagt und folglich von der Doris, der Mutter und selbstverständlich der Schwester aufmerksamst überwacht. Immerhin erschienen nach und nach

Freunde im Kinderzimmer um nach seinem Zustand zu schauen. Seine eindringliche Schilderung der elenden Schmerzen, der stundenlangen und höchst komplizierten Operation, von der er, was er jedoch im spannend Unklaren ließ, so dies und das mitbekommen hatte, stieß auf reges Interesse, kameradschaftliche Anteilnahme. Und wenn er die immer noch eindrucksvolle Naht vorzeigte, dafür unten rechts knapp oberhalb der Leistenbeuge das Pflaster kurz lüftete, wenn er die Worte „Sepsis" und „Perforation" wie beiläufig erwähnte, dann war er sich der schaudernden Aufmerksamkeit seiner Besucher gewiss.

Nach einer Woche musste er wieder ins Olgäle, es stand das Ziehen der Verschlussfäden an. Nicht weiter schmerzhaft zwar, doch ein wenig eklig. Und die Narbe begann langsam zu jucken. Doch das zog sich noch wochenlang hin, wir wollen es nicht weiter verfolgen.

Über allem war die dunkelgrüne Metallkiste in Vergessenheit geraten. Beim Paul.

Nicht jedoch bei gewissen Personen, die ein ausgeprägtes Interesse an diesem Stück besaßen.

XXV. Sunlightweißes Lächeln

Lassen Sie uns an dieser Stelle erneut ein wenig ausholen.

Wir befinden uns - das wurde bereits mehrfach erwähnt - in der Zeitspanne von der Mitte des Jahres 1950 bis hinein ins Jahr 1951. Das Land hatte die unbeschreiblich schweren Jahre seit Kriegsende aufgearbeitet, eher widerwillig angeschoben durch den freigiebigen Dollarfluss. Vom Wirtschaftswunder sprach man noch nicht, Wunder ist landläufig auch ein zuvorderst im Himmlischen, Geistlichen angesiedelter Begriff, doch war nicht zu übersehen, dass sich allerorten so etwas wie Normalität breit machte. Normalität bestand in der seit der Währungsreform nicht mehr unmittelbaren Not, hatte doch der finanztechnische Eingriff auf ganz säkular wundersame Weise eine bis dahin lange Zeit nicht mehr gekannte Fülle von landwirtschaftlichen Produkten, fast schon vergessenen weiteren Dingen, wieder quasi über Nacht hervorgezaubert. Dann war die Produktion der Schwerindustrie in einem Maße vorangetrieben worden, dass nicht nur die drastischen Vorgaben der Reparationen erfüllt werden konnten, sondern darüber hinaus für den heimischen Markt reichlich produziert wurde. Wer es sich leisten konnte, und das waren von Jahr zu Jahr deutlich mehr, nutzte für den Weg zur Arbeitsstätte nicht mehr Schusters Rappen, nicht mehr den Drahtesel, immerhin noch reichlich die öffentlichen Verkehrsmittel, doch immer zahlreicher, hörbar und sichtbar, auch motorisierte Zweiräder, die das Land in jenen Jahren rasch zum weltweit größten Hersteller von Motorrädern aufsteigen ließen. Die NSU, die Horex, DKW, BMW, Adler, Dürrkopp und wie sie alle genannt wurden. Dank der Morgengabe von Abermillionen US-Dollars reichten die Gedanken und Träume in bescheidenem Maße auch in eine Zukunft mit sich wandelnder Lebensweise, befreit von den krassen Nöten des Krieges und der ersten Nachkriegsjahre hin zu einem noch bescheidenen Wohlstand mit höchst angenehmen Perspektiven.

Doch selbstverständlich unterlag die Kontrolle von Wirtschaft, Handel und Wandel nach wie vor der nach außen recht lockeren, in Wirklichkeit aber weiterhin rigiden Oberaufsicht der Besatzungsmächte. Im Osten, in der Sowjetisch Besetzten Zone, die brüderliche Umarmung mit sehr, sehr kräftigem Druck, im Westen die Umarmung des sunlightweißen Lächelns, das alsbald bis tief in die Gesellschaft hinein strahlte. Nur allzu begierig übertrafen sich die noch bis vor wenigen Jahren Gleichgeschalteten in der Absorption jener erschlagend erfolgreichen Lebensweise, übernahmen überraschend schnell die passende Denkungsart und ihre kulturelle Ausformung, stürzten sich mit Verve auf Coca-Cola, Chewing Gum, Jazz und, ja, auch Demokratie. Sehr zur Befriedigung ihrer im Grunde ihres Herzens immer noch skeptischen Handreicher.

Projiziert auf unsere Stadt am Neckar hieß dies, dass die Produktion in den größtenteils niedergebombten Montagewerken für Automobile, Elektrogeräte und Maschinen aller Art alsbald wieder auf die Zahlen ihrer besten Jahre hinsteuerte. So kamen doch auch die Mehrzahl der kriegsbedingt Flüchtigen und der aus anderen Gründen Zugewanderten zu Arbeit und Brot.

Und Unterkunft, wenn auch zuweilen, besser gesagt, guten Teils noch leidlich bescheiden bis gerade noch zumutbar.

Wie gesagt, es handelte sich um die Mehrzahl.

Was im Umkehrschluss heißt: Es gab da noch eine Minderzahl. Zeiten großer Not bedingen einem unleugbaren Naturgesetz zufolge ein höchst auskömmliches Dasein für einige wenige. Und diese Einsicht führt uns ganz konkret wieder in jene Reinsburgstraße, die wir nun schon mehrmals angesprochen haben.

Zwar waren die Jahre unmittelbarer Not und daraus folgend mittelbaren Wohlergehens für alle, die sich mit Schwarzmarktgeschäften befassten, langsam am ausklingen. Nun jedoch hatten sich „Spezialisten" eingefunden, die einen ganz besonderen Markt zu bedienen wussten. Man muss dazu wissen, dass während der Kriegshandlungen, während des Vordringens der Alliierten vom Ärmelkanal her bis in den Westen der Republik eine ungeheuer große Zahl an Feldlazaretten samt zugehörigem Personal, meist in Frontnähe, eingerichtet, verlegt, aufs Neue eingerichtet und wieder verlegt worden war. Trotz logistischer Probleme fanden im Großen und Ganzen dabei auch die überlebensnotwendigen Medikamente, allen voran das erst seit kurzer Zeit in großen Mengen produzierte Penicillin, ihren lebensrettenden Weg.

Gewiss, da war auch noch jenes seit den Dreißigern mit bemerkenswert tatkräftiger Unterstützung des Nazi-Regimes geradezu als Volksdroge verbreitete Amphetamin, welches unter dem Marktnamen „Pervitin", Panzerschokolade, Wachmacher und Hausfrauenhelferlein, vielmillionenfach bereitwillig konsumiert wurde. Oder aber speziell bei allen Heeresteilen routinemäßig an Offiziere und Soldaten ausgegeben wurde. Und das mit näher rückendem Kriegsende fast schlagartig vom „Markt" verschwunden war; ausgebombt waren die Herstellerfabriken.

In unserer Geschichte jedoch soll die Rede sein von riesigen Mengen an, eigentlich naheliegend, schmerzstillenden Mitteln, betäubenden Medikamenten, absolut unabdingbar an den Fronten und in den Lazaretten im Hinterland.

Morphium.

Seinerzeit bald hundert Jahre erkannt, analysiert, aus Opiumbasis extrahiert und teils in Tablettenform, teils als Injektionslösung in Gebrauch, segensreich zur Schmerzlinderung, im Notfall zur Betäubung. Und in aller Regel, während der Kriegshandlungen, rasch bei der Hand, auch von nicht klinisch Ausgebildeten einsetzbar. Und zwar beidseits der Fronten. Allerdings beschränkte sich der Einsatz des Medikamentes schon längst nicht mehr auf den ihm ursprünglich zugedachten Bereich. Bereits der Erste Weltkrieg hatte zahllose Opfer des nach einer gewissen Verabreichungsdauer in die Abhängigkeit führenden Opiates hervorgebracht. Und mit dem Ende jenes Krieges ging, man kann sich's vorstellen, bedauerlicherweise nicht auch das Ende der Abhängigkeiten einher. Es ist nachvollziehbar, dass in unsäglich vielen Fällen dieser tragische Zustand durch weitere Zufuhr aufrecht erhalten werden wollte.

Sucht.

Schiere körperliche Sucht. Auf deren Folgen müssen wir hier nicht eingehen, Berufenere haben sich damit auseinander gesetzt. Einzugehen ist jedoch auf die im

Grunde genau gleiche Entwicklung im Verlauf des Zweiten Weltkrieges. Morphium diesseits und jenseits der Fronten, Abhängigkeit, Sucht. Nur waren die Vorräte auf deutscher Seite aufgrund des bombenbedingten Produktionsausfalles in den Herstellerwerken bis in die letzten Kriegstage gegen Null gegangen, während die Chemiekonzerne jenseits des Atlantiks produzierten und produzierten. Was dazu führte, dass selbst in der Zeit, in welcher unsere Geschichte spielt, sich nennenswerte Vorräte des doch eigentlich inzwischen kaum mehr medizinisch indizierten Opiates in den Vorratslagern der Besatzungsmacht befanden. Wohingegen aus den angesprochenen Gründen auf Seiten der einheimischen Bevölkerung ein beachtenswert großer inoffizieller Bedarf registriert werden musste. Nur in Ausnahmefällen fanden sich behandelnde Ärzte bereit, entsprechende Rezepte auszustellen. All die anderen, doch wohl weit überwiegend unfreiwilligen Opfer ihrer Abhängigkeit waren getrieben, sich irgendwie und immer illegal in den Besitz von Morphium zu bringen. Und prächtig gedieh in dieser Grauzone eine ganz besondere Art wirtschaftlicher Beziehungen: der Schwarzmarkt. Auf der einen Seite, der habenden Seite, war der Bedarf rasch erkannt, Geldgier und Bestechlichkeit öffneten den Weg zu den wohlbehüteten Vorräten. Und weiter auf obskuren, verschlungenen Wegen andererseits in die Hände der Profiteure, die nicht nur, aber eben auch in der Stuttgarter Reinsburgstraße ihr Domizil aufgeschlagen hatten. Und, wie's der Zufall will, es war ja kein weiter Weg, waren zwei im Headquarter Mörikestraße Tätige in die dunklen Geschäfte des Handels mit Morphium direkt verwickelt. Ja, sie unterhielten ein ordentliches Depot in einem der unbeachteten Kellerräume der herrschaftlichen Villa. Und leider führte ein direkter Geheimpfad von droben in der Mörikestraße bis hinab unter das Trümmergrundstück des Hauses 35 in der Marienstraße: der alte Abwasserkanal, seit den Bombenabwürfen im oberen Bereich teilweise fast verschüttet, doch immer noch für Interessierte aus dem Headquarter begehbar, aufrecht begehbar sogar, wenngleich unter Mühen. Da der „Warenaustausch" naturgemäß nicht unter den Augen der Öffentlichkeit vorgenommen werden konnte, ent-

puppte sich das noch in Resten erhaltene Kellergeschoss des Hauses 35 als willkommener Platz für die
üblen Geschäfte zwischen Militärs und Schwarzhänd-
lern.

Was dies nun mit unserem kleinen Paul zu tun hat?
Paul hatte das Pech, zur falschen Zeit am falschen Ort
gewesen zu sein. Wie es mit ihm in der Zeit danach
weiter gegangen ist, lässt sich auf den bisherigen Seiten im Großen und Ganzen nachlesen. Allerdings haben wir seinen einstigen Begleiter beim ersten Abstieg
in die Unterwelt schon nach kurzer Zeit aus den Augen verloren. Das war der Johnny, „Dschaaaaaannie".
Der war doch wenige Tage nach dem Auffinden des
unbekannten Leichnams irgendwie, sagen wir mal so,
verschwunden. Einfach nicht mehr gesehen worden.
Und die Nachbarn hatten daraus geschlossen, dass
Johnny in ein Heim gebracht worden sei, seine Mutter
in solch eine Einrichtung für „gefallene Frauen", welche für die Gefallen, die sie in ihrer Not ihren Kunden
angedeihen ließen, so schäbig entlohnt wurden. Da
dies in jener Zeit, in jenen Tagen, durchaus vorkam,
sogar recht oft vorkam, und sich, wie gesagt, niemand

wirklich ernsthafte Gedanken um die junge Frau, die keinen ordentlichen Ehemann und das Kind, das doch keinen ordentlichen Vater hatte, zu machen veranlasst sah, war es dann erst der Hausverwalter, welcher die Mietrückstände bei Johnnys Mutter beizubringen versuchte. Zu diesem Behufe hatte er sich nach vielen Erkundigungen und Ämterbesuchen, auch vor den Kirchengemeindeverwaltungen war er aufgetreten, in besagtem Heim für gefallene Frauen eingefunden, das letztlich nur einen Steinwurf von der Marienstraße entfernt stand. Natürlich sah sich die junge Frau außerstande, die Mietrückstände aufzubringen. Als sich der Hausverwalter verdrossen auf den Heimweg machen wollte, rief sie ihm zwischen Tür und Angel nach, was denn eigentlich mit ihrem Johnny wäre. Der Verwalter seinerseits war davon ausgegangen, dass sich das Kind in der Obhut der Mutter, also gleichfalls in jenem Heim befände, was aber offenkundig nicht der Fall war. Und so kam es, dass die Geschichte des Johnny auf dem Tisch der Polizeiwache nahe der Tübinger Straße landete, genau gegenüber dem Höhensonnenstudio und dem Karls-Gymnasium. Erst jetzt wurden konkrete Erkundigungen bei den Anwohnern der Marienstraße eingeholt. So um die Weihnachtstage herum letzten Endes auch in der Beletage des Hauses 39, wo sich Pauls Familie, besser gesagt seine Mutter, in Vorbereitungen für das Christfest übte. Die hatte den Johnny kaum einmal zu Gesicht bekommen, kein Wunder, war der doch nur solch ein kleiner Junge, den man ohne weiteres übersah. Doch unser Paul, der hatte seinen früheren Spielkameraden noch wirklich gut in Erinnerung. Denn ein Erlebnis wie jenes im Kellergeschoss des Hauses 35, das vergisst sich doch nicht so rasch. Das Problem war leider, dass es dem Paul vollkommen unmöglich war, das Datum des Tages, an welchem dem Johnny sein Missgeschick unterlaufen war, an dem er sich drunten an der Wasserpumpe in der Tübingerstraße hatte notdürftig säubern müssen, auch nicht annähernd zu entlocken war. Erst als sich Paulens Mutter an die fiebrige Erkältung des Knaben zurück besann, ließ sich jenes letzte Auftauchen des kleinen Johnny ziemlich gut festmachen.

Sechs Monate, ein halbes Jahr, und das Kind war verschwunden.

Nachdem die Polizeibeamten wenig später ihre Pflicht erfüllt und den kläglichen Bericht abgefasst hatten, auch ein vierzeiliger Fahndungsaufruf in der Lokalpresse war erschienen, allerdings mangels jedweden Lichtbildes des nunmehr Vermissten von vornherein müßig, landete die magere Kladde irgendwo auf dem Stapel der ungeklärten Vorkommnisse. Johnnys Mutter war zwischen Angst und Trauer hin und her gerissen. Mit der Niederkunft des zweiten Kindes waren einfach zu viele Dinge über sie hereingebrochen. Kurz, sie war all dem einfach nicht gewachsen.

Nun war es natürlich nicht so, dass Johnny einfach so von der Bildfläche verschwunden war. Doch werden wir unser Augenmerk erst wieder gegen Ende der Geschichte dem kleinen Jungen noch einmal zuwenden.

XXVI. Schwarzmarkt

Die Reinsburgstraße, natürlich nicht nur sie, war in den ersten Nachkriegsjahren mit Regelmäßigkeit das Ziel von Razzien, sowohl der örtlichen Polizei, als auch der allgegenwärtigen Streifen der MP in ihren offenen Jeeps. Mit der Währungsreform, als über Nacht die öden Schaufenster von Bäckern, Metzgern, von Schuhverkäufern und Elektrohändlern, von Tabakstuben und Kolonialwarenhändlern wieder prall gefüllt waren, als die verdutzten Menschen in den Straßen nicht wussten, wie ihnen geschah, als all das, was für Geld und gute Worte kurz zuvor noch nirgendwo zu bekommen war, sich auf erstaunliche Weise materialisierte und für jedermann käuflich war, sofern er nur über das nötige Kleingeld verfügte, am Tage also nach jener Währungsreform brachen die Geschäfte der Schwarzmarkthändler auch in der Reinsburgstraße nahezu in sich zusammen. Aber eben nur nahezu.

Die Findigen verlagerten ihre Aktivitäten alsbald auf andere Objekte. Die einen begaben sich als Zuhälter in den Markt des Fleischlichen, die anderen taten Quellen auf, über die sie dies und das zu beschaffen wussten, was in ordentlichen Ladengeschäften nicht vor und auch nicht nach der Währungsreform angeboten wurde. Seien es Nazidevotionalien, seien es Devisen, seien es hochwertigere Rundfunkempfänger, erlesenste Alkoholika, pornographischer Schund, sei es dies und jenes darüber hinaus. Und das hieß nichts anderes, als dass der von optimistischen Prognostikern schon für überlebt erachtete Schwarzmarkt eben doch weiter existierte. So auch jener in der Reinsburgstraße. Und dass folglich, wenn auch deutlich seltener, am helllichten Tage und mehr noch in dunkler Nacht die Fahrzeuge von Polizei oder MP oder von beiden gleichzeitig die Reinsburgstraße abriegelten und die Ordnungsmächte taten, was sie in fast schon täglicher Routine tun mussten.

Dass jene Razzien ausgerechnet den Morphiumhandel nicht nachhaltig trafen, lag ausschließlich an den ganz besonderen Verhältnissen und den ganz besonderen Örtlichkeiten, über die jene widerlichen Geschäfte abgewickelt wurden.

Genau an diesem Punkt treffen wir uns wieder in der Marienstraße und dort im Untergeschoss des ehemaligen Hauses 35. Als nämlich wenige Monate zuvor das amerikanische Militär über das weitläufige Gelände ausgeschwärmt war und sich insbesondere der

Trümmergrundstücke angenommen hatte, war es durch nichts anderes als die Andeutungen unseres kleinen Paul auf die Spur eines seit Wochen schon vermissten Angehörigen der Militärverwaltung gebracht worden. Doch wie wir bereits wissen, wurde man nicht fündig, der Tote, der mutmaßlich Tote, ward nicht angetroffen. Lediglich die dunklen Einblutungen im lehmigen Grund sprachen insofern für Pauls Glaubwürdigkeit, als da drunten offenbar irgendetwas sich abgespielt hatte, was eigentlich sich nicht hätte abspielen sollen. Und dann war da noch diese Öffnung gewesen, ein schulterbreites Loch im Boden, ob Bombenschaden oder von Menschenhand gegraben, keiner vermochte es zu klären. Die Mitglieder der Suchmannschaft verzichteten darauf, einen Abstieg durch das Loch hinunter zu unternehmen, da die Einsturzgefahr nicht von der Hand zu weisen war. Folglich ließ man Öffnung Öffnung sein und zog sich praktisch unverrichteter Dinge zurück.

Gewiss, der kleine Klaus, der hätte ja mit offizieller Billigung sicherlich ein weiteres Mal die „Hölle" besucht, vielleicht auch jene nur 200 oder 250 Meter

Strecke des feuchten Kanals begangen, wäre vielleicht sogar zum Einschlupf der Dealer unterhalb der Mörikestraße vorgedrungen. Doch von dem Klaus wusste ja niemand, zumindest nach Pauls Erinnerung. Und das war vielleicht auch am besten so. Für den kleinen Klaus wenigstens.

Nun allerdings waren da ziemlich bedeutende materielle Interessen mit im Spiel, Interessen, welche gewisse Mitmenschen nicht ruhen ließen. Anders als den für die Untersuchung vermisster Angehöriger der amerikanischen Streitkräfte in der Stadt am Neckar eingerichteten Stab, der recht bald nach dem Erhalt einigermaßen vager Informationen verschiedene Grundstücke entlang der Marienstraße durchsucht hatte, waren diese Mitmenschen auf ihre Weise auf Suche gegangen. Und ebenfalls anders als die Stabsangehörigen, die am Ende ziemlich ratlos und eingedenk der nicht ungefährlichen Situation dort unter den Trümmern des zerbombten Hauses 35 sich von dem Kellerloch wieder zurückgezogen hatten, um mehr oder eher weniger engagiert weiter zu forschen, waren gewisse Mitmenschen keineswegs gewillt, diese ganze Angelegenheit auf sich beruhen zu lassen. Denn im Gegensatz zum Untersuchungsstab aus dem Headquarter, dem es nur um einen abhanden gekommenen Unteroffizier ging, einem jungen Mann von gerade 23 Jahren, der planmäßig seinen Militärdienst im Verlaufe des Jahres 1951 beenden und in seine Heimat Texas zurückkehren sollte, wo er auf der Farm des Vaters sich wieder der Rinderzucht widmen würde, ging es gewissen Mitmenschen am Ort um eine ganze Menge Bares. Und da war ja noch jemand auf Seiten des Militärs, einer, der vor wenigen Monaten erst zur Truppe gestoßen war. Zuvor hatte er in San Diego bei der örtlichen Polizei als Fachmann für die Erstellung von Identifikationsbildern gearbeitet. Doch wegen seiner nachweisbaren Verwicklung in Drogengeschäfte hatte er es vorgezogen, sich freiwillig der Truppe anzuschließen. Flugs wurde dieser dann mit weiteren, frischen Truppen zum Entsatz der durch die aufreibenden Kriegshandlungen ermüdeten Einheiten an die Front abkommandiert. Just am Tage der Kapitulationserklärung, dem achten Mai 1945. Somit gab es keine Front mehr, an der sich jener ins

Zwielicht geratene Fachmann hätte bewähren können. Doch eine Einsatzmöglichkeit gab es dann schon noch, die Militärgerichtsbarkeit brauchte ihn als Gerichtszeichner, und als mit voranschreitender Zeit immer weniger Verfahren zu begleiten waren, blieb letztlich noch der Job in Stuttgart, der in die Bekanntschaft mit einem kleinen Deutschen mündete, einem Rotzlöffel, der seine Nase in Dinge gesteckt hatte, die ihn nichts angingen. Die auf der anderen Seite den Mann mit dem Zeichenstift sehr wohl etwas angingen. Er hatte es einfach nicht lassen können. Daheim in San Diego, für US-amerikanische Verhältnisse unweit der Grenze zu Mexiko gelegen, hatte Rauschgift längst eine nicht unwesentliche wirtschaftliche Rolle zu spielen begonnen. Mit Kokain und am Kokain war richtig gutes Geld zu machen. Für eine Hand voll Dollars jenseits der mexikanischen Grenze ohne größeres Risiko erworben, von den armen und ärmsten Wanderarbeitern, die täglich illegal die kaum bewachte Grenze überschritten, ins gelobte Land transportiert, dort auf den Weg zu den Mittelsmännern gebracht, die für eine gerechte Verteilung des Stoffes bis hoch zur kanadischen Grenze sorgten, wuchs der Wert des Stoffes von Hand zu Hand um ein Vielfaches. Da musste einer wie der Zeichner einfach dabei sein. Dann, im kriegsbesetzten Stuttgart, erwies sich rasch, dass es profitabel war, auch hier mitzumischen, wobei anstelle des Kokains, was soll's, eben das nicht weniger profitable Morphium zu verteilen war. Gewiss, das Zeug zu beschaffen war schon schwieriger als daheim in San Diego, doch wenn man wusste, an wen man sich wenden musste, wen man zu schmieren hatte oder - wenn es sein musste - zu erpressen hatte, dann lief das im Grunde nicht sonderlich anders. Und an Abnehmern, die eine schöne Rendite ermöglichten, mangelte es nicht. Vorläufig wenigstens. Es galt, die Zeit zu nutzen, wer konnte schon wissen, wie lange das mit der Besatzerei noch ging.

Das Ärgerlichste an der Tatsache, dass der so schön eingespielte Tausch von Dollars gegen Morphium einige Monate zuvor ein erstes Mal in die Hose gegangen war, stellte das Auftauchen dieses Rotzlöffels namens Paul dar. Der sich einfach über das deutliche Verbot, jenes Trümmergrundstück zu betreten, hinweg gesetzt hatte, der ganz offensichtlich die Leiche des Unteroffiziers gesehen hatte, der, nun ja, aus logistischen Gründen, hatte beseitigt werden sollen. Sehr ärgerlich das alles. Und dann kam auch noch der Zufall ins Spiel, als eben dieser Rotzlöffel seine Story ausgerechnet einem und wenig später gleich noch einem weiteren Offizier aus dem Headquarter, einem „Nigger" noch dazu, brühwarm unter dessen Nase reiben musste. Was einen ziemlichen Wirbel verursacht hatte. Nicht, dass es ein Problem gewesen war, die Leiche rasch verschwinden zu lassen. Das Problem war, dass eine ganze schöne Lieferung kostbaren Morphiums unauffindbar zurückgeblieben war. Vergessen im Eifer des Gefechtes von den verdammten deutschen Hehlern, die sich des Unteroffiziers hatten annehmen müssen. Schließlich waren die für den Schlamassel verantwortlich gewesen. Hatten aber alles nur noch schlimmer gemacht. So, und nun? Sein Instinkt sagte ihm, dass der Knirps sich die Metallkiste mit genau drei Kilogramm Morphium unter den Nagel gerissen haben musste. Unvorstellbar, was der damit angefangen hatte. Nicht auszudenken. Morphium im Gegenwert von einigen sauer verdienten Jahresgehältern. Wenigstens hier im Nach-Nazi-Deutschland.

Also, was blieb einem denn anderes übrig...

XXVII. Festliche Gesänge

Weihnachten, Heiliger Abend.

Geschmückter Christbaum, Gebäck, Besuch der merkwürdigen Christmette in der Marienkirche am späten Nachmittag, ungeduldiges Warten. Paul erschrak nicht wenig, als es an der Eingangstür zu den beiden Wohnungen in der Beletage klingelte. Und dann wurde er von der Mutter zurückgehalten, sie musste selbst an die Türe gehen, geheimnisvolles Tuscheln, alles hatte im Wohnzimmer Platz genommen, der Vater hatte eine Schallplatte mit festlichen Gesängen aufgelegt. Dann lautes Pochen an der Tür zum Wohnzimmer, die Schwester, wer sonst, machte die Tür auf, und da kam er, der Weihnachtsmann. Rotes Wams, weißer Bart, rote Mütze und vor allem diese

Rute in der Rechten. Stapfte in die Zimmermitte, schwang seinen derben Sack von der Schulter, schaute vor allem die Kinder mit strengem Blick an, ganz besonders aber, so schien's, den Paul. Begann mit dröhnender Stimme zu schildern, von wo er gekommen und zu welchem Behufe. Ermahnungen. Fuchteln mit der Rute. Dann endlich kam er zur Sache, aus Pauls Sicht wenigstens. Zog aus der Tiefe seines Sackes Paket um Paket hervor, zwei für die Eltern, drei, nein vier für die Schwester und ebenso viele für den Paul, der sie mit feuchtschwitzigen Händen ehrfürchtig entgegen nahm. Wieder Ermahnungen, dann Abgang mit schweren Schritten, lautes Schließen der Eingangstür, während die Stimme der Frau Ersing draußen deutlich zu hören war, die dem Weihnachtsmann noch einen schönen Abend wünschte, wobei sie hörbar lachte. Seltsam.

Während sie begannen, ihre Geschenke vorsichtig auszuwickeln, flüsterte seine Schwester dem Paul ins Ohr: „Das war doch Onkel Paul, hast du das denn nicht gemerkt? Seine Brille?"

Wahr ist, dass die jüngere Schwester von Pauls Mutter sich im Sommer verehelicht hatte. Große Feier, kirchliche Trauung im noch gutenteils zerstörten Alten Schloss, Pauls Auftritt als voranschreitender Blumenstreuer, sehr beeindruckend alles. Das war der Onkel Paul, nicht nur gleichen Vornamens, der hatte auch am selbem Tag Geburtstag und der trug eine Brille mit sehr dicken Gläsern. Der Weihnachtsmann ebenfalls, was angesichts der Umstände unserem Paul nicht aufgefallen war, seiner Schwester jedoch um so mehr.

Seien wir einmal ehrlich: So im Alter von knapp fünf Jahren herum kommt die Zeit, zu welcher die Sache mit dem Weihnachtsmann nurmehr schwer zu vermitteln ist. Ähnlich der Sache mit dem Storch. Nun aber war der geschilderte Auftritt der allererste für unseren Paul, in den Jahren zuvor hatte es am Personal gemangelt, denn weder eine der Großmütter, noch die Tanten waren in Frage gekommen. Und auch nicht einer der ausländischen Bekannten der Familie, wegen der Aussprache. Daher muss man es dem Jungen nachsehen, dass sein erster Weihnachtsmann dieses Mal noch für vollkommen akzeptiert durchging.

Wie dem auch sei, das alles bereitete dem Kleinen keinerlei Probleme, schließlich und vor allem waren da die Pakete, und denen widmete er sich alsbald intensiv.

Fünfzehn Minuten darauf war, mit des Vaters Hilfe, die Eisenbahnanlage installiert: Vier gerade blecherne Gleisschienen beidseits, je drei Bögen an den Schmalseiten, das Oval mittels eines roten und eines weißen Kabels an den mächtigen, blauen, geheimnisvollen Transformator angeschlossen, der seinerseits den Strom aus der Verlängerungsschnur hinter dem Radio bezog. Der lauter brummte, wenn der Zug nicht fuhr und leiser, wenn man den schwarzen Drehschalter von Null fort in Richtung Hundert bewegte. Die Lokomotive, eine kleine grüne mit filigranem Stromabnehmer auf dem Dach, zog die drei Anhängerwaggons spielend, winzige Scheinwerferlein, zwei vorne, zwei hinten, Paul war hingerissen. Zu schnell durfte er die Bahn nicht in die Kurven schicken, dann bestand die Gefahr, dass der Zug aus den Gleisen flog.

Und rückwärts ließ sich das Ganze ebenfalls bewegen, zweimal kurz aber energisch auf den Drehschalter gedrückt, die Lämpchen leuchteten grell auf, und rückwärts das Ganze. Und wieder vorwärts. Faszinierend!

Zur Krönung des Festtages gab es am Abend, den Paul musste man fast mit Gewalt loseisen, Saitenwürstchen mit Kartoffelsalat, während passende Musik, wie der Vater sie nannte, aus dem Radio erklang. Und später noch durfte Paul zum ersten Mal in seinem kleinen Leben ein eigenes Weinglas in Händen halten, einen winzigen Schluck vom Roten nippen, dann aber ab ins Bett.

In der Nacht, ein wenig zu spät für richtige weiße Weihnachten, war Schnee gefallen. Eine wenige Zentimeter messende Schicht hatte auch die Baumaterialien für das geplante Lägerle auf dem Nachbargrundstück bedeckt.

Der folgende Morgen, der erste Feiertag, fand unseren Paul noch im Schlafanzug, im Schatten des reich geschmückten Christbaumes, vor seinem Eisenbahnoval kniend vor. Die Wohnung war ungeheizt, die anderen Familienmitglieder lagen noch in den Betten, nur zögerlich begann der Tag zu dämmern. Natürlich waren die nähmaschinengleichen Geräusche, welche die kleine Lok auf den blechernen Gleisen verursachte, Pauls Schwester irgendwann aufgefallen. Sie warf einen verschlafenen Blick ins Wohnzimmer.

„Bist du denn verrückt?"

Dies wiederum weckte die Mutter der Kinder drüben im Schlafzimmer, was zur Folge hatte, dass Paul seine Aktivitäten unterbrechen musste. Hastig und gewohnt oberflächlich lief das Ritual der Morgentoilette ab, und kaum war er in seinen Kleidern, hieß es, das Feuer im Bollerofen des Kinderzimmers in Gang zu bringen, also die vom Vorabend leere blecherne Kohlenschütte im Kohlenkeller mit den Eierbriketts aufzufüllen, dabei acht zu geben, dass er sich nicht dreckig machte, die Schütte die ganzen Stufen hoch zu schleppen, und das waren einige Kilogramm, im Eisenofen mittels des Schürhakens die Schlacke und die Asche vom Vortag zu lockern. Dann das Rüttelgitter ein paar Mal nach rechts und links zu bewegen, damit

Asche und Schlacke hindurch fielen, den Dreck mit der Handschaufel in den Eimer zu schaffen, Staub zu vermeiden, die Asche diente als Streumaterial bei Glätte. Dann eine Seite vom Zeitungspapier zusammen zu knüllen, auf den Rost zu legen, genau in die Mitte, eine Handvoll der bereitliegenden dünnen Anzündscheite wie ein Zelt über dem Papier anzuordnen und schön vorsichtig ein Dutzend Eierbriketts um das Zelt herum zu drapieren. Dann ein Zündholz anzureiben, acht zu geben, dass es nicht abbrach und ein Loch in Pauls Hose brannte - auch schon passiert - ans Papier halten, beobachten, als letztes nun, wenn die dünnen Scheite Feuer gefangen hatten, rasch die Ofentür schließen und die Belüftungsöffnung in der unteren Eisentür ganz zur Seite zu schieben. Wenn alles geklappt hatte, ließ sich bald das dumpfe Fauchen des hochbrennenden Feuers vernehmen. Wenn aber versehentlich die Abzugsklappe des Ofenrohres vom Vorabend her verschlossen geblieben war, ja, dann quoll unaufhaltsamer Qualm aus allen Ritzen des Ofens. Und das war an diesem Weihnachtsmorgen dem Paul, der mit den Gedanken seiner Aufgabe als

Bahnhofsvorsteher nachhing, eben passiert. Hohn und Spott der Schwester, Schelte vom Vater, der im Morgenrock und mit Pantoffeln an den Füßen seine erste Tasse Kaffee samt dazu gehöriger Zigarette zu sich nahm. Bis sich der Qualm im Kinderzimmer wieder verzogen hatte, trotz geöffneter Fenster, verging gewiss eine halbe Stunde. Nebenan, im Wohnzimmer, selbstverständlich, gab der dortige Ofen zwischenzeitlich bereits schöne Wärme ab. Den hatte eben Pauls Schwester angeheizt. Selbstverständlich. Und war so frei gewesen, sich der Kohleeier, die Paul mühsam hochgeschleppt hatte, zu bedienen. Der Kleine würde folglich bereits vor dem Abendessen nochmal den beschwerlichen Gang in den Keller tun müssen. Dabei war ihm das kühle Dunkel dort drunten immer leidlich ungeheuer, was er jedoch niemandem offenbart hatte. Dort, im Kohlenkeller war übrigens auch das blaue Tretauto untergebracht gewesen, bis der Dieb es abtransportiert hatte. Unter den Augen von Frau Roller.

Nach dem in Eile verdrückten Frühstück stand Paul vor einem Dilemma. Draußen hatte der Schneefall erneut eingesetzt, selbst das Straßenpflaster versank unter der weißen Decke. Kaum ein Auto war unterwegs, und wenn, dann sehr, sehr vorsichtig, denn so etwas wie Winterreifen mit Stollen konnte sich kaum einer leisten. Mit Sicherheit würden sich in Bälde die ersten Kinder unten treffen, um mit dem Schnee zu tun, was zu tun war. Zum ersten Mal in diesem Winter. Ohne Zeitdruck, des Feiertages wegen. Aber die Eisenbahn, seine Amtspflichten, die wartenden Zuginsassen, die Waggons, die hierhin und dorthin geschleppt werden wollten?

Paul traf eine weise Entscheidung. Der Vormittag für den Schnee, denn man wusste nicht, wie lange der sich halten würde, der Nachmittag dann mit Muße auf dem Bahnhofsgelände. Es sei angefügt, dass dieser Bahnhof vorläufig nur in Pauls Fantasie existierte. Die Eltern hatten sich gesagt, es gäbe schließlich noch viele Weihnachten, also eines nach dem anderen.

Die Winterschnürstiefel waren nagelneu, nicht etwa von der Schwester geerbt. Dementsprechend hart und kaum zu biegen die dicke Sohle, das dicke Leder, sie waren zwei Nummern zu groß, die Lücke musste mit drei Lagen von Wollsocken ausgefüllt werden, doch da waren Pauls Eltern großzügig. Dem selbst machte es anfangs auch nicht sonderlich viel aus, da er sich so langsam an die klobigen und schweren Stiefel gewöhnen konnte. Während er sich vorsichtig zur Haustür hinab bewegte, polternd, Stufe für Stufe, entsann er sich des Märchens mit den Siebenmeilenstiefeln. So in etwa dürfte sich deren Träger auch gefühlt haben.

Paul hatte richtig vermutet. Aus den Höfen, aus den Türen drängte, wer immer Freude am Schnee hatte, und das waren vorsichtig geschätzt alle, auf die Straße. Vom kleinen Rainer bis - in der Tat - zum Fridolin und dem großen Klaus. Unvermeidlich auch die Mädchen, die ihre Puppenwagen zu schonen wussten. Schneebälle flogen kreuz und quer, die ersten zogen mit Schlitten hoch zu den Silberburganlagen, dort hatten andere, „fremde" Kinder und Jugendliche, bereits Pisten an den Hängen angelegt. Paul selber besaß noch keinen eigenen Schlitten, er war darauf angewiesen, als Copilot eingeladen zu werden. Doch auch das war kein Problem, es gab reichlich Mitfahrgelegenheiten, zumeist zwar verdient mittels Bergaufziehens des fremden Schlittens, doch das focht unseren Kleinen so lange nicht an, als er bei Kräften war. Die aber begannen nach und nach zu schwinden, überdies zogen seine Stiefel langsam Wasser, sie schienen nicht recht imprägniert. Und er schwitzte, seine Nase wurde zum Problem, denn er hatte in der Eile ein Taschentuch vergessen, kurz, Paul trollte sich, versprach aber, später wieder zu kommen.

Von den Silberburganlagen bis zum Haus 39 maß die Wegstrecke vielleicht zweihundert, auch zweihundertfünfzig Meter, eher aber weniger. Die nun wurden dem Kleinen lang. Überdies rutschte er beim Überqueren der Silberburgstraße auch noch aus, Schnee auf Kopfsteinpflaster, eine tückische Angelegenheit. Als er sich wieder aufzurichten suchte, spürte Paul eine unerwartete helfende Hand am Oberarm. Während er den Matsch von den Knien wischte, blickte er in das Gesicht eines Erwachsenen, er hatte eigentlich an eines der Kinder gedacht, das ihm behilflich sei. Ein Erwachsener, der ihn mit festem Griff weg von der Marienstraße führte, in Richtung der Tübinger Straße, dorthin, wo es recht steil bergab ging, wo um diese Zeit kaum ein Auto den Berg hoch kam, des Schnees wegen.

Nun hatte unser Paul keineswegs die Absicht, dem Mann zu folgen, doch sein Versuch, sich loszureißen, scheiterte kläglich, er hing geradezu stolpernd an der sehr kräftigen Hand des Mannes, der in einem langen Wintermantel steckte, eine Wollmütze weit in seine Stirn gezogen hatte, der dabei nicht ein einziges Wort an Paul richtete. Auch der brachte nichts über seine Lippen, zerrte und zog, wand sich heftig hin und her, doch der Kraft des Unbekannten war er nicht gewachsen. Auf halber Strecke der Silberburgstraße mit ihrem romantischen Namen, zwischen der Abzweigung zur Marienstraße und der Tübinger Straße drunten am anderen Ende, war ein Auto abgestellt. Eine dunkle Vorkriegslimousine, sie hatte noch gar nicht so lange dort gestanden, denn nur ein paar Schneeflocken begannen, das Dach zu bedecken und auf der Motorhaube zu schmelzen. Eigentlich wollte Paul um Hilfe schreien, doch irgendwie gelang ihm das nicht, seine Augen tränten, seine Nase lief, es entrang sich ihm nur ein knappes Schluchzen, alles ging schief. Dann öffnete sich die Wagentür, im Inneren hatte jemand gewartet. Paul biss einfach zu, biss so fest er konnte in die Hand, die seinen Arm festhielt, biss so lange er konnte, spürte den wütenden Schlag auf die linke Gesichtshälfte, hörte den wütenden Aufschrei des Mannes, fühlte, wie sich der Griff lockerte, riss seinen Arm zurück, ließ sich zu Boden fallen, rollte ein, zwei Meter auf dem matschigen Schnee, spürte erneut den festen, noch festeren Griff am Oberarm, spürte, wie er hochgezogen wurde, hörte eine Stimme, eine weibliche Stimme.

„Ach herrje, bist hingefallen, Paul, hast dir weh getan?"

Fräulein Ersing, Hausmagd der Vermieter, auf dem Heimweg vom Kirchgang, treue Seele, ging schon auf die Siebzig zu, war der Glätte wegen ein wenig unsicher auf den Beinen, war in der Straßenmitte gelaufen, dort, wo die Reifenspuren den Matsch ein wenig begehbarer gemacht hatten. Hatte eigentlich versonnen zu Boden geblickt, einen Fuß vor den anderen gesetzt, hatte das Gerangel als Hilfestellung des Fremden für den ausgerutschten Paul angesehen.

„Na komm, ich bring dich heim, gib mir die Hand."

Der im Inneren des Wagens zischte dem draußen zu, er solle die Alte zu Boden stoßen und den Balg endlich nach hinten werfen. Doch der hatte mit der blutenden Bisswunde zu tun, dann aber wandte er sich doch wieder den beiden zu, die bereits einige Schritte bergan gegangen waren, Paul musste fürchterlich zittern, brachte keinen Ton über seine Lippen.

„Ach, das ist nett von Ihnen, aber wir kommen schon klar miteinander, gell mein Kleiner?"

Hatte das Fräulein Ersing vielleicht doch Verdacht geschöpft, aus diesem Grund den schweren Regenschirm, den sie in ihrer Rechten hielt, so ein wenig angehoben? Zog aus diesem Grund den armen Paul ein wenig geschwinder auf die andere Straßenseite? Ein wenig energischer? Wir müssen davon ausgehen, dass das Fräulein Ersing und der Paul gewaltiges Glück hatten, denn just in diesem Moment rutschte mehr, als er gelenkt wurde, der Wagen eines Mutigen die Straße abwärts, bremsen war kaum sinnvoll, rutschte knapp an unseren beiden vorüber, streifte fast den Mann im Mantel, der sich dicht an das Auto

seines wartenden Chauffeurs drücken musste, be-
wirkte bei allem zugleich, dass sich der Abstand zwischen den bergan Gehenden und dem parkenden
Wagen vergrößerte, dann tauchte eine kleine Gruppe
von Kirchgängern oberhalb des Pausenhofes des ehr-
würdigen Karls-Gymnasiums auf, und das war's
denn auch. Für's erste.

Seiner Mutter fiel am Sohn nichts auf, der war vom
Herumtollen im Schnee eben noch erhitzt, was Wunder, und die nasse Hose gehörte dazu, die Rötung der
linken Wange, Schneeballschlacht, sie freute sich für
das Kind. Machte ihm eine Tasse heißen Kakao von
Van Houten und dazu ein Butterbrot mit Honig, so
wie das Kinder winters mögen.
Der Paul ging am Abend sogar freiwillig zu Bett. Nur,
dass er nach dem Nachtgebet die Mutter am Arm
festhielt und sie fragte, ob sie nicht noch ein wenig bei
ihm bleiben könne, bewog diese zur Bemerkung, ob es
ihm auch gut gehe. Paul aber schaute durchs Fenster
nach draußen, an der Mutter vorbei, gab keine Antwort.

„Na, dann schlaf gut, mein Spatz. Vielleicht kommt noch mehr Schnee über Nacht. Dann trefft ihr euch alle wieder in der Anlage."

Ja, dachte Paul, morgen, und ich bleibe bei den anderen. Und diese Sache mit dem Mann im Mantel, das war ziemlich blöde gewesen, der hätte mich nicht so festhalten müssen, ich bin doch nur ausgerutscht.

Seine Fantasie reichte, er war ja gerade mal fast fünf Jahre alt, wohlbehütet, umsorgt, seine Fantasie reichte nicht aus, um Erwachsenen schlimme Motive zu unterstellen. Allerdings, ganz und gar unfreundlich war dieser Mann schon gewesen, er würde künftig einen großen Bogen um ihn machen. Falls der sich nochmal würde blicken lassen.

Paul war eingeschlafen. Die Geschichte, sein Erlebnis auf der Straße, blieb unerzählt. Selbst die Frau Ersing, fromm und ein klein wenig weltfern, die in ihrer Tätigkeit für ihre Herrschaft im Haus 39 mit Leib und Seele aufging, hatte den Verlauf, so sie etwas davon mitbekommen hatte, sich genau so zurecht gelegt, wie das in ihr Weltbild passte: Freundlicher Mann, der dem gefallenen Kind zu Hilfe geeilt war. Denn schließlich, es waren diese schrecklichen Jahre, Gott sei's gedankt, vergangen, es ging ihr gut, der Herrschaft unterm Strich auch, und wenn ihr die Arbeit einmal zu viel würde, dann käme sie beim Bruder drunten in Villingen unter, auf dem Altenteil des Bauernhofes. Morgen, das war wichtig, musste sie sich der restlichen Äpfel annehmen, um sie zu Gsälz zu verarbeiten. Die Leute wurden halt immer schleckiger.

XXVIII. Warmer Wind von Westen her

Sonntag.

Das mit dem Neuschnee war nichts gewesen, und das Bisschen, das am Vortag so gerade noch zum Schlittenfahren ausgereicht hatte, war mit dem warmen Wind, der von Westen her wehte, über Nacht vergangen. Unser Paul hatte sich seit dem Morgen im Amt des Bahnhofsvorstehers bewährt, überdies kam bereits ein klein wenig Langeweile auf, denn der Reiz, die Lok samt ihren drei Anhängern immer nur im

Kreis umherfahren zu lassen, wenn auch hin und wieder rückwärts, verblasste. Auch der Tunnel, den Paul mit Hilfe dreier stabiler Bücher errichtet hatte, war so sehr besonders nicht. Und dass die Schwester den versehentlich immer wieder zum Einsturz brachte, machte es gleichfalls nicht besser. Zur Rache hatte der Paul im unbeachteten Augenblick ihrer neuen Schildkröt-Puppe den Kopf so verdreht, dass er nicht mehr korrekt zu sitzen kam, der Blick der Klimperaugen immer zur Seite verschoben war. Was sie wohl erst am Nachmittag bemerken würde, wenn sie mit dem Puppenwagen auf die Straße ging, sich mit der Suse zu treffen und Babies zu wiegen.

Als sich nach Tisch drunten die ersten Kinder einfanden, um zu beratschlagen, was zu unternehmen sei, zog der kleine Klaus den Paul am Arm beiseite. Er hatte wichtige Baumaterialien organisiert und bat den Freund um Hilfe beim Sortieren. Es musste alles fein säuberlich an der Grundstücksmauer aufgestellt und nach Größe und Tauglichkeit ausgerichtet sein. Erst als die beiden vor den Brettern und Planken, den Türen und Leisten standen, fiel unserem Paul wieder ein, dass er den Metallkoffer, seinen bedeutenden Fund, just hier untergebracht hatte.

„Halt, warte kurz, ich muss dir was zeigen."

Gleich darauf zog er, zerrte er die Kassette hervor, hob sie stolz dem Freund entgegen und wartete auf dessen Reaktion. Gewogen wurde das Behältnis, gedreht, gewendet, geschüttelt und eingehend gemustert.

„Und?"

„Weiß auch nicht. Hab's halt ausgegraben. Da drüben unten, da, wo wir runtergerutscht sind. Erinnerst du dich?"

Erneut gewogen, geschüttelt und genau gemustert, ergab sich nichts Erhellendes. Immerhin war die Neugierde vom Klaus jetzt geweckt. Es musste doch leicht sein, den Zahlenzylinder, der das Schloss versperrt hielt, zu knacken. Nur drei Zahlen, ein Kinderspiel. Mit überzeugtem Blick versuchte der Ältere es, klar, mit drei Nullen. Mit drei Einsen. Mit drei Zweien. Stirnrunzeln. Drei Vieren. Eins und Zwei und Drei. Drei und Eins und Zwei.

„Lass mich auch mal."

Paul hatte mit wachsender Ungeduld den Metallkasten, schließlich war es ja seiner, übernommen. So schwierig konnte das gar nicht sein.

Fünf Minuten darauf hatte Klaus mit der Berechnung der in Frage kommenden Zahlenkombinationen begonnen, jedoch bereits nach kurzer Zeit passen müssen. Dazu hätte er Stift und Papier benötigt, was aber leider gerade nicht zur Hand war. Zur Hand aber war stabiles Werkzeug in Form eines kräftig dimensionierten Schraubenziehers und eines „Engländers", jenes schweren eisernen Gerätes, mittels dessen starke Mitmenschen allerlei bewerkstelligen konnten und das auf irgendeine Weise in den Fundus für das künftige Lägerle geraten war. Da der Metalldeckel auch für Klaus keinen Ansatzpunkt hergab um den Schraubenzieher einzusetzen, lag der metallene Behälter schließlich auf dem Hackklotz nebenan, der Engländer wurde mit Wucht geschwungen, direkt auf den Zahlenzylinder, und der gab vernünftigerweise schon beim ersten Treffer nach. Es war ein Leichtes, den Deckel vollends aufzustemmen. Was der Ältere dann in Händen hielt, war angesichts der Anstrengungen eher enttäuschend.

„Sieht aus wie, ach, wie heißen die noch, wie Mullbinden. Verpackte Mullbinden. Solche, die der Fechthelm im Schrank hat."

Mullbinden kannte auch Paul von seinen diversen Besuchen in des Arztes Praxis. Doch die Päckchen waren zu schwer für solche Mullbinden. Pulver befand sich darin, stellte Paul kundig fest.

„Zucker."

Klaus war ziemlich auf Süßes fixiert, Paul nicht minder.

„Oder Salz, kann auch sein."

Klaus schüttelte zwei der Päckchen, von denen sich geschätzt an die zwanzig im Behälter befanden, schön sauber geschichtet, weißes Pulver in durchsichtigen Plastikbeuteln, schön auch vor Nässe geschützt.

Einer der Beutel hatte beim Schlag mit dem Engländer einen kleinen Riss davongetragen. Bei Hochheben rieselte ein bisschen vom Inhalt zu Boden. Paul hielt seine Hand darunter und fing ein wenig auf. Zu riechen gab es nichts.

„Also ich würde das nicht versuchen."

Skeptisch beäugte der Ältere das Pulver.

„Du vielleicht?"

Mit Schulterzucken steckte Paul seinen Zeigefinger in die Handfläche, nachdem er ihn ein wenig angefeuchtet hatte. Dann führte er, schließlich war er ja kein Baby mehr, spielte mit den Größeren und zählte einfach dazu, den Finger an seine kleine Zunge, ganz vorne nur, an die Spitze. Nur drei oder vier Körnchen. Wurde vom Älteren genau beobachtet. Verzog das Gesicht, so, als schmeckte er bereits etwas.

„Und? Sag."

Wieder Schulterzucken des Kleinen.

„Bisschen bitter vielleicht, aber auf jeden Fall kein Zucker. Und kein Salz. Weiß auch nicht."

Enttäuschung machte sich breit. Die ganze Anstrengung für die Katz.

„Vielleicht brennt es ja."

Doch weder Paul, noch sein Freund besaßen Streichhölzer, wenigstens hatten sie die nicht bei sich.

„Wir bringen das Zeug zu mir, ich verstecke es unten in der Waschküche. Oder vielmehr, komm gleich mit, heute ist Sonntag, da ist dort kein Mensch."

Gesagt, getan, und bald darauf köchelte anstelle von Milch oder löslicher Trockensuppe von Maggi ein Töpfchen mit Wasser, in dem ein Teelöffel des Pulvers sich sogleich aufgelöst hatte. Natürlich erst nachdem der Versuch, es zum Brennen zu bringen, nichts ergeben hatte. Doch auch in aufgelöstem, köchelndem Zustand ergaben sich keine Erkenntnisse. Es roch nicht, es schmeckte, auch Klaus hatte seine Zungenspitze sehr, sehr! vorsichtig benetzt, nach nichts, allenfalls ein winziges bisschen bitter, doch das mochte eingebildet sein, denn der intensive Esbitgestank konnte in die Irre führen.

„Und was machen wir jetzt mit dem Ding da?"

Achtlos hatte der Ältere den metallenen Behälter mit den Füßen unter dem Waschtisch weggeschoben.

„Frag doch deinen Bruder, vielleicht kann der was dazu sagen."

Also wanderte der Kasten wieder unter den Tisch, als die Freunde sich aufmachten, um ins Nachbarhaus zu gehen. Dort, so ging das Gerücht, würde der große Klaus endlich seine Eisenbahnanlage aufbauen. Und wenn das Gerücht nur ein Gerücht war, dann könnte man wenigstens Tischtennis spielen.

Beim Verlassen des Hauses hielt Klaus inne. Er spielte mit der Zungenspitze an seinen Lippen.

„Es fühlt sich so was wie pelzig an. Nur ganz wenig, aber pelzig eben."

XXIX. Es war eine Pracht

In der Sophienstraße, sie kreuzt die Marienstraße im unteren Teil, dort in Richtung zur Tübinger Straße auf der rechten Straßenseite, stand das Einkaufsparadies für Kinder. Obgleich die meisten der in dem kleinen, beengten Laden angebotenen Dinge eher von Erwachsenen, sagen wir, solchen, die sich dafür hielten, gekauft wurden, so waren es doch Kinder und manchmal auch Jugendliche, die sich ihre Nasen an den Schaufenstern und Vitrinen platt drückten. Zur Faschingszeit lagen die verlockendsten Spielzeugpistolen, Indianerausrüstungen aus, eben all das, was zur standesgemäßen Ausrüstung des Cowboys, des Indianers gehörte. Im Inneren hingen die unterschiedlichsten Kostüme für beide Geschlechter in den Regalen, die tollsten Federboas, Sombreros, ach, es war eine Pracht.

Und das Gedränge riesig.

Während des restlichen Jahres übernahmen so genannte Scherzartikel die Auslagen. Angefangen vom Juckpulver über Stinkbomben bis hin zu wirklich naturgetreu hergestellten Hundehaufen aus Kunststoff, Trickgläsern, Zuckerwürfeln mit eingebackenen Plastikspinnen, alles unentbehrliche Dinge für gelungene Kinderfeste oder Erwachsenenparties, die man sich auch im schwäbischen Stuttgart wieder leistete. Doch kaum waren die Weihnachtstage abgefeiert, wandelte sich das „Kawena", abgekürzt von „Karl Weller Nachfolger", in ein Depot von Knallkörpern, Heulern, Schwärmern, Knallfröschen, Kanonenschlägen, sauber entsprechend ihrer Sprengkraft klassifiziert und zum nicht geringen Leidwesen all derer, die noch nicht volljährig waren, unverkäuflich, weil verboten. Was jedoch den Absatz nicht beeinträchtigte, es mussten halt die Eltern, der passende Bruder oder sonst wer einspringen. Lediglich die harmlosen und somit uninteressanten Bengalischen Streichhölzer oder die schmalen Pappröhrchen, die, wenn an der Vorderseite angerieben, ein schwächelndes Funkensprühen von sich gaben, Kinderzeug, Mädchensachen. Knallerbsen sowieso.

Paul würde in diesem Jahr erstmals bis Mitternacht aufbleiben, so hatten es seine Eltern versprochen und so hatte er es diesem und jenem Freund in der Marienstraße weiter erzählt. Silvester drunten auf der Straße! Der Vater hatte beim Kawena zwei Raketen mit Brilliantfeuerwerk für teures Geld erstanden, zu zünden pünktlich Schlag Mitternacht, die Sektflaschen aus den Tagen um Weihnachten als Startrampe, Abschussbasis das Grundstück Nr. 35, aber nur ganz am Rand, schließlich war das Betreten verboten. Dort, immerhin, konnten die Zuschauer den Weg der Raketen besser verfolgen, als aus dem Hinterhof von Haus 39. Was es am Abend zu Essen gab, interessierte Paul nicht im Geringsten, er hätte sogar vom Kabeljau mit

Senfsoße gegessen, vom Irish Stew mit Hammel, Spinat mit Spiegeleiern, egal, nur sollte das Essen bald vorbei sein, dann dauerte es nur noch ganz kurze Stunden bis Mitternacht.

Doch die zogen sich hin. Längst waren die Kinder allesamt im Kreise ihrer Lieben versammelt, tranken von der Bowle aus der nagelneuen Glaskugel wenn sie schon älter, tranken vielleicht die rare Sinalco oder gar eine Cola, wenn sie noch jünger waren. In sehr vielen Familien aber gab es den selben dünnen Tee, wie er alle Tage das Abendbrot begleitete, das sich an jenem 31. Dezember 1950 nur allzu oft kaum vom sonstigen unterschied. Ganz zu schweigen, dass schwarzpulverbefüllte Lustbarkeiten für sie jenseits des Erreichbaren waren.

Denn der Zuzug aus den früheren Ostgauen, von Heimkehrern und Aussiedlern, hielt nach wie vor in enormem Umfang an. Die provisorischen Unterkünfte waren vielerorts zu dauernden Einrichtungen geworden. Ganze Stadtviertel waren auf diese Weise entstanden und entstanden immer noch: draußen in Feuerbach, in Zuffenhausen, im Sommerrain, bis nach

Weilimdorf und Büsnau. Aber, das war für die Alt-stuttgarter sehr wichtig, immer in schöner Entfernung zur eigentlichen Stadt, zu den inneren Bereichen, das musste seine Ordnung haben, denn man wusste ja, was da so alles mit Sack und Pack ankam, mit den überfüllten Bahnen, mit Bussen und teils immer noch mit Pferdegespannen, wie man sie hier doch schon längst nicht mehr gewohnt war. Und wie die spra-chen: die Donauschwaben, die aus der Batschka, dem Banat, die aus Siebenbürgen. Könnten im Grunde Zi-geuner sein, gell? Somit: Vorsicht, Vorsicht! Und gut, dass die Kinder im Großen und Ganzen unter sich waren, wegen der Kopfläuse zum Beispiel, nur zum Beispiel.

Aber in der Marienstraße, im Zentrum, dort, wo der Wiederaufbau in vollem Gange war, wo man sich be-reits über die Zukunft der Gesamtgestaltung zu strei-ten begonnen hatte, Platz für den Autoverkehr war die Parole, weg mit den alten Resten früherer Sub-stanz, in der Marienstraße, da knallte es schon lange vor Mitternacht. Wie der Teufel dröhnte es aus der Kanalisation, wenn solch ein C-Böller in den Gully geworfen wurde. Am liebsten wäre unser Paul gleich hinunter auf die Straße gegangen, hätte sich so lange draußen herumgetrieben, bis es offiziell so weit war. Doch er durfte einfach nicht, er sollte sich, wozu hatte man sie angeschafft, beschäftigen, mit seiner Eisenbahn unter dem Christbaum spielen, Bücher ansehen und warten. Doch das fiel ihm immer schwerer, er wurde bleiern müde, was dem Vater auffiel, was die Mutter veranlasste, den Kleinen „für ein Stündchen" zu Bett zu schicken, hämischer Blick der Schwester begleitete ihn, doch den verpasste er schon, die Augen begannen gnadenlos zuzufallen.

Den Höhepunkt verschlief Paul. Nicht einmal die in nächster Nähe gen Himmel geschickten Raketen des Vaters, das Heulen und Pfeifen, das von Hauswänden zurückhallende Geknalle, die Hoch- und Jubelrufe, die in den Hinterhöfen sich verloren, konnten ihn wecken.

Er versäumte, während er derart fest schlief auch, wie sich eine ganze Menge der Kinder auf der Straße traf, wie die Älteren unter fachkundiger Anleitung Erwachsener die Knallfrösche springen ließen und ihren

Spaß hatten. Versäumte auch, wie einer, der gar nicht in der Marienstraße zu Hause war, nicht bei einer der Familien zu Gast war, im Schatten der paar Häuser, die bewohnt waren in der sauberen Marienstraße, sich unauffällig und sehr diskret umtat, sich erst wieder in Richtung der Silberburgstraße aufmachte, als auch die letzten Kinder und Jugendlichen wieder in den Wohnungen verschwunden waren.

Auf dem Kopfsteinpflaster verstreut lagen die aufgeplatzten Papphülsen der Böller und Kanonenschläge, die abgebrannten Bengalischen Zündhölzer der Mädchen, im Rinnstein, in der Kandel, wie man in der Marienstraße sagte, die eine und andere Sektflasche, einige wenige und spärliche Konfettireste weichten in der Feuchtigkeit ein. Und Paul schlief den seligen Schlaf der Kindheit.

XXX. Die schlabberige Bleylehose

Der Paul.

Knapp fünf Jahre, blondes Haar, der morgendliche Scheitel, welchen ihm die Mutter sorgsam zog, und der doch schon nach kurzer Zeit verstrubbelt war. Rundliches Kindergesicht, Grübchen an der rechten Wange. Die Augen, grün mit braunen Einsprengseln, nicht blau, wie die - natürlich - der Schwester, bei Sonnenschein stets leicht zusammengekniffen, was wohl auch daran lag, dass eine leichte Kurzsichtigkeit sich unbemerkt ankündigte. Er lachte gern, musste manchmal so sehr lachen, dass es in ein krampfhaftes Husten überging.

Paul.

Bis auf die Lederhosen und die Schuhe zumeist in von der Mutter genähte Kleidung gewandet. Nur die entsetzliche und schlabberige Bleylehose für besondere Anlässe, bei Marilott am Charlottenplatz, an der Außenfront des zerbombten Neuen Schlosses, war gekauft. Von Marilott stammten auch der Schwester bessere Sachen.

Ein drahtiges Kerlchen. Allerdings, was war das für ein Nutzen, wenn er, wie es an diesem Tag der Fall war, im Zahnarztstuhl beim Doktor von Fechthelm seine kleinen Hände um das schwarze Holz der Lehne klammerte, in banger Erwartung der Zange, mittels derer ihm ein Backenzahn extrahiert werden sollte. Nachdem drei Tage lang der pochende Schmerz und die anschwellende rechte Backe zum Unausweichlichen geführt hatten. Da war es auch kein Trost, dass zugleich die Schwester sich der Tortur beim Adligen zu unterziehen hatte, gleichfalls mit einem maladen Backenzahn. Die nun war zuerst an der Reihe gewesen, sollte wohl dem Paul Standhaftigkeit und Tapferkeit vormachen, die ihr jedoch hier beim Zahnarzt vollkommen abgingen. Die Betäubung geschah mittels einer schwarzen Gummimaske, welche vom Arzt über Mund und Nase der Kandidatin gepresst und vom Lachgas aus einer Stahlflasche befüllt wurde, solange, bis das betäubende Gas seine Wirkung entfaltete. Allerdings, nach Lachen klang das ja nun nicht gerade, was sich der Schwester entrang. Nein, das war ein Stöhnen, ein Lallen, ein Blöken, das ganz und gar nicht komisch klang, zumindest nach Pauls Empfinden, der sich in ergebener Wartestellung am Fenster aufhielt. Das beschwerliche Entfernen des Zahnes aus dem Unterkiefer der Schwester mochte er sich gar nicht mit ansehen. Dann das Blut, die Tampons, das langsame Erwachen, die knieweichen Schritte.

Tatkräftig musste alsbald Felix von Fechthelm seiner Aufforderung an Paul, sich endlich in den Behandlungsstuhl zu verfügen, Nachdruck verleihen. Das Gas schmeckte und roch süßlich, für kurze Zeit kam Schwindel auf, dann, beim Erwachen, folgte Übelkeit und der dicke Tampon in der Backe, die riesige Zahnlücke und das ausgefranste Fleisch. Zwei Tage nichts kauen, immer gut mit Salzlösung spülen, draußen Sonnenschein und Schnee. Alles kam auf einmal zusammen für den kleinen Paul. Der marode Backenzahn wanderte in eine leere Streichholzschachtel und ward hernach für eine Weile dem einen und anderen Besucher wie eine Trophäe vorgezeigt.

An einem der folgenden und so dunklen Abende entspann sich eine aus der Langeweile rührende Unterhaltung zwischen Paul und seiner Schwester.

Der hatte man in der Schule, wohl aus aktuellem Anlass, für den unumgänglichen Aufenthalt bei Dunkelheit in den Straßen eindringliche Verhaltensregeln nahegelegt. Es käme immer wieder vor, dass leichtsinnige Mädchen gerade ihres Alters, oh ja, zunehmend noch in den Jahren darauf, höchst unliebsame Begegnungen zu gewärtigen hätten. Was dies im Einzelnen sagen wollte, darüber hüllten sich die Lehrer in bedeutungsvolles Schweigen. Auch unser Paul besaß da absolut keine Vorstellung, doch eh er sich's versah, vermeinte er, einen eigenen Beitrag zu solcherlei schlimmen Vorkommnissen beisteuern zu können.

„Wieso nur in der Dunkelheit? Letzte Woche, und da war es noch ganz hell, nämlich um die Mittagszeit, hat mich ein Mann am Arm festgehalten und hinter sich her geschleppt. Oben an der Silberburgstraße, als ich vom Schlittenfahren nach Hause wollte."

Pauls Vater, der sich neben dem Radio mit einer Zeitung breit gemacht hatte, war die Bemerkung des

Sohnes nicht entgangen. Er legte die Zeitung auf die Knie, runzelte seine sich der Glatze nähernde hohe Stirn und bat den Sohn, näheres zu seinem Erlebnis zu schildern.

„Der hatte so einen langen Mantel an und eine Wollmütze bis an seine Augen und wir waren schon fast bei dem Auto angekommen, das da in der Silberburgstraße geparkt war, jemand hat die Tür von innen aufgemacht und dann war da die Fräulein Ersing mit ihrem Schirm und dann hat mich der Mann losgelassen und ich bin mit dem Fräulein Ersing nach Hause gegangen."

Die Zeitung ward zusammengefaltet und auf den Tisch geworfen.

„Hast du den Mann gekannt? Oder weshalb bist du überhaupt mit dem gegangen?"

Genau aus diesem Grund hatte der Paul eigentlich zu Hause nichts von der Sache berichten wollen, hatte ihr ja auch im Grunde nichts beigemessen, das Fräulein Ersing war doch da gewesen. Immerhin, nun, so direkt angesprochen, verspürte er in seiner Erinnerung etwas wie ein ungefähres Wiedererkennen dieses Mannes mit dem langen Mantel.

„Also, vielleicht könnte das der Mann gewesen sein, mit dem ich im Mannschaftswagen der Amis gewesen bin."

Pauls Vater gab sich alle Mühe, irgendeinen Zusammenhang herzustellen, doch schien ihm nichts an des Sohnes Erzählung plausibel oder nachvollziehbar.

„Red keinen Quatsch, wovon sprichst du da eigentlich? Und das heißt nicht Amis, es heißt amerikanische Soldaten."

Paul wand sich und gab sich alle erdenkliche Mühe, die zeitliche Abfolge und all die Dinge, von denen der Vater offenbar überhaupt nichts wusste, auf die Reihe zu bringen.

Den Offizier, dessen blöden Sohn, die Patch Barracks, das Kino mit dem Mann, der nach dem Licht droben gegriffen hatte, die Nietenhose, die Fahrt im riesigen Kombi, seine spontane Beichte vom Untergeschoss des Hauses 35, einer der - ja was eigentlich? Der erst da und dann aber nicht mehr da war, dann die ausschwärmenden MPs, der Besuch des Offiziers in der elterlichen Wohnung, zusammen mit dem Schwarzen und seinen Kaugummis, da erinnerst du dich doch dran, oder? Und wie er in den Mannschaftswagen gehoben worden war, vom Neger, der Mann gegenüber mit dem Zeichenblock auf den Knien, und der, glaub ich, der war derselbe in der Silberburgstraße.

So kam es unserem Paul über die Lippen, es plätscherte hervor. So konnte es doch wirklich gewesen sein.

Die Schwester im Hintergrund tippte sich mit dem Zeigefinger gegen die Stirn und zog eine verächtliche Schnute. Was heißen sollte, das ihr Bruder verrückt war. Nicht nur klein, sondern richtig verrückt. Typisch.

Allerdings konnte sein Vater, Journalist, der er nun mal war, aus dem Ganzen doch so viel an Gehalt herausschälen, dass er auf der Stelle beschloss, dem befreundeten Offizier der Besatzungsmacht - ob's aus dessen Sicht Freundschaft war, sei dahingestellt - Nachricht zu geben. Selbstverständlich mit der gebotenen Distanz zu des Sohnes Erzählungen, denn es galt, der deutsch-amerikanischen Freundschaft auf gar keinen Fall Schaden zuzufügen. Aber wenn es nun tatsächlich dort in der Silberburgstraße so etwas wie einen Übergriff, einen möglicherweise unzulässigen Übergriff, gegeben hatte, dann war es doch im Sinne beider Seiten, der Sache diskret nachzugehen.

In der Folge und ohne dass davon in der Marienstraße auch nur eine einzige Person etwas mitbekam, wurde hinter den Kulissen, will sagen, hinter der hohen Hecke und dem schmiedeeisernen Gittertor um das Headquarter in der Mörikestraße durchaus gewisse Aktivitäten entfaltet, besser gesagt: nach außen hin - Niederhalten, nach innen - Schadensbegrenzung. In jeder Hinsicht.

Es geschah nun, dass wenige Tage nach dem Telefongespräch zwischen Journalist und Offizier der Besatzungsmacht im Justizgebäude einer Stadt namens San Diego, gar nicht weit entfernt von der mexikanischen Grenze, der Posten des Gerichtszeichners neu zu besetzen war. Der bisherige Stelleninhaber ward urplötzlich als vermisst gemeldet. Hatte sich wohl nach Süden abgesetzt, nichts sonderlich Ungewöhnliches in

Zeiten des aufblühenden Rauschgifthandels beidseits der Grenze, vielleicht auch ein Mädchen, wer wusste schon. Und alsbald saß der Mann, der an unseres Pauls ungefährer Erinnerung schier verzweifelt war, im Bauch des Truppentransporters, der ihn über den Atlantik und wenigstens in die Nähe der väterlichen Rinderfarm zurück bringen sollte. Zurück in die Kommoditäten des relativ unaufgeregten San Diego, nahe der mexikanischen Grenze. Wie das mit dem Gerichtszeichner weiterging, wir wollen's eigentlich ja nicht verfolgen, doch später drängt der sich noch einmal in unsere Geschichte.

Fest steht jedoch, dass er mit seiner Versetzung fort von der Marienstraße zur Risikominderung bei der ein wenig aus dem Ruder gelaufenen Angelegenheit mit einem gekehlten Toten, einem Loch im Keller, einem Metallkasten mit weißem Pulver, welches die Zungenspitze vom kleinen Klaus hatte pelzig werden lassen, und dem mehrfachen Verstoß gegen elterliche und behördliche Verbote, hatte beitragen können. Ob freiwillig oder unfreiwillig, wer mag sich da festlegen?

XXXI. Peterchens Mondfahrt

Paul besaß eine Reihe von Kinderbüchern. Ein guter Bekannter des Vaters, Baltrusch mit Namen, betrieb einen kleinen Verlag, und so lag es auf der Hand, dass bei dessen Besuchen regelmäßig das eine oder andere neu erschienene oder nur neu aufgelegte Büchlein den Besitzer wechselte.

Erklärter Favorit Pauls war seit geraumer Zeit ein reizend illustriertes Exemplar von „Peterchens Mondfahrt". Immer wieder vorgelesen und noch stärker durch das häufige stille Durchblättern befand sich sein Lieblingsbuch bereits im fortgeschrittenen Zustand der Auflösung. Vor allem der Mann im Mond war es, der es dem Kleinen angetan hatte. Jener nun hatte soeben seinen melancholischen Blick von hoher Warte über den Süden der Vereinigten Staaten wandern lassen und mit gerunzelter Stirn die Stadt San Diego gemustert, die in klares nächtliches Licht getaucht war. Nach Osten wanderte sein Blick, wo der Abend soeben hereingebrochen war, verharrte über Mitteleuropa, fixierte jenes Deutschland, von dem noch vor kurzer Zeit großes Unglück ausgegangen war, musterte etwas genauer den Südwesten des Landes und vielleicht konnte der Mann im Mond sogar unsere Stadt am Neckar erkennen. Vom Fluss her breiteten sich gerade Nebelbänke aus und griffen langsam und geduldig von Cannstatt über den Hauptbahnhof hoch bis in die Marienstraße.

Bis zu den Bombennächten des Jahres 1944 war dies eine gutbürgerliche Wohnstraße mit ihren durchgehend vier- bis fünfstöckigen Häusern, solide gebauten Sandsteinfassaden, Holzgewerk, breites Treppenhaus, üppige Wohnflächen, geschwungene Balkons mit Blick auf die Marienkirche und die darunter gelegenen Geschäftsstraßen, wie sie die Tübinger Straße oder die Hauptstätter Straße darstellten. Blick auch auf den Tagblatt-Turm, die Stiftskirche, das Alte Schloss und die ausgedehnten Hausgärten mit ihren Obstbäumen, hier und da ein schmiedeeiserner Pavillon mit Bronzezierrat. Solide Bewohner, Kaufleute, Architekten, Arztpraxen, auch ein Schneider oder ein Poet. Ein Metzger auch.

Doch die Bomben hatten die Marienstraße übel erwischt. Es waren traurige Überreste, zernarbt von Bomben- und Granatsplittern, das Dach des Hauses 37 war von der Druckwelle, die drei Nachbarhäuser völlig zerstört hatte, um fast eine Handspanne seitlich versetzt worden, gegenüber hatte nur das oberste Eckhaus überlebt, man kann nur ahnen, wie viele der Bewohner jämmerlich und als Strafe für den Nazikrieg in der Marienstraße verreckt waren.

Nun, Anfang des Jahres 1951, hatte rege Bautätigkeit erste Folgen gezeitigt, vorwiegend auf der Straßenseite mit den geraden Hausnummern. Gegenüber aber: Trümmerbrache mit Ausnahme drunten kurz vor der Kreuzung zur Paulinenstraße. Das Hotel Kresse war im Begriff sich demnächst für Besucher zu öffnen. Im Nachbarhaus, dort wo der Johnny kurz nach seinem Besuch der „Unterwelt" irgendwas wie abhanden gekommen war, herrschte reger Mieterwechsel. Und angemessen über all dem thronte in der Mörikestraße, gleich neben den Silberburganlagen, das Headquarter der Besatzer.

Die Soldaten dort, gewiss auch die Offiziere, nahmen nicht wirklichen Anteil am Aufschwung in der Marienstraße und in der Stadt an sich, doch immerhin nahmen sie es zur Kenntnis. Andererseits, inoffiziell natürlich, waren da Zigaretten, Kaugummis, verschobene Autos. Medikamente, Prostituierte, Nylons, Dealer, Hehler und - wen wundert's - diskretes Mitmischen beim Schwarzhandel.

In der Eberhardstraße stand das „Tobi", ein Kino, das seit kurzer Zeit wieder seinen Betrieb aufgenommen hatte. Gerade erst stand der Film „Toxi" auf dem Programm. Er behandelte in zuckersüßer und realitätsferner Weise ein Thema, das in direkter Folge der Anwesenheit von GIs und MPs die Gemüter der Einheimischen bewegte: Mischlingskinder mit ihren krausen Locken und dem mehr oder minder braunen Teint, Jungens und Mädchen gleichermaßen, und die hatten einen schweren Stand. Wie ihre Mütter auch, weniger die Väter, die nach Lage der Dinge sich früher oder später wieder zurück in den Schoß der Heimat zurückziehen würden. Aber nun waren sie eben einmal da, besuchten bereits die raren Spielplätze und öffentlichen Anlagen, wobei es den Kleineren, die ja nicht wussten, nicht die geringsten Probleme bereitete, jene Kinder in ihre Reihen aufzunehmen. Erst bei den Größeren war die Zurückhaltung und häufig auch direkte Ablehnung gegenüber den Mischlingskindern deutlich erkennbar.

Es gab also wieder Kinos in der Stadt. Einige wie das Union oder das Atrium, das Metropol oder das EM hatten die Zerstörungen leidlich unbeschädigt überstanden. Andere wie das Marstallkino, das in der unteren Königsstraße in Räumlichkeiten unter der Erde betrieben wurde, oder die Kammerlichtspiele in der unteren Marienstraße, die ein bedenkliches Provisorium beherbergte, waren bei denjenigen, die es sich leisten konnten, begehrte Etablissements. Gezeigt wurden Filme, die von den Aufsichtsbehörden der Besatzungsmacht, bald aber auch von der FSK für „korrekt" befunden waren, als da „Der Dieb von Bagdad", oder „Sindbad der Seefahrer", auch Vorkriegsproduktionen oder im großen und ganzen unverfängliche und harmlose Filmhits wie „Die Feuerzangenbowle", immerhin aber auch jenes fälschlich für reines Spaßspektakel empfundene Exemplar namens „Quax, der Bruchpilot". Und natürlich US-Produktionen vom quietschbunten Wildwestfilm a la „Tom Mix" und „Hopalong Cassidy" bis hin zu faszinierenden und zeitnahen Meisterwerken aus britischer Produktion, allen voran „Der Dritte Mann", der sich auf unnachahmliche Weise des menschenverachtenden Schwarzhandels mit gepanschtem Penicillin angenommen hatte.

Zu unseres Pauls allergrößter Freude war er von seinen Eltern am Jahresbeginn zum Kinobesuch in der Marienstraße, drunten in den Kammerlichtspielen, geführt worden. „Pinocchio" stand auf dem Programm. Die lustigen Purzeleien der in den Disney Studios animierten Gestalten bezauberten die ganze Familie und hinterließen einen nachdrücklichen Eindruck beim Paul.

Der hatte einen Onkel, Hermann mit Namen (allzu gerne hätte der den Namen mit zwei „r" gehabt). Um den machten Pauls Eltern immer ein großes Geheimnis. Dessen zwei Söhne wohnten bei der Mutter, Tante Klärle genannt. Sie lebte notgedrungen alleine mit den Kindern Wolf und Tassilo - Hitler ließ sich auch gerne Wolf nennen, umschmeichelt von der Wagner-Familie und anderen Liebedienern. Wolf war damals in gewissen Kreisen die erste Namenswahl beim neugeborenen männlichen Nachwuchs. Tassilo immerhin hatte ordentlichen Bezug zur hochstilisierten germanischen Epoche.

Wolf nun besaß ein Mikroskop. Beim Sonntagskaffee am Nachmittag durfte Paul regelmäßig einen Blick durch das Okular werfen, durch welches ihm das Wunder der wiederauferstandenen Salzkrebse oder der Lebensvielfalt eines abgestandenen Wassertropfens offenbart wurden. Gevatter Tassilo hingegen besaß ein Terrarium mit Wasserpfütze und der war den Sommer über bei allfälligen Spaziergängen hinter Molchen und Kaulquappen her, die zwar kostenlos, doch bei ach! nur kurzer Lebensspanne zur Bildung der Knaben beitragen durften, während der Vater Hermann sein Heil in der Fremdenlegion suchte, die ihn höchstwahrscheinlich vor Nachstellungen der heimischen Justiz bewahrte. Wie man weiß, werden bei der Rekrutierung zur traditionsreichen Légion keine unangenehmen Fragen gestellt; eigentlich überhaupt keine Fragen.

Paul hingegen hätte schon ganz gerne mehr um den Onkel gewusst, doch von seinen Eltern war nichts zu erfahren, außer wenn Paul bei einer kleinen Lüge ertappt worden war. Das war dann regelmäßig Anlass, ihm vorzuhalten, er wolle doch wohl nicht werden wie der Onkel.

So war's mit dem Onkel.

XXXII. Leise Küsse im Viereck

Das Mäuerchen, das auf der Grenze zwischen dem Hinterhof des Hauses 39 und dem Garten von Haus 37, welcher vom neurotischen Foxterrier bewacht wurde, entlang lief, war an diesem Nachmittag gut belegt. Die matte Wintersonne ließ die fünf Kinder in ihren dicken Jacken eng aneinander rücken. Heute war es Paul, der das Stichwort für eine erneute Auflage des Telefonspieles zu liefern hatte. Am andern Ende der Reihe wartete der kleine Rainer gespannt auf seine Zuflüsterung. Die schwarze Wollmütze hatte er tief herunter gezogen, wobei er darauf achtete, dass sein linkes Ohr unbedeckt blieb, des besseren Verständnisses wegen.

„Eisenkiste im Versteck."

Das kam bei der kleinen Daimold-Tochter neben Paul noch einigermaßen an, obwohl sie gewisse Zweifel am Gehörten hatte. Nach zwei Zwischenstationen lautete der Text bereits „Meise küsste im Verdeck" und am Ende, von verhaltenem Kichern begleitet, blieb dem unglücklichen Rainer eine bemerkenswerte Auflösung zu verkünden, die da lautete: „Leise Küsse im Viereck". Besonders die Mädchen konnten kaum an sich halten, während den Knaben die letztendliche Verwandlung der Eingangssentenz reichlich blöde vorkam. Typisch Mädchen eben. Küssen. Viereck!

Erst tags zuvor hatte sich eine Expedition in den Dachstuhl des Hauses 39 gewagt, in welchem witterungsbedingt nicht nur Bettlaken und Kopfkissenbezüge zum Trocknen auf den Leinen hingen, sogar mehrere Exemplare von taubengrauen langen Unterhosen reihten sich neben einige der unverschämt rosafarbenen Büstenhalter, die unter keinen Umständen jemals ihre drahtfeste Form verloren, nicht einmal beim Bad in der neuesten Errungenschaft, einer teilmotorisierten Waschmaschine aus dem Besitz des Metzgers. Dazwischen unanständig leichte Strümpfe aus Nylon, Kinderwäsche, dämpfige Wollsocken, eben alles, was an einem ganz normalen Waschtag anfiel. Die Expeditionsleitung befand die hinterste Dachschräge als optimalen Platz für das anstehende Doktorspiel. Als Patient ward der Paul auserwählt. Der allerdings wurde von zwiespältigen Gefühlen heimgesucht. Schließlich hatte er mehr als nur einmal zum spöttischen Gelächter der Ärztinnen herhalten müssen. Immerhin sollte ihm heute nur ein Verband angelegt oder eine Spritze verabreicht werden, was Paul deutlich erträglicher empfand als das Herzeigen seines kleinen Pimmelchens. Dass die Ärztinnen, die Mädchen aus der Marienstraße, unten herum um einiges anders ausschauten, nahm er mit gedämpftem Interesse zur Kenntnis, wusste er doch ganz genau, dass es ein Riesenvorteil war, im Stehen pinkeln zu können, anstatt die ganzen Umstände auf sich zu nehmen, zu welchen Mädchen nun mal gezwungen waren. Das Verbandsmaterial, Streifen ausgedienter Bettwäsche, langte reichlich für seinen Kopf, den linken Arm und ein Bein. Als er dann geduldig da stand und die Ärztekommission ihn voll vorgeblichem Mitleid angriente, dann anfing ihn wieder auszuwickeln, war er drauf und dran, vom Fund in der Nachbarruine zu erzählen. Da hätten die Ärztinnen nämlich schwer geguckt.

Er verkniff es sich. Mädchen konnten nicht anders als alles auszuplaudern.

Die Spritze erwies sich als völlig harmlos. Sie hatte nicht nur die Form und das Aussehen einer winzigen Puppenbabyflasche, sie war auch eine solche, aus der zuvor die knallbunten Liebesperlen sorgsam herausgezutzelt waren und deren weiches Mundstück beim Setzen der Spritze am Po er kaum spürte.

Dann hatte Paul ausgedient.

Das Telefonspiel war ans erheiternde Ende gelangt, die Kinder hingen ihren Überlegungen zu weiteren Aktivitäten nach. Das Fickel-Mädchen hatte dann entgegen ihrer sonst so zurückhaltenden Art noch eine Anmerkung.

Erst vor wenigen Tagen, nein, es war wahrscheinlich schon länger her, sei sie an genau dieser Stelle, am Mäuerchen, als sie auf Spielkameradinnen wartete, von einem Mann angesprochen worden. Einem Mann, der ihr unbekannt gewesen sei und den auch die hinzugekommenen Freundinnen noch nie zu Gesicht bekommen hätten. Allem Anschein nach sei der Mann nicht von hier gewesen. Das hätten sie übereinstimmend im Anschluss an die kurze Begegnung festgestellt. Der hätte nämlich so eine Aussprache gehabt, wie sie von manchen Besatzersoldaten bekannt war. Vermutlich also ein Ami, aber dafür hätte er ganz gut deutsch gesprochen.

Paul spitzte die Ohren.

Der Mann habe sich nach einem kleinen Jungen erkundigt, einem mit blonden Haaren und so einem Grübchen in der Backe. Und die Mädchen hatten sich eigentlich nur ganz kurz anschauen müssen, denn von all den in Frage kommenden Kindern in der Marienstraße, von den kleineren, denen, die dem Mann nur bis knapp übers Knie reichten, war ihnen, klar, der Paul eingefallen mit seinen blonden Haaren. Der kleine Rainer, nicht wahr, der hatte pechschwarzes Haar. Ja, das müsse der Paul sein, im zweiten Stock wohne der mit seinen Eltern und seiner Schwester. Der Mann sei dann gegangen, nicht einmal Kaugummis habe er ihnen dagelassen, obwohl - man sollte doch von Fremden nichts zu Essen annehmen. Doch Kaugummis aß man ja nicht.

Der knappe Bericht der Mädchen verschaffte unserem Paul keinerlei unruhige Gefühle. Da liefen so viele Leute in der Marienstraße herum, Amerikaner, überhaupt nichts besonderes. Und letztlich trugen die nicht alle und immer ihre Uniformen. Nur der Umstand, dass sich der Amerikaner, wenn er denn einer war, nach einem kleinen blonden Jungen erkundigt hatte, der ließ den Paul für kurze Zeit ein klein wenig nachdenken. Aber auch diese Gedanken waren alsbald wieder vergessen, es war nämlich so, dass sich

herumsprach, beim Radio Grüner stünde ein Fernse-
her im Schaufenster. Und, in der Tat, eine Menschen-
traube hatte sich vor jenem Schaufenster eingefunden,
wuchs bis hinaus auf die Fahrbahn, andächtiges Staunen hatte sich breit gemacht. Für die Kinder gab es
kaum ein Durchkommen. Nur die ganz kleinen, diejenigen nämlich, die den Erwachsenen die Sicht nicht
verstellten, die konnten sich ganz vorne an die Scheibe drücken. Hinter der war ein mit grünem Samt ver-
hangenes Podest postiert, darauf stand tatsächlich,
aus hochglanzpoliertem Holz geformt, mit einem an
den vier Ecken rund eingefassten Bildschirm von der
Größe eines Zeichenblockes, eines kleinen Zeichenblockes allerdings, das Fernsehgerät. Pünktlich zum
Beginn des Programms hatte sich die neugierige
Menge beim Radio Grüner eingefunden. Das Bild war
leidlich körnig und überhaupt ein wenig verrauscht,
vom Ton war nichts zu vernehmen, aber all das beeinträchtigte die Sensation keineswegs, auch wenn einige
der Betrachter bald merkten, dass es sich bei den Bil-
dern nicht um eine richtige Übertragung handelte, es
gab nämlich noch gar kein offizielles Fernsehen. Listi-

gerweise hatte man es beim Radio Grüner geschafft, eines der Magnetaufzeichnungsgeräte aus der Vorkriegszeit zu beschaffen und eine der raren Unterhaltungssendungen zu „wiederholen".

Paul wäre noch so gerne geblieben, doch hatte die Doris, das Kindermädchen, sich aufmachen müssen, um den Kleinen endlich zum Abendbrot einzusammeln. Und auch der fiel es schwer, den Blick vom Bildschirm zu lösen. Am Esstisch dann, später, als die belegten Brote samt dem Apfelsaft aufgetragen waren, erfuhr Paul vom Anruf des amerikanischen Offiziers. Der hatte sich angelegentlich nach Pauls Befinden erkundigt und einen erneuten Besuch bei der Familie angedeutet. Es gäbe da noch ein paar Kleinigkeiten zu klären, vielleicht würde der Junge Interesse an einem erneuten Ausflug zu den Patch Barracks haben. Karneval nannte man das wohl, dieser Karneval stünde doch demnächst an, und der Junge sei beim letzten Besuch doch kaum von den Cowboy-Utensilien im PX-Markt wegzubekommen gewesen.

Ob man nicht ...?

Oh ja, selbstverständlich wollte man.

Pauls Ohren wurden schon bei der Vorstellung knallrot, sich im Kofferabteil des holzbeschlagenen Familienmobiles wieder zu finden, nötigenfalls durchaus auch mit der Anwesenheit des drögen Sohnes abzufinden, des Kerls, der immer nur „staapid" hervorbrachte und ihn dumm dabei ansah. Oder arrogant. Egal.

Wäre es nach dem Paul gegangen, dann hätte der Besuch des freundlichen Offiziers gleich am selben Tag stattfinden dürfen. Oder wenigstens am Tag darauf. Daraus wurde nun aber nichts. Paul nämlich samt seiner drei Jahre älteren Schwester war für den folgenden Tag zur Pockenimpfung beim Doktor Fischer drüben im Olgäle angemeldet. Lange schon hatte der Bruder die markante Narbe auf dem linken Oberarm der Schwester bewundert. Nicht einmal pfenniggroß, kreisrund und richtig gut. Weh tun sollte die Prozedur auch nicht, die Schwester, deren erste Impfung bereits einige Jahre zurück lag, hatte dies glaubhaft versichert. Wie dem auch sei, für solch eine Narbe hätte Paul durchaus auch ein ganz klein wenig Schmerzhaftes hingenommen.

Immer noch befand sich das Olga-Hospital, für die Einheimischen längst eben das „Olgäle", im Zustand des Wiederaufbaus, nachdem es während der Bombenangriffe des Krieges großenteils zerstört worden war. Doch der Wiederaufbau machte große Fortschritte und so konnte es den Klinikbetrieb fast schon wieder auf Vorkriegsniveau führen. Und der Leiter, Professor Fischer, hatte sich eine angenehme Zahl von Belegbetten reserviert.

Das Skalpell in den kräftigen Fingern des Arztes war gar nicht schön. Ruckzuck war an der vorgesehenen Stelle die Haut desinfiziert, ein rascher Schnitt, es tat also doch richtig weh, dann ein paar Tupfer mit der Impfsubstanz, fertig. Das dicke Pflaster musste unbedingt eine Woche unangetastet bleiben. Nachuntersuchung dementsprechend. Gleiche Prozedur bei der Schwester, die den Schmerz mit spöttisch verzogenen Lippen stoisch hinnahm, Paul jedoch hatte ganz genau das leichte Zucken registriert. Auf der Heimfahrt vermeinte der Kleine, dass sich der Schmerz fühlbar ausbreitete, doch das mochte eher eine Einbildung sein.

Am Tag darauf war es endlich soweit. Eigentlich hatte Pauls Mutter Bedenken angemeldet. Ein erneuter Besuch im US-Einkaufsparadies der Patch Barracks würde dem Sohn doch nur Flausen in den Kopf setzen. Alles würde sich um Cowboy-Pistolen, Cowboyhüte, Lassos, Stiefel und all dies amerikanische Zeugs drehen. Im Grunde genommen teilte Pauls Vater die Ansicht seiner Frau. Doch im Hinblick auf die höchst freundschaftlichen Beziehungen, die ihm Zugang zu allfälligen Pressekonferenzen der Besatzer garantierten, stellte er seine Bedenken umgehend hintan.

XXXIII. In freudiger Erwartung

Am frühen Nachmittag, erschien der Offizier an der Wohnungstür. Den angebotenen Kaffee lehnte er dankend ab, man wolle sich gleich auf den Weg machen, damit es nicht spät würde. Drunten am Bordstein des Hauses 39 wartete die amerikanische Limousine. Nicht dieselbe wie beim ersten Besuch, doch auch ein Zivilfahrzeug dieses Mal, ein Kombi von enormen Abmessungen. Auch der Offizier trug Zivilkleidung, und am erfreulichsten war die Tatsache, dass sein dummer Sohn, ein echter Langweiler, nicht mit im Auto saß. Dafür jedoch am Lenkrad ein weiterer Zivilist, der seine Zigarette aus dem Fenster schnippte, als Paul durch die hintere Wagentür auf den ausladenden Rücksitz kletterte. Beim Losfahren der Limousine reichte es gerade noch für ein kurzes Winken hin zur Mutter, die rasch zurückblieb. Dabei streifte Pauls Blick ein paar schmutzige Decken, die im offenen Gepäckabteil den Boden bedeckten, den olivfarbenen Benzinkanister, der achtlos in der Ecke beim Reserverad lag. Und solch einen Spaten, wie Paul ihn schon öfter außen an der Karosserie der Militärfahrzeuge befestigt beobachtet hatte.

Paul entsann sich noch an die Dauer der vorigen Fahrt ins Einkaufsparadies, also machte er es sich bequem und störte sich auch nicht an der Tatsache, dass der Offizier schon nach kurzer Zeit seine zweite Zigarette angesteckt hatte, deren Rauch den Innenraum des Mobiles erfüllte.

Während also Paul in freudiger Erwartung dem Ziel des Ausfluges entgegensah, während die Männer vorne auf der durchgehenden Sitzbank recht wortkarg wirkten, war es jenseits des Atlantiks, in der Stadt San Diego, die Zeit, zu welcher ein gewisser Gerichtszeichner sich auf den Weg zur Arbeitsstätte machte. Auch wenn es an diesem Tag nichts für ihn zu zeichnen geben würde, denn es stand lediglich die Verkündung des Strafmaßes in dem vorangegangenen Geschworenenprozess auf der Tagesordnung. Abzuurteilen waren zwei Angehörige einer Rauschgiftbande, die sich des gemeinschaftlichen Mordes an einem Angehörigen der Konkurrenzorganisation schuldig gemacht hatten. Was den Gerichtszeichner zufällig aus ganz persönlichen Gründe interessierte.

Rein gewohnheitsmäßig hatte er kurz darauf seinen angestammten Platz im Gerichtssaal eingenommen und ebenfalls rein gewohnheitsmäßig seine Arbeitsutensilien, also Zeichenblock und verschiedene Farbstifte, auf dem schmalen Holzpult hergerichtet. Man konnte schließlich nie wissen, ob es nicht doch etwas zu zeichnen gab. Etwa die entsetzten oder wenigstens überraschten Mienen der Delinquenten. Oder die aparte Stenotypistin mit ihrer kleinen Spezialschreibmaschine.

Da sich das Erscheinen des Richters verzögerte und die Verurteilten entweder mit versteinerten Mienen vor sich hinstarrten oder sich tuschelnd ihren Verteidigern zuwandten, die Stenotypistin noch nicht einmal ihren Platz vor dem Richtertisch eingenommen hatte, überbrückte der Gerichtszeichner die Wartezeit, indem er aufs Geratewohl einige geschickt hingeworfene Portraits aus der Erinnerung zu Papier brachte. An einer der Skizzen hielt er sich jedoch mehr als nur ein oder zwei Minuten auf. Denn die Erinnerung an die abgebildete Person, ein Kindergesicht mit verstrubbelten Locken, viel zu angstvoll verzerrte Züge, schob sich vor alle anderen Eingebungen. Diese Erinnerung an den kleinen Burschen in Deutschland verfolgte ihn. Der hatte einfach nicht mit der Wahrheit herausrücken wollen. Hatte ihm partout nicht sagen wollen, wo er oder sein gleichaltriger Kumpel die Blechkiste versteckt hatten.

Der unerfreuliche Zustand, in dem das Kind sich nach der unerlässlichen und zugegeben sehr eindringlichen Befragung befunden hatte, erzwang geradezu das Eingeständnis, dass es schlechterdings unmöglich war, ihn wieder nach Hause gehen zu lassen. Trotz aller jämmerlichen Versuche des Jungen, ihn umzustimmen. Das musste man doch einfach verstehen, nicht wahr?

So oder so, viel hätte der Junge in diesem seinen Leben ohnehin nicht zu erwarten gehabt. Kein Vater, wie er herausbekommen hatte, seine Mutter, na ja, man wusste ja, schon einige der Kameraden waren bei ihr „zu Besuch" gewesen. Anspruchsloses Ding. Eine Stange Zigaretten, ach was, zwei Schachteln genügten manchmal. Oder ein paar Nylons. So eine war das.

Weil also, dumm gelaufen, weil also der Johnny gar nichts hergab und folglich entsorgt werden musste, blieb noch der Andere. Tagelang nicht zu sehen, inzwischen ständiger Druck vom Vorgesetzten, abwarten, Versuche, herauszufinden wer, wo, und so weiter. Und immer schön freundlich bleiben gegenüber den ganzen Blagen in Stuttgart, so hieß die Stadt.

Toller Zufall, dass er ihm dann plötzlich so mir nichts dir nichts im Mannschaftswagen gegenüber gesessen war bei der Befragung durch den Nigger aus dem Headquarter. Dann der peinliche Versuch bei Dunkelheit, als eine Hand voll der Kinder sich mit irgendeinem Spiel auf dem Trümmergrundstück herumgetrieben hatten. Oder der Versuch, den kleinen Kerl oben in dessen Wohnung zu überrumpeln. Oder der letzte Versuch, mitten im Winter, als es ihm und seinem Kameraden fast gelungen wäre, den Kerl ins Auto zu zerren.

Einen Teufel hätte er unternommen, sich noch mal zu blamieren, wäre da nicht die Kiste gewesen, vollgestopft mit Morphium. Nicht für ihn persönlich, er brauchte das Zeugs nicht, ihm genügte der eine oder andere Drink, vorzugsweise sein Lieblings-Southern. Nein, er konnte sich auch nicht in die Gier hineinversetzen, die das Morphium verursachte. Nervöse Gier bei den Kunden, krampfartige Gier bei den Abnehmern sowieso. Aber Gier auch bei seinen Kumpels, die Gier nach Dollars, mit deren Hilfe sie sich allesamt in der Heimat endlich das Haus, das Auto und das

Boot kaufen würden, Dinge, die der Sold nun einmal nicht hergab. Da konnten sie 30 Jahre dienen. Gier macht rücksichtslos. Und als einer der sogenannten Kameraden gedroht hatte, das ganze schöne Netzwerk auffliegen zu lassen, war nichts anderes übrig geblieben, als ihn diskret im Untergrund der zur Hälfte zerbombten Stadt in Deutschland verschwinden zu lassen. Nur, leider nicht diskret genug. Weshalb jetzt einer der neugierigen Bälger beseitigt und der andere ihm vermutlich schon gefolgt war. Drüben in diesem verfickten Deutschland, mit all seinen Nazis und Heuchlern und Rauschgiftabhängigen. Von den Frauleins mal abgesehen.

Paul richtete sich auf, um einen Blick aus dem Wagenfenster zu werfen. Die Häuser flogen an ihm vorüber, braune Felder, noch grünte nichts auf ihnen, eine Brücke rumpelte unter den Rädern, dann wurde es dunkler, denn sie durchquerten ein Waldstück. Der Offizier und sein Fahrer wechselten kaum einmal ein Wort miteinander. Das Kind auf dem Rücksitz schien sie wenig zu interessieren. Immer wieder dieser unangenehme Zigarettenrauch. Pauls Schuhe fingen an, ihn zu drücken, Die Mutter hatte die Schnürsenkel zu fest gezogen.

Das erinnerte den Kleinen an den vielleicht ein Jahr zurückliegenden Skiurlaub im Schwarzwald. Eines Tages hatte sein Vater verkündet, die Familie sei von Bekannten in Kniebis für einige Tage auf deren Bauernhof eingeladen. Zum Skifahren. Und da es wegen der Feiertage und den darauf folgenden Tagen bis nach dem sechsten Januar auch im Landtag nichts zu tun gäbe, werde man in den Schwarzwald fahren.

Schwarzwald. Ob es da so richtig finster sein würde, ob das Skifahren in solcher Dunkelheit überhaupt möglich wäre, hatte er sich gefragt. Und hinzu kam, dass Paul dem Schnee bislang bestenfalls auf den Schlitten von Freunden in den Silberburganlagen und Skiern lediglich auf Abbildungen im einen oder anderen Bilderbuch oder einer der Illustrierten begegnet war. Skeptisch hatte er seinerzeit die hügelige und von immer dunkleren Tannen geprägte Landschaft am Abteilfenster vorüber ziehen lassen.

Die Eisenbahn hatte im Bahnhof von Freudenstadt gehalten, ein Name im klaren Gegensatz zur vermuteten Finsternis des Waldes. Man wurde bereits erwartet. Kniebis klang ebenfalls merkwürdig – ein Biss ins Knie? Der Hof befand sich außerhalb, und die Fahrt durch den tief verschneiten Wald beeindruckte den Paul enorm, obgleich rein gar nichts von der schwarzen Finsternis zu sehen gewesen war. Die Unterkunft hölzern, es roch im ganzen Haus nach dem Stall, in dem die Kühe untergebracht waren. Dazu gesellte sich der harzige Rauch der zentralen Feuerstelle im Wohnbereich, der sogar das Bettzeug im Schlafraum durchzog. Gleich am Morgen darauf wurde die Ausrüstung im örtlichen Skiverleih organisiert, nur für unseren Paul war kein geeignetes Schuhwerk aufzutreiben, so dass seine Straßenstiefel dann eben noch fester geschnürt wurden. Die Riemenbindung auf den kleinen Holzskiern war verstellbar, die Skier rasch vom Verleiher angeschnallt, und mit Hilfe der kürzesten Bambusstöcke im Sortiment versuchte Paul sich an seinen ersten, unbeholfenen Schritten im knarzenden Schnee auf der Straße. Bei seiner Schwester ging

das recht gut voran, und sein Vater schien sogar einige Übung im Umgang mit den schmalen Holzskiern
zu haben. Nur die Mutter verzichtete auf die Teil-
nahme an der Ausfahrt, sie würde sich zu Fuß bemü-
hen, auf ihren Sohn acht zu geben. Dass der Vater zügig voran kam, wunderte den Paul nicht. Zu Hause
hatte er den Kindern Fotos aus dem Krieg gezeigt, er
war bei einer Einheit in irgendwelchen Bergen gewesen, Weißes Überzeug, Weiße Kapuze, Gewehr auf
dem Rücken, gebückte Haltung, Winken in das Auge
der Kamera, es schien richtigen Spaß gemacht zu haben. Wie es dem Vater überhaupt reichlich Spaß gemacht zu haben schien im Krieg. Hier ein Bild in Uniform vor dem Schiefen Turm von Pisa, den rechten
Arm so ausgestreckt, dass es schien, der Vater stütze
ihn, da Bilder inmitten alter römischer Statuen unter
der Sonne Afrikas, „Leptis Magna", hatte der Vater
dazu erwähnt, er, der lächelnd auf den Armen einer
Göttin ruhte. Immer lächelnd.

Das Skifahren war keineswegs eine spaßige Angelegenheit für den Paul gewesen. Alle paar Meter haute
es ihn in den hohen Schnee rund um Kniebis. Bei der

Alexanderschanze ging es ihm nicht anders, auch nicht am Ruhestein, seine Kleidung war schwer vom Schmelzwasser, die Lederstiefel hatten sich schon bald vollgesaugt, überall Schnee. Einmal war er nicht aus eigener Kraft wieder auf die Beine gekommen, die Schwester und der Vater waren auf dem abschüssigen Waldweg schon weit vorausgefahren und von der Mutter weit und breit nichts zu sehen, da hatte der Kleine sein Weinen nicht mehr unterdrücken können. Die Schneemassen sorgten für undurchdringliche Stille, nur ab und an durchbrochen vom Rascheln der hochschnellenden Äste, wenn sie sich von der Schneelast befreit hatten, die mit dumpfem Aufprall zu Boden fiel. Oben am Himmel, nur schwer über den hohen Tannen erkennbar, gaben die heraufziehenden dunklen Wolken dem Paul vollends den Rest. Erfrieren würde er, nicht anders als die verlorenen Kinder im Märchen. Oder verhungern. Erst nach langer Anstrengung war es ihm dann doch noch gelungen, irgendwie auf die Beine zu kommen, der Rotz lief ihm aus der Nase, ein Taschentuch hatte er nicht bei sich, die Tränen vermischten sich mit dem Schnee, der ihm von oben, von den Ästen, auf den Kopf fiel, seine Wollmütze war längst verloren gegangen. Dann, endlich, tauchte der Vater unten am Weg auf und rief nach ihm. Wo er denn so lange gesteckt habe. Den ganzen Weg habe er wieder bergauf klettern müssen.

Am Nachmittag, auf dem Hof angekommen, brauchte Paul elendiglich lange, bis er, nur in seiner Unterwäsche, am Kachelofen der Wirtsfamilie aufgewärmt war.

Tags darauf bestand er darauf, mit der Mutter im Dorf zu bleiben, was ihm einen „Feigling" der Schwester eintrug.

Dann, am Tag danach, war ein Skispringen angesagt. Droben am Hang unter der Hochfläche, über einem Talgrund, ragte das beeindruckende Holzgerüst der Sprungschanze in den Himmel. Das dürfte ja dann die Alexanderschanze gewesen sein, glaubte der Paul, und dieser Alexander ein berühmter Skispringer. Andächtig verfolgte das Publikum die Sprünge. Der eine versuchte, mittels rudernder Armbewegungen Weite zu gewinnen, der andere streckte die Arme vor sich, bald jeder zweite stürzte bei der Landung, einen mussten die Sanitäter ins nahe Zelt schleppen, die Zuschauer kommentierten die Künste der Springer mit Jubelschreien oder, von Fall zu Fall, mit mitleidigem Aufstöhnen. Skispringen.

XXXIV. In keinster Weise bekannt

Paul war für einen Moment eingeschlafen. Den drückenden Stiefel versuchte er, durch Ziehen an der Lasche kommoder hinzubekommen. Wieso sich dieses Mal die Fahrt im Kombi der Amerikaner so viel länger hinzog, als beim vorigen, fragte er sich nun. Auch kam ihm die Gegend, die sie gerade durchquerten, in keinster Weise bekannt vor. Längst schon hätten sie die Patch Barracks erreichen sollen. Doch den Offizier vorne anzusprechen, traute er sich nicht. Er wollte es sich mit dem keineswegs verderben. Denn zugleich hatte er wieder die Regale mit den Pistolen und dem ganzen Zubehör für die Cowboys präsent, die großen Schachteln voller Kaugummipackungen, die helle Beleuchtung überall.

„Hey, staaapid, Whisky", war der Kommentar des ge-langweilten Offizierssohnes gewesen. Richtige Kani-ster das, alles Schnaps, wie sein Vater lachend erklärt hatte. Ein Segen, dass der kleine Dummkopf diesmal nicht dabei war.

Aber im Wald waren die Patch Barracks bestimmt nicht gewesen.

Und nun war es auch schon richtig dunkel draußen. Die Männer sahen sich nach rechts um, sahen sich nach links um, beratschlagten auf amerikanisch mit-einander. Schauten den Paul kurz an, fuhren jetzt langsamer, dann wendete der Fahrer. Hatte sich wahrscheinlich verfahren, da im Wald.

Paul blickte aus dem Wagenfenster. Es ging nur noch im Schritttempo vorwärts.

Wieder stoppte der Wagen. Der Fahrer legte den Rückwärtsgang ein. Gab nur ein wenig Gas, es ruckel-te, er wollte wieder vorwärts fahren, da geschah es. Mit einem dumpfen Schlag setzte der Kombi hinten auf. Hektisches Gekurble am gewaltigen Lenkrad, die Hinterräder drehten durch, Paul hörte das Jaulen der Reifen.

„Oh, shit, goddamn shit!"

Der Offizier stieg unter einer Reihe weiterer Flüche aus seiner Tür um nach den Hinterrädern zu schauen, verschwand hinter der Karosserie, versuchte, den Wagen anzuschieben, was aber offensichtlich aussichtslos war, denn gleich darauf erschien er wieder am Fenster der Fahrers. Beide lieferten sich ein heftiges Wortgefecht, schließlich stieg auch der Fahrer aus, nun setzte sich der Offizier, dessen Hosenbeine vom Dreck der durchdrehenden Hinterräder eingesaut waren, ans Steuer, während sich der andere Mann am Heck des Wagens versuchte. Er hatte genauso wenig Erfolg, der Kombi steckte fest. Vorne an der Straße sah Paul einen Traktor vorüber tuckern. Die Amerikaner aber machten keinerlei Anstalt, den zusammengekauerten Lenker auf sich aufmerksam zu machen, dabei hätte der bestimmt helfen können. Doch ganz im Gegenteil, die Männer beeilten sich, Deckung hinter ihrem Wagen zu finden.

Wie beim Bannemann, dachte da Paul, ganz genau wie beim Bannemann.

Allerdings traten der Offizier und sein Fahrer gleich nachdem der Traktor sich ein gutes Stück weit entfernt hatte wieder hinter dem Wagenheck hervor. Dann gingen sie einige Schritte in den Wald, so, als wollten sie sich nach etwas umschauen, nur hatte Paul absolut keine Vorstellung, was das Ganze mit dem Besuch des PX-Marktes in den Patch Barracks zu tun hatte. Als sie wieder zurückkamen, hatten beide eine Zigarette im Mund. Während die Tür des Kofferraumes zur Seite geöffnet wurde, beugte sich der Offizier ins Innere und zerrte die schmuddelige Decke hervor. Sein Kollege ergriff den Spaten und den Kanister.

„Komm jetzt raus aus dem Wagen, Junge, dort hinten setzen wir uns hin und warten. Bestimmt dauert es nicht lange. Und dann hilft uns jemand."

Paul schaffte es nicht, die Tür zu öffnen, in der hereingebrochenen Dunkelheit war der Hebelgriff nicht zu erkennen.

„Wo bleibst du denn!"

Paul stieg über die Rücklehne, ihm war es gleichgültig, wenn seine Schuhe schmutzige Spuren hinterließen. Überhaupt kam ihm die ganze Sache langsam merkwürdig vor. Keine Rede war zu Hause davon gewesen, dass man einen Umweg durch den Wald machen werde. Und dass es inzwischen wirklich sehr spät würde, bis er wieder bei den Eltern eintrudelte. Da würde der Amerikaner sich eine gute Entschuldigung einfallen lassen müssen, auch wenn er keine Schuld daran hatte, dass sein Kollege den Wagen festgefahren hatte.

Die Rücklehne war überwunden, Paul ließ sich in das Gepäckabteil rollen und war drauf und dran, auf den Waldboden zu springen, als er bemerkte, dass die Amerikaner nicht mehr auf ihn achteten, sondern ihre Köpfe mitsamt den Zigaretten im Mund wie auf Kommando auf den Waldweg richteten. Unter kaum unterdrückten Flüchen scheuchten sie den Paul wieder zurück auf seine Sitzbank, warfen hastig die Decke, den Spaten und zuletzt den Kanister in Innere, lehnten die Hecktüre an und traten nach vorne. Erst jetzt bemerkte Paul den Traktor, der mit eingeschaltetem Licht und laufendem Motor nur einen Steinwurf entfernt mitten auf dem Waldweg angehalten hatte.

„Hallo? Sie da, ist was?"

Die Umrisse des Bauern, der von seinem Sitz hinuntergeklettert war, zeichneten sich im schwachen Licht der Scheinwerfer seines Gefährtes ab. Er nahm seine Schirmmütze vom Kopf, strich seine Haare zurück und schob die Kopfbedeckung wieder zurecht. Nun erst trat der Offizier ein paar Schritte vor. Räusperte sich umständlich. Zuckte mit den Schultern, hob seine Arme seitlich an und brachte ein gequetschtes „Pech gehabt, mein Fahrer kennt sich in der Gegend nicht aus. Der Wagen kommt nicht mehr frei", hervor.

Nun ließ auch sein Kollege sich blicken. Er musterte den Bauern wortlos. Dann lehnte er sich an die Karosserie und klopfte eine Zigarette aus seiner zerdrückten Packung. Unser Paul hingegen hatte reichlich genug. Der Mann mit seinem Traktor könnte schließlich helfen, den Wagen freizukriegen. Und mit wenigen, flinken Bewegungen war er aus dem Gepäckabteil ins Freie geklettert. Offenbar sehr zum Unwillen des Offiziers und seines Fahrers, die den Kleinen spürbar verärgert anschauten. Nur der Bauer schien nicht überrascht zu sein.

„Ach so, war wohl pieseln, der Kleine. Ich kenne das vom Sohn, der muss auch alleweil, wenn er mit mir unterwegs ist. Gell, junger Mann?"

Der Offizier rang sich ein Lächeln ab, sein Kollege verstand kein Wort, verzog jedoch vorsichtshalber ebenfalls seine Lippen.

„Alsdann, ich hol das Seil, das wird schnell gehen. Sie sind doch Amerikaner, Soldaten, oder?"

Paul reagierte als erster.

„Er ist ein richtiger Offizier von den Patch Barracks. Vati kennt ihn gut. Eigentlich wollten wir beim PX einkaufen."

Der Bauer nickte, er hatte das Seil an der Vorderachse des Kombis verknotet und das andere Ende am Traktor befestigt.

„Aber du bist kein kleiner Amerikaner, das hört man. Woher kommst du denn?"

Paul kam sein Nachname, auch die Adresse samt der Telefonnummer spielend über die Lippen. Kein Problem.

„Stuegart, soso. Und die Herren Amerikaner bringen dich jetzt bestimmt zu den Eltern heim."

Der Offizier schaltete sich ungeduldig ein.

„Ist gut, können wir?"

Ein, zwei Rucke, der Fahrer hatte sich ans Steuer gesetzt, die Räder griffen, der Wagen machte einen Satz nach vorne. Rasch war das Seil wieder gelöst, statt eines Dankeschön reichte der Offizier dem Bauern seine geöffnete Zigarettenschachtel. Der lehnte jedoch ab.

„Ist schon in Ordnung. Außerdem rauche ich nicht. Wünsche eine guten Heimweg, die Herren. Und du, guck immer, dass der Taubenschlag hinterher zu ist."

Während der gesamten Fahrt, die Patch Barracks waren kein Thema mehr, wechselten die beiden vorne im Wagen nicht ein einziges Wort. Und erst, als der Kombi oben an der Kreuzung zur Silberburgstraße zum Stehen kam, wandte sich der Offizier, dessen Miene in der Dunkelheit nicht zu deuten war, an Paul, der mit seiner Enttäuschung und dem Schlaf zugleich zu kämpfen hatte.

„Schade, das ist heute leider - wie sagt man? - schief gegangen. Vielleicht ein anderes Mal."

An der Tür wartete Pauls Schwester.

„Sag mal, spinnst du? Vati und Mutti suchen dich schon seit einer Ewigkeit. Da kannst du was erleben."

Und so ähnlich war es dann. Als die Eltern bald darauf erschienen, nahmen sie dem Paul seine Geschichte nicht ab. Von wegen im Wald stecken geblieben. Der Dreck an Pauls Schuhwerk rührte doch eindeutig von seiner Herumtreiberei auf dem Ruinengrundstück. Keine Widerrede!

„Du isst eine Kleinigkeit, und dann ab ins Bett."

XXXV. Toblerone

Natürlich hatte Pauls Vater am Tag darauf den Offizier angerufen, und natürlich hatte der keine Ahnung von einem Missgeschick in einem Wald. Welchem Wald, bitteschön. Nein, der PX-Markt hatte sehr zum Bedauern aller genau an diesem Nachmittag geschlossen, zu schade. Und nichts für ungut, wir bleiben in Kontakt.

„Paul, Paul."

Die Miene der Mutter verzog sich zu einem zutiefst vorwurfsvollen Bedauern, von Kopfschütteln noch unterstrichen.

„Du willst doch nicht so werden, wie Onkel Hermann, oder? Mach uns bitte nicht solchen Kummer."

Tiefes Durchatmen.

„Mit Lügen kommst du im Leben nicht weit, Paul."

Nein, wie der Onkel Hermann wollte er sicherlich nicht werden, ohne jedoch auch nur im Geringsten um dessen geheimnisvolles Tun oder nicht Tun zu wissen. Der war nämlich einfach nicht mehr vorhanden, verschwunden. Hatte sich fort gelogen, wurde weg geschwiegen.

Paul aber fühlte sich gebrandmarkt.

Es quälte ihn der Vorwurf, eine derart dreiste Lüge erfunden haben zu sollen. Und dass der Offizier, der doch eigentlich die Freundlichkeit in Person gewesen war, wenigstens bis gestern, ihn nicht unterstützt hatte, war genau so schlimm für den Kleinen. Selbst die Großmutter, die nach längerer Zeit wieder einmal während der Abendstunden ihren Hütedienst angetreten hatte, machte ein ungewohnt ernstes Gesicht. Keine Spur ihrer Liebenswürdigkeit, und zu allem Überfluss las sie auch noch einschlägige Auszüge aus dem „Pinocchio" vor.

Mehrmals in der Nacht wachte Paul auf um sich zu vergewissern, dass seine Nase noch ihre gewohnte Gestalt hatte.

Auch der Spott seiner Schwester, die diese Geschichte mit dem „Wald" nicht genug auskosten konnte, traf ihn tief; nagte am Paul noch nach Tagen, auch noch, als die Schwester wieder zur Schule ging und der Paul sich zu Hause langweilte. Draußen regnete es Bindfäden. Und als er sich so ganz nebenbei in den Sachen der Schwester umtat, als ihm eine 4711- Schachtel in die Hände geriet, in der sich einige Geldstücke befanden, das Ersparte der Schwester, die im Gegensatz zum Bruder ein wöchentliches Taschengeld erhielt, bekam unser Paul im Grunde genommen und tief drinnen kein schlechtes Gewissen, als er sich eines der 50-Pfennig-Stücke, derer es reichlich gab, stibitzte.

Was sollte es, er war ja doch schon ein Lügner, also bitte, dann eben auch ein Dieb, geschah ihr ganz recht.

Tags darauf begleitete Paul den kleinen Klaus zur Süßwarenhandlung drunten nach links, in der Paulinenstraße. Das Geldstück in seiner Tasche fühlte sich gut und wertig an.

Klaus entschied sich nach längerer Überlegung für eine Scheibe vom rosa Marzipanschwein. Pauls Augen ruhten hingegen von Anbeginn an fest auf der höchst attraktiven Schachtel mit den Toblerone-Ecken. Große gab es da und kleine, diese unwiderstehlichen Köstlichkeiten.

„Ich nehm die."

Er streckte die kleine Leckerei der Verkäuferin entgegen und drückte ihr seine fünfzig Pfennige in die Hand.

„Das macht dann fünfundsiebzig Pfennige."

Pauls Herz sackte in Richtung seines Magens. Er hatte nur fünfzig Pfennige dabei, keinen Pfennig mehr, auch zu Hause nicht. Und er errötete. Demütigung, Schande.

„Was fehlt?"

Klaus hatte nicht gleich begriffen.

„Fünfundzwanzig Pfennige fehlen bei dem Kleinen noch."

Jeder einzelne davon eine Peinlichkeit für den Paul.

„Hier."

Klaus reichte der Verkäuferin die Münzen und zog seinen Freund am Ärmel aus dem Laden.

Der war hin und her gerissen zwischen Dankbarkeit und Schamgefühlen.

„Dann nimm die Hälfte."

Paul streckte dem Freund das kostbare, hellbraune Dreieckspäckchen entgegen.

„Quatsch, lass das, ist ein Geschenk."

Der Klaus.

XXXVI. Germania

Mehr als 600 000 Einwohner, und es zogen immer mehr Menschen in die Stadt am Neckar. Der Wieder-aufbau der im Krieg schwer getroffenen Schwaben-metropole kam zügig voran. Schon lagen Pläne in den Schubladen für ganz neue Siedlungen, so auf den Fildern, der ausgedehnten Ebene, auf welcher sich auch der Flughafen befand, der seinen Betrieb längst wieder aufgenommen hatte; im Neckartal hinter dem Kraftwerk, dessen Flanke jenseits der Straße von einer Reihe mächtiger Travertinsäulen „verziert" war, denen eigentlich zu Zeiten der Naziherrschaft ein ganz besonderes Schicksal bestimmt war: Inmitten der Phantasiehauptstadt Germania, Lieblingsprojekt Hitlers und seines eilfertig vorausdenkenden Leibarchitekten Speer, hatte man in Zeiten, als die beiden Diktatoren noch in Träumen einer gloriosen Zukunft schwelgten, unter anderen auch ein gigantisches Denkmal für Mussolini vorgesehen. Der Lauf der Dinge war dann aber ein anderer, Mussolini ward auf der Flucht in die Schweiz gestellt, erschossen und in Mailand samt seiner Clara Petacci an den Beinen aufgehängt. Die Säulen aber standen (und stehen noch heute) wie bestellt und nicht abgeholt am Eingang des Lauster-Steinbruches.

Neuer Siedlungsraum auch hinter Bad Cannstatt, bei Zuffenhausen, und, und, und.

Bald rechnete man schon mit 700 000 Einwohnern, vielleicht auch 800 000, es würde kein Halten mehr geben, München überflügelt, Frankfurt sowieso. Und da viele dieser Menschen im Zuge der anlaufenden Motorisierung, die ersten Porscherenner liefen auch schon vom Band, demnächst zügig und reibungslos in die Kernstadt, durch sie hindurch und reibungslos wieder aus ihr hinaus mit ihren Motorrädern und ihren Kraftwagen fahren wollten oder mussten, sollten angemessen breite Fahrstraßen aus allen Richtungen in den engen Talkessel und durch ihn hindurch geführt werden.

Weg daher mit störenden Vierteln, weg mit alter Bausubstanz, die Gelegenheit war ja wirklich einmalig, in den Jahren nach dem Krieg.

Schon schauten Mitglieder des Bauausschusses sich neugierig und animiert im Ausland nach geeigneten Vorbildern um: Chicago, Los Angeles etwa, Paris war einigen noch bestens erinnerlich.

Alles würde herrlich!

Hochhäuser. Ein passendes, modernes Rathaus. Endlich ein richtiger Binnenhafen. Das Neue Schloss wie-

der aufbauen? Wofür denn, lieber Banken und Kauf-
häuser, weg mit der alten Markthalle! Und immer
wieder Platz für die Autos und Lastwagen. Denn dieses Stuttgart würde ja auch die neue Landeshaupt-
stadt von Baden-Württemberg werden, wenn man
endlich die Altbadener untergekriegt hatte.

Letzteres war ein wichtiges Thema in der Familie des
Journalisten, Pauls Vater. Denn es war nicht auszu-
schließen, dass die geplante Volksabstimmung doch
noch zugunsten der Badener ausgehen würde. Für
diesen Fall war ein Wegzug von Pauls Familie nach
Mannheim angedacht, weil dort die für den Vater
wichtigste Zeitung herausgegeben wurde. Der Gedanke an einen drohenden Wegzug bereitete auch
dem Paul schwere Sorgen. Ein Dasein ohne die Kinder
in der Marienstraße vermochte der Kleine sich nicht
vorzustellen.

Doch zuvor und alles überlagernd geschahen gewisse
andere Dinge, die das Damoklesschwert eines möglichen Umzuges in den Hintergrund treten ließen.

Der Bauer, welcher sich in seiner Hilfsbereitschaft des Kombis der Amerikaner in jenem Waldstück, an jenem Spätnachmittag, angenommen und ihn aus seiner prekären Lage befreit hatte, dieser Bauer also hatte sich so seine Gedanken gemacht. Zwei Amerikaner in Zivil. Ein kleiner deutscher Junge. Angeblich unterwegs um im PX, von dem hatte er schon gehört, in den Patch Barracks einzukaufen. Die aber waren in einer ganz anderen Gegend. Das kam ihm mehr als merkwürdig vor. Und dass man den Amerikanern, nicht allen, aber manchen schon, nicht zwingend über den Weg trauen durfte, bei aller Freundschaft, klar, das war Menschen in seiner Altersgruppe gar nicht fremd.

Und so kam es, dass sich der Bauer einige Tage darauf und nachdem er sich ausgiebig bei der Frau versichert hatte, am Abend in der Wirtschaft ans dortige Telefon begeben hatte. Den Nachnamen und die Telefonnummer hatte er sich gut merken können, Stuttgart ebenso, nur die Adresse, die war ihm dann doch entfallen. Und er hatte die richtige Ortsvorwahl für das Ferngespräch nachgeschlagen. Am Telefonapparat meldete sich ein Mann mit „Stuttgarter Redaktion", was immer das heißen sollte. Der Bauer kam gleich zur Sache, damit das Gespräch auch nicht zu teuer würde.

Was Pauls Vater dem Anruf entnehmen konnte, soweit er den Bauern richtig verstanden hatte, war nichts anderes als die Bestätigung der unter Tränen vorgebrachten Schilderungen des Sohnes. Und dann war der Hörer des Anrufers auch schon aufgelegt, das Gespräch beendet.

Tief durchatmen musste da der Vater des Kleinen, sehr tief durchatmen.

Bis spät in die Nacht, natürlich erst, als die Kinder schliefen, beratschlagte er sich mit seiner Angetrauten. Die schloss zuerst kategorisch aus, dass da etwas so Unvorstellbares vorgegangen sein sollte. Doch nicht die Amerikaner! Den Franzosen, denen war so etwas zuzutrauen, bloß, Franzosen waren nicht in Stuttgart; den Russen sowieso, doch auch die waren nicht in der Gegend. Um Himmels Willen, und wie der kleine Paul ihr noch aus dem Wagen zugewinkt hatte, entsetzlich!

Pauls Vater fasste einen Entschluss. Den freundlichen und so sehr geschätzten Offizier direkt anzusprechen, war ausgeschlossen, auch nicht am Telefon. Und dessen Vorgesetzte schon gar nicht, wegen der Deutsch-Amerikanischen Freundschaft und so weiter. Aber glücklicherweise gab es noch diesen Kollegen, einen der sozusagen unterhalb der offiziellen Ebene aus dem Nachkriegsdeutschland zu berichten hatte. Genau den rief Pauls Vater drei Tage später privat an, man hatte immer wieder das eine und andere Glas zusammen getrunken, wie es halt so ist, und der zeigte sich höchst interessiert.

Unser Paul bekam von all dem nichts mit.

Nein, das stimmte nicht ganz, des Vaters Verhalten und speziell das der Mutter war entschieden freundlicher und teilnahmsvoller geworden. Ganz beiläufig kamen Fragen zum geplatzten Ausflug mit dem Offizier auf, Paul konnte sich des Eindruckes nicht erwehren, dass die Eltern nun vielleicht doch ein bisschen mehr seiner Darstellung Glauben zu schenken bereit waren.

Am Sonntag gipfelte alles in einem ausgiebigen Besuch auf dem Killesberg, dem Gelände der ehemaligen Reichsgartenschau. Fast einen ganzen Tag lang, trotz der lauter werdenden Proteste der Schwester, konnte und durfte Paul nach Herzenslust mit dem Bähnele, dem Tazzelwurm, über das Gelände reisen, er durfte die Schwebesesselbahn benutzen, die Schwäne füttern, in der Ländlichen Hauptgaststätte seine Bratwurst verzehren, sogar den Dirigenten des Blasorchesters mimen, zur Gaudi des Publikums, nicht ganz der des Paul, dem das alles auf einmal ein wenig zu viel schien. Dennoch, ein unvergesslicher Tag!

Unvergesslich auf der anderen Seite war einige Tage nach diesem Ausflug das Erscheinen der Militärpolizei in der Privatwohnung eines Offiziers der Besatzungsstreitkräfte der US-Armee auf dem weitläufigen Gelände der Patch Barracks außerhalb der Neckarstadt. Welch ein Glück, dass dessen vorübergehende Heimstatt sich nicht in dem Headquarter, so wunderschön gelegen in der Stuttgarter Innenstadt, befand.

Daher ging der Aufmarsch des MP-Kommandos angenehm unspektakulär vonstatten.

Während der Vernehmung, welche dann zwangsläufig doch im Headquarter am Rande der Silberburganlagen, nur einen Steinwurf entfernt von der Marienstraße, durchzuführen war, störten die Spezialisten der amerikanischen Ermittlungsbehörden den in der Privatwohnung des Offiziers spielenden kleinen Sohn. Seine Blechpanzer, die beim Anschieben mittels eines Reibrades blitzende Funken spieen, seine Plastiksoldaten, die in diversen Angriffsformationen auf dem Boden angeordnet waren, allesamt hellgesichtig, kein Schwarzer darunter, mussten verharren, wo sie sich gerade befanden. Die Mutter, Lockenwickler im getönten Haar, musste ihre nur zur Hälfte angerauchte Zigarette im Aschenbecher ausdrücken und mit dem Kind in der Küche bleiben, dann zusehen oder besser zuhören, wie sämtliche in Betracht kommenden Einrichtungsgegenstände durchfilzt wurden. Und das alles, ohne dass man ihr den Anlass der Durchsuchungsaktion erläutert hätte. Sie war empört, war ihr

Gatte doch ein hochrangiger und, ja, durchaus ange-
sehener Offizier der US-Streitkräfte.

Nicht zum ersten Mal verfluchte sie den Tag, an dem
die Einheit ihres Mannes ins ferne Deutschland versetzt worden war. Deutschland, Nazibarbaren, dem
Boden gleich gemacht hätte das Land werden müssen.
Bestenfalls noch als reiner Agrarstandort tauglich.
Aber nein, statt Morgenthau-Plan gab es Dollars, gute,
schöne Dollars, sauer verdiente Dollars in Hülle und
Fülle. Sie sehnte den Augenblick der Rückversetzung
von Anbeginn an herbei. Wenigstens aber konnte sie
dafür sorgen, dass sich das Kind nicht dazu hergeben
musste, mit deutschen Blagen zusammen zu kommen,
gar zu spielen. Mit leisem Lächeln dachte sie an die
Standpauke, die sie ihrem Mann verpasst hatte, als
der es doch einmal gewagt hatte, den Sohn zu einer
deutschen Familie mitzunehmen, während sie einen
Zahnarzttermin hatte. Einmal und nie wieder.

Gut, der Sold war nicht schlecht. Und das Leben in
den Patch Barracks ausgesprochen günstig. Doch für
große Sprünge reichte es nun mal nicht. Obwohl, in
der letzten Zeit musste es eine fette Erhöhung gege-

ben haben. Das schloss sie aus den erfreulichen Überweisungen, die ihr Mann nach Hause getätigt, deren Quittungen sie versteckt in der obligatorischen Bibel aufgestöbert hatte. Dass er jedoch als Empfängerkonto nicht das eigene, sondern jenes seines Bruders angegeben hatte, war ihr natürlich nicht entgangen. Egal. Hauptsache, das Geld war dort sicher, und den Bruder hatte sie von Anfang an in ihr Herz geschlossen. Ein ausgesprochen netter Kerl. Ein ganz lieber. Ein Zivilist.

Diese Durchsuchung der Wohnung allerdings fand sie empörend, richtig unfair. Selbstverständlich hatte ihr Mann nicht das Geringste mit irgendetwas Illegalem zu tun. So einer wie der doch nicht!

Irgendjemand hatte ihm irgendetwas anzuhängen versucht. Irgendeiner der Kollegen. Oder jemand von den niedrigen Rängen. Neid. Genau, Neid.

Als nach rund einer Stunde die Männer wieder den Rückzug antraten, ohne offenbar auch nur das Geringste gefunden zu haben, was des Mitnehmens wert gewesen, fand sie sich bestätigt. Leichten Herzens unterschrieb sie das Protokoll, während das Kind sich wieder über seine Panzer hermachte. Nur eine Bemerkung im Protokoll ließ sie stutzen. Was stand da? Kontoauszüge? Überweisungsbelege? Aber bitteschön, kein Grund sich aufzuregen. Von den Überweisungen hatte sie schließlich gewusst. Alles legal, alles in Ordnung. Schönen Tag auch, die Herren.

Nicht zum ersten Mal in seinem Leben besuchte Paul zur selben Zeit an der Hand seiner Mutter das Kaufhaus Merkur, drunten am Hirschbuckel. Die Fassade des früheren Schockenbaues war eindrucksvoll und dem Bombenhagel mit viel Glück einigermaßen unbeschadet entgangen. Mit den Rolltreppen wäre Paul am liebsten den ganzen Vormittag auf und ab gefahren. Doch als es hieß, sich an der Süßwarentheke ausgiebig zu bedienen, ließ sich unser Kleiner nicht lumpen. Zuckerstangen, Gummibärchen, Karamellen, alles gerne, nur keine Lakritze. Marzipankartoffeln. Bruchschokolade. Türkischer Honig am Stiel. Es war wie Weihnachten, bloß, draußen schien die Sonne so schön warm, da ließ sich der ausgefallene Besuch der

Patch Barracks leicht vergessen. Und mit Behagen dachte Paul an seine Schwester, die nicht dabei war.

XXXVII. Routinesache

Einige Tage danach erhielt Pauls Vater die telefonisch mitgeteilte Einladung zu einer der regelmäßigen Pressekonferenzen, welche an die örtlichen Journalisten vom Army-Stab für Öffentlichkeitsarbeit ausgegeben wurde. Routinesache, doch man durfte nicht fehlen, das ging einfach nicht. Schließlich könnte ja auch mal etwas Interessantes dabei herauskommen.

Am Tisch mit den Uniformierten auf der einen und mit den versammelten Journalisten auf der anderen Seite, auf den richtigen Abstand wurde penibel geachtet, saßen wie stets drei Angehörige des Stabes, die Uniformmützen sauber ausgerichtet, Papierstapel vor sich zur späteren Ausgabe an die Deutschen, doch allen, die schon früher dabei gewesen waren, fiel sofort auf, dass dieses Mal der Wortführer in der Mitte ein bislang Unbekannter war. Ein älterer Offizier, dessen

grauer Haaransatz an den Schläfen nicht zu übersehen war. Und der ergriff sogleich das Wort, begrüßte
die Anwesenden, listete dies und listete jenes auf,
während seine Kollegen fleißig zu seinen Ausführun-
gen nickten. Vergaß nicht zu erwähnen, was alles an
segensreichen Handlungen und Gaben über die Stadt
und über das Land gekommen war, welche wunderbaren Fortschritte der Wiederaufbau und die Demo-
kratisierung machten, wie sich das Gesundheitswesen
und die medizinische Versorgung langsam, doch un-
aufhaltsam dem Standard der USA näherten - da wagte es einer der Journalisten doch tatsächlich, die Hand
zu heben und darum zu bitten, eine Frage stellen zu
dürfen. Missmutig wurde ihm die Gunst gewährt.
Und dann seine Frage: Ob es den Besatzern denn bekannt sei, dass auch und gerade hier in der Stadt am
Neckar der Schwarzhandel mit Medikamenten immer
noch nicht in den Griff zu bekommen sei. Weder von
den, selbstverständlich, das wusste man ja, zu alle-
rerst verantwortlichen Behörden auf deutscher Seite,
noch seitens der, man möge Nachsicht üben, Militär-

macht oder besser gesagt, von gewissen Elementen innerhalb derselben.

Das Gremium am Tisch war irritiert, steckte die Köpfe zusammen, dann die knappe Auskunft, dass seitens der Militärverwaltung nicht ein einziger Fall bekannt geworden sei, absolut keiner, in dem jemand in irgendeiner Weise in einen Zusammenhang gebracht werden konnte, der auch nur das Geringste mit Dingen zu tun hatte, welche der Herr Fragesteller angesprochen habe. Definitiv. Im Übrigen wolle man das Prozedere doch so handhaben, wie immer. Fragen, wenn überhaupt notwendig, bitte erst am Ende der Pressekonferenz. Im Grunde sei alles in der Pressemappe nachzulesen, die die Herren Journalisten in Bälde in Händen halten durften.

Wenige Minuten später verließen die Anwesenden den Versammlungsraum. Erst draußen, als man sich die Zigaretten gönnte, stieß Pauls Vater einen befreundeten Kollegen an und frug den, ob er wisse, was mit dem Offizier, der seither den Vorsitz innegehabt hatte, geschehen sei. Doch da keiner eine Antwort darauf hatte, ging man seiner Wege. Letztlich war es doch gleichgültig, von wem man diese unnützen Erklärungen und Zahlen aufs Auge gedrückt bekam. Vollkommen gleichgültig.

In den Tageszeitungen des Folgetages fanden sich denn auch die üblichen Kurzberichte mit den Standardzeilen zur Pressekonferenz. Das Fehlen des seitherigen Sprechers interessierte in der Tat keinen Menschen, nicht in der Stadt, nicht im Land.

Auch nicht, dass sich der Betreffende in aller Stille vom Acker gemacht hatte, meine Güte, so etwas kam eben vor, nur dass der gleichzeitig Frau und Sohn zurückgelassen hatte, schlimm, aber auch nur für die beiden. Doch, wie gesagt, das war nicht von Interesse, und seitens des Militärs war aus verständlichen Gründen noch viel weniger Interesse vorhanden, die Hintergründe des Verschwindens eines Offiziers der Besatzer zu durchleuchten. Oder gar der deutschen Öffentlichkeit näher zu erläutern.

Und der Paul, der musste der Süßigkeiten wegen am Abend kotzen und der Doktor von Fechthelm würde in nicht allzu ferner Zeit wieder den Bohrer in Betrieb nehmen dürfen.

XXXVIII. Schwere Bulldozer

Der Frühling war ins Land gegangen.

Die Kinder der Marienstraße mussten zusehen, wie während der zurückliegenden Wochen das gesamte Areal der ehemaligen Gebäude 35, 33 und 31 planiert wurde. Schwere Bulldozer waren hinter den Absperrungen wochenlang hin und her gewalzt, Trümmersteine wurden umgeschichtet, dann eine dicke Schicht aus Bruchsteinen, Erdreich und Sand über alles verteilt und verfestigt. Lediglich die niedrigen Reste der dem Haus Nummer 37 zugewandten Außenwand des Hauses 35 hatte man stehen lassen, warum auch immer. Alsbald wandten sich die Kinder jener bis zu einer Höhe von fast zwei Metern reichenden Sandsteinfassade zu und nahmen sie für Mutproben in Beschlag. Was bedeutete, dass verlangt wurde, vom höchsten Punkt des Gemäuers hinunter auf die planierte Fläche zu springen, auf welcher der Löwenzahn schon bald Wurzeln schlug. Und das taten sie denn auch. Natürlich nicht alle, den Mädchen war das zu blöde, dem einen oder anderen der Jungen nach außen hin auch, aber denjenigen, die den Sprung wagten, war klar, dass allen anderen es am Mut fehlte.

Passiert war keinem etwas schlimmeres, als schmerzende Füße, ein aufgeschürftes Knie oder Schrammen an den Händen. Durch nichts zu ersetzen aber war das betörende Gefühl der Euphorie, welches nach vollbrachtem Sprung zu verspüren war.

Und dann gab es noch ein anderes, weniger Mut denn mehr Geschicklichkeit erforderndes Spiel. Die gesamten, planierten Grundstücke waren mittels simpler Rundhölzer umschrankt, allenfalls von symbolischer Bedeutung. Es galt nun, auf den waagrecht über den Pfosten festgenagelten Rundhölzern in vielleicht einem Meter Höhe balancierend so weit wie möglich zu kommen. Dem Gewinner oder der Gewinnerin galt der Applaus oder der Neid der übrigen.

Und wer schaffte es regelmäßig am weitesten?

Natürlich der kleine Klaus, der mit schnellem, elegantem und sicherem Schritt unwiderstehlich und ohne das Gleichgewicht zu verlieren das Karree umrundete, beide Arme zur Balance ausgestreckt.

Jener Frühling andererseits animierte Letzteren, nun endlich mit den Aufbauarbeiten für sein seit langem geplantes Lägerle zu beginnen. Mit Hilfe des viel kleineren Freundes Paul begann er, das Baumaterial zu sortieren. Zerrte an Balken und Brettern, an Türelementen und Leisten.

Und plötzlich hielt er eine schon längst in Vergessenheit geratene Metallkasette mit den Abmessungen, sagen wir, zweier nebeneinander gelegter Schuhkartons in Händen.

„He, sag mal, das ist doch das Ding aus dem Keller nebenan?"

Unser Paul, der das Vorhandensein besagter Kiste fleißig und mit Erfolg verdrängt hatte, erlitt einen kleinen Schock. Plötzlich war alles wieder präsent.

Klaus hingegen wog die Kiste in Händen und dachte praktisch.

„Also, mit dem weißen Pulver da drin kann man ja nichts anfangen. Was meinst du?"

Das schöne weiße Pulver. Aber der Ältere hatte Recht.

Halt! Vielleicht könnte die Schwester mit dem Zeug in ihrer Puppenstube die Milchfläschen füllen. Oder es als Mehl verwenden.

Doch bei näherer Überlegung kam Paul zum Schluss, dass er der Schwester diesen Gefallen bestimmt nicht tun würde.

„Also mir fällt auch nichts ein. Aber die Kiste, die können wir bestimmt noch brauchen. Für irgendetwas im Lägerle. Die heben wir auf, das Pulver da drin schmeißen wir weg."

Und so landeten gute drei Kilogramm reinsten Morphiums im nächstgelegenen Gully. Mit seinen Schuhsohlen sorgte Paul dafür, dass auch die letzten Reste des weißen Pulvers in der Kanalisation verschwanden.

Die irritierende Episode der vergeblichen Spazierfahrt des freundlichen Offiziers, die in einer Autopanne so weit fernab des PX-Stores ihr unvermutetes Ende gefunden hatte und das auffällige Fernbleiben dieses Verbindungsoffiziers geriet bei Pauls Eltern alsbald über Aufregungen wegen des möglichen Scheiterns des Zusammenschlusses der alten Länder Baden und Württemberg und des nach wie vor drohenden Wegzuges von Stuttgart nach Mannheim in gnädige Vergessenheit.

Wir wissen natürlich, dass es soweit nicht kam, unser Paul durfte in der Marienstraße bleiben, konnte (musste? durfte?) im Jahr 1953 den Weg in die Heusteigschule antreten und half tatkräftig, wenngleich nicht verschont von gewissen Blessuren, am Aufbau des Lägerles mitzuwirken.

Und auch die Abenteuer im Untergrund des Hauses Nummer 35 scheinen bei unseren Hauptakteuren nicht ohne Folgen geblieben zu sein.

Der kleine Klaus, indes, in späteren Jahren, ausgewachsen, groß geworden, fühlte sich zum Studium der Geologie hingezogen, ihn hatten vielleicht die Erkundungen dort drunten beeinflusst, wer weiß das schon.

Und Paul, dem seine „Ausgrabungen" nachhaltig im Gedächtnis verhaftet blieben, der zudem vom älteren Freund mit ein paar simplen Tonscherben aus der La-tène-Zeit, sie waren irgendwie und irgendwann in seine Hände geraten, beeindruckt wurde, ja, sogar einen echten Faustkeil aus dem Neolithikum, dunkle Vorzeit, umfassen durfte, der Paul also hatte in diesen frühen Jahren sein fortdauerndes Interesse an der Archäologie begründet.

Nicht prägend hingegen, welch ein Glück, waren die Erlebnisse dort drunten unter der Marienstraße, was Existenz oder Nichtexistenz von Himmel und Hölle anlangt.

XXXIX. Das kühle Eisen des Bollerofens

Vier Jahre später, Pauls Eltern hatten eine neue Mietwohnung in Halbhöhenlage gesucht und gefunden. Jedes der Kinder verfügte dort über ein eigenes Zimmer. Der Junge tat sich zu Anfang etwas schwer, des Nachts so ganz alleine in seinem neuen Bett in den

Schlaf zu finden. Andererseits konnte er, wenn er seinen Blick aus dem Fenster richtete, ganz oben, über dem Wald davor, den bereits bedeutungsvoll in die Höhe ragenden Betonstumpf des künftigen Fernsehturmes erkennen, welcher Tag um Tag wuchs.

Höchst spannend. Und wie lange das noch weiter gehen würde?

Am Tag des Umzuges nun befand sich Paul für ein letztes Mal im bereits leer geräumten Kinderzimmer der rückwärtigen Beletage des Hauses 39. Wehmut überfiel ihn. Er schaute aus dem Fenster auf die Marienstraße hinunter, strich mit der Rechten über das kühle Eisen des Bollerofens, und wischte den Staub in Gedanken versunken an seiner Hose ab, als sein Blick auf den Spalt zwischen dem Ofen und der Wand fiel. Die verbogene Gabel, da war sie, eingeklemmt und so gut versteckt, dass er jenen kostbaren Fund längst wieder vergessen hatte. Er zog und schob an der Gabel, dann ließ sie sich lösen. Paul wog sie in der Rechten. Eigentlich kein wirklich interessantes Stück.

Eigentlich nur alter Gruscht.

Zeitfracht Medien GmbH
Ferdinand-Jühlke-Straße 7
99095 Erfurt, Deutschland
produktsicherheit@kolibri360.de